金瓶梅版本知見錄

图文版

史小军　罗志欢　编著

国家图书馆出版社

图书在版编目（CIP）数据

《金瓶梅》版本知见录：图文版 / 史小军，罗志欢编著．-- 北京：国家图书馆出版社，2016.10（2017.9 重印）

ISBN 978-7-5013-5950-9

Ⅰ．①金… Ⅱ．①史… ②罗… Ⅲ．①《金瓶梅》—版本—研究 Ⅳ．① I207.419

中国版本图书馆 CIP 数据核字（2016）第 224475 号

书　　名	《金瓶梅》版本知见录：图文版
著　　者	史小军　罗志欢　编著
责任编辑	程鲁洁
封面设计	翁　涌

出　　版	国家图书馆出版社（100034 北京市西城区文津街7号） （原书目文献出版社　北京图书馆出版社）
发　　行	（010）66114536 66126153 66151313 66175620 66121706（传真） 66126156（门市部）
E-mail	nlcpress@nlc.cn（邮购）
Website	www.nlcpress.com→投稿中心
经　　销	新华书店
印　　装	北京金康利印刷有限公司
版　　次	2016年10月第1版　2017年9月第2次印刷

开　　本	889×1194毫米　1/16
印　　张	13

书　　号	ISBN 978-7-5013-5950-9
定　　价	168.00元

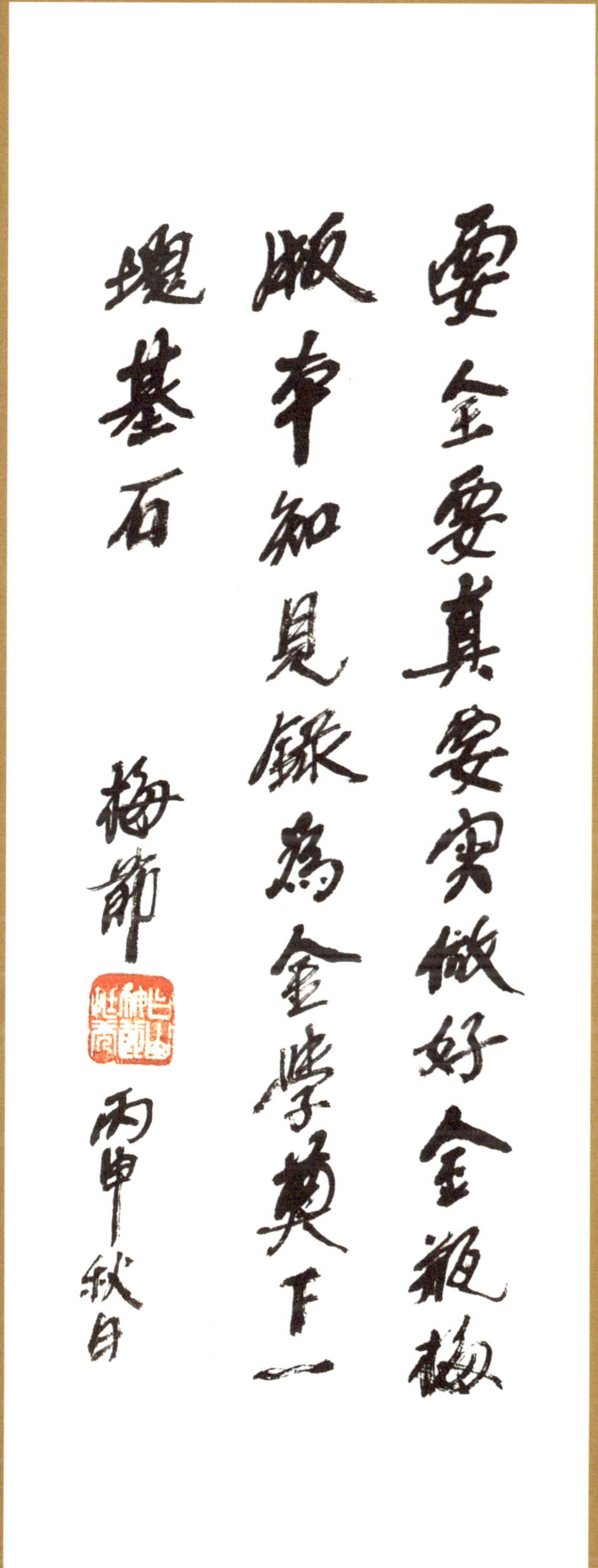

香港梦梅馆总编辑、著名金学家和红学家梅节先生题词

《金瓶梅》是一部奇書（以超前的意識探索人性思考人生）、哀書（表現悲憫之心），直面生活真實，震撼人心，具有永久的藝術魅力。雖曾列爲「禁毀」書目，卻依然廣爲傳播刊印，有衆多版本流傳。《〈金瓶梅〉版本知見録》描述四百年來版本樣態，資料豐富，圖文並茂，爲讀者走進《金瓶梅》探索其藝術奥秘，提供了基礎文獻，可以看作《〈金瓶梅〉版本史》一書的姐妹篇。

《金瓶梅版本史》作者、曾任中国金瓶梅研究会副会长的吉林大学文学院教授、著名金学专家王汝梅先生题词

前　言

明代四大奇书之首的《金瓶梅》自问世到现在一直披着神秘的面纱，作者问题至今未能解决，版本系统多样，演变情况复杂。海内外出版情况和环境也不尽相同，全本、节本、繁本、简本，续写本，不一而足。国内出版的全本仅供研究者使用，一般读者难睹其面，众说纷纭。适逢第十二届国际《金瓶梅》学术研讨会暨版本展在我校图书馆举行，我们即在筹建特色馆藏和版本展览的同时，编写《〈金瓶梅〉版本知见录：图文版》一书，以图文并茂的形式展示海内外《金瓶梅》的出版情况，并编制《金瓶梅》版本研究索引，以应本次会议之需，并为广大金学爱好者和研究者提供版本研究和检索之便利。

现将本书编写情况说明如下：

一、本书旨在展示《金瓶梅》知见传本、影印本、点校本、翻译本书影及其版本、评点研究成果，为《金瓶梅》研究之参考和检索工具。

二、本书分“图录”和“索引”两部分。

（一）“图录”部分

1. 辑录《金瓶梅》知见传本书影及其说明文字，以词话本、崇祯本、张评本、翻译本四个系统分类。其他衍生之本，若影印本、点校本等书影按其所据之底本归类，翻译本书影以译文文种分类。未明所属、真伪难辨、版本不详之书影暂不收录。

2. 每种版本配书影若干，来源主要包括暨南大学图书馆所藏专著及论文插图和网络图片等，其他来源书影均注明出处。

3. 各书影之下标注版本特征及整理概况，其说明文字除部分照实描述外，大抵据前人及今人言论为多，故每有引列，必注明出处。稀见之本兼注收藏单位。

（二）“索引”部分

1. 收录国内外有关《金瓶梅》版本及评点研究的专著和论文目录，分研究专著、资料汇编、图书篇章、报刊论文、学位论文五类，各类资料均以年系之。著录项目、顺序、符号和方法等参考《信息与文献参考文献著录规则》（中华人民共和国国家标准 GB/T 7714-2015）。

2. 图书析出文献以“//”区别，并标注所在页码；若两条以上者，则缩进二字，以表明与该书的从属关系。同一文献的不同版本，仍予收录，旨在提供多条线索，以备索文之便利。

3. 研究资料收录范围较广，不分门派，无论等级，凡公开出版者大都收录齐备，以供研究者采择参考。

需要说明的是，本书在编写过程中，得到了著名《金瓶梅》版本研究专家梅节先生和王汝梅先生的指导和鼓励，梅节先生不仅对本书给予厚望，而且亲笔题词，嘱咐“要全要真要实，做好《〈金瓶梅〉

版本知见录》，为金学奠下一块基石”；王汝梅先生也认为：“《〈金瓶梅〉版本知见录》描述四百年来版本样态，资料丰富，图文并茂，为读者走进《金瓶梅》探索其艺术奥秘，提供了基础文献，可以看作《〈金瓶梅〉版本史》一书的姐妹篇。”在此，我们对两位前辈学者不遗余力地奖掖后进的大家风范表示由衷的敬意，对在此书编写过程中给予帮助的各位朋友特别是本书所征引的各种《金瓶梅》版本的整理者和评点者表示衷心的感谢！当然，我们还要感谢国家图书馆出版社殷梦霞副社长、责任编辑程鲁洁女士，没有她们的慷慨支持和辛勤劳动，本书将无法以如此精美的形式面世。

《金瓶梅》版本复杂，资料繁富，编者手头资料有限，加之编辑时间紧迫，错漏在所难免，敬请各位方家不吝指正。

编者

2016年7月于暨南大学图书馆

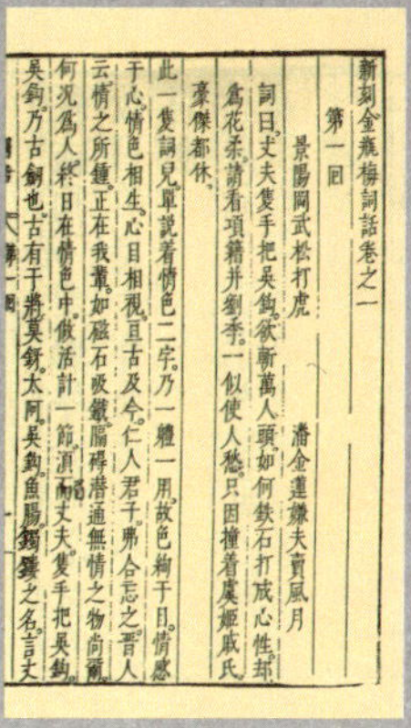

新刻金瓶梅詞話卷之一
第一回
景陽岡武松打虎　潘金蓮嫌夫賣風月
詞曰丈夫隻手把吳鉤欲斬萬人頭如何鐵石打成心性却
為花柔請看項籍并劉季一似使人愁只因撞着虞姬戚氏
豪傑都休
此一隻詞兒單説着情色二字乃一體一用故色絢于目情感
于心情色相生心目相視亘古及今仁人君子弗合忘之晋人
云情之所鍾正在我輩如磁石吸鐵隔碍潜通無情之物尚爾
何况為人終日在情色中做活計一節須知丈夫隻手把吳鉤
吳鉤乃古劍也古有干將莫邪太阿吳鉤魚腸屬鏤之名言丈

目录
contents

上篇　图录

一、词话本

目录
contents

目录
contents

目录

contents

目录
contents

上篇 图录

一、词话本

词话本全称《新刻金瓶梅词话》。现存基本完整的有三部：一部现藏于台北"故宫博物院"，另两部藏于日本。这三部词话本中，发现于山西的台藏本的刊印最精良，后世的保存也优。此本有不少朱墨批改文字，多有价值。当年山西发现词话本后，由古佚小说刊行会影印了104部，然此本实刊落了近三分之二的批语，个别批改文字与符号也有变易。日本两部，"毛利本"可能刷印在先。日本的"大安本"长期以来也为学界所重，然此本的影印工作也多疏误。1978年，在台湾影印出版的联经本，不同于过去都采用缩印的方式，而是将叶面放大至原本一样大小，且朱墨套印，自称据古佚本并"比对"了台藏本影印，实际上既未忠于古佚本，更未"比对"台藏本，貌似原刊而实离原刊更远。[1]

《金瓶梅词话》在文学史上是划时代的，它是写实主义的原创性的母体文学。但是艺人本词话讹误太多，作为一个读本，即使是知识阶层也难以接受，所以终于沉沦。议论不能代替文本，要显词话本的好，就要清除它身上的污垢。也许正因为认识到这样的道理，1933年古佚小说刊行会出版《新刻金瓶梅词话》后，许多学者即投入了校点、整理这本书，为建立新的《金瓶梅》文本而努力。[2]

词话本目录

1. 原北平图书馆藏本
2. 日本日光轮王寺慈眼堂藏本
3. 日本德山毛利氏栖息堂藏本
4. 日本京都大学附属图书馆藏本
5. 民国北平古佚小说刊行会影印本
6. 北京文学古籍刊行社影印本 1957 年版
7. 日本东京大安株式会社影印本 日本昭和三十八年（1963）版
8. 人民文学出版社再版影印本 1991 年版

---

❶ 黄霖：《关于＜金瓶梅＞词话本的几个问题》. 文学遗产，2015 年第 3 期，第 15–30 页。
❷ 梅节：《＜金瓶梅词话＞的版本与文本——＜金瓶梅词话校读记＞序》，《明清小说研究》，2004 年第 1 期，第 47 页。

9. 台北里仁书局据大安本再影印本 2012 年版
10. 香港汉学图书公司《金瓶梅丛刻》本 1973 年版
11. 台北联经出版事业公司影印本 1978 年版
12. 香港太平书局影印本 1982 年版
13. 线装书局影印本 2013 年版
14. 郑振铎校点 民国上海生活书店《世界文库》本
15. 施蛰存校点 民国上海杂志公司《中国文学珍本丛书》本
16. 民国上海中央书店《国学珍本文库第一集》本
17. 伪康德新京艺文书房《鉴赏丛书》本
18. 刘本栋校订 台北三民书局《中国古典名著》本 1980 年版
19. 魏子云注释 台北增你智文化事业出版 1980–1981 年版
20. 戴鸿森校点 人民文学出版社《中国小说史料丛书》本 1985 年版
21. 戴鸿森校点 香港中国图书刊行社 1986 年版
22. 白维国 卜键校注 岳麓书社 1995 年版
23. 陶慕宁校注 人民文学出版社《世界文学名著文库》本 2000 年版
24. 梅节“全校本” 香港星海文化出版有限公司 1987 年版
25. 梅节“重校本” 香港梦梅馆 1993 年版
26. 梅节“梦梅馆定本” 香港梦梅馆 1999 年影印手抄本
27. 梅节校订 陈诏 黄霖注释 青海人民出版社 2001 年版
28. 梅节校订 陈诏 黄霖注释 台北里仁书局 2007 年版
29. 卜键点评 作家出版社 2010 年版
30. 覃知非校点 刘心武评点 漓江出版社 2012 年版
31. 刘心武评点 张青松 邱华栋点校 台湾学生书局有限公司 2014 年版
32. 王清和校点 香港明镜出版社 2016 年版

1. 原北平图书馆藏本

版式：半叶十一行二十四字，白口，单白鱼尾（约有十五叶为黑鱼尾[1]），四周单边。

卷端题：新刻金瓶梅词话；版心题：金瓶梅词话。

卷首序跋顺序：金瓶梅词话序（欣欣子书于明贤里之轩）、跋（廿公书）、金瓶梅序（万历丁巳季冬东吴弄珠客漫书于金阊道中）。

据欣欣子序文，知此书名《金瓶梅传》，东吴弄珠客（疑即龙子犹亦即冯犹龙）一序，作于金阊道中，时为万历丁巳（万历四十五年）季冬，则词话本实最早刻本也。[2]

此本无插图，无评语。分装二十册，缺封面扉页。第五十二回缺七、八两叶（四个单面页）。有朱笔校改和不同笔迹的评语。[3]1932 年在山西介休县发现，北平图书馆购藏，现藏台北“故宫博物院”图书文献馆。1950 年美国国会图书馆据此摄制胶片。据此影印的有古佚小说刊行会本、文学古籍刊行社本、人民文学出版社本、太平书局本、台北联经本。

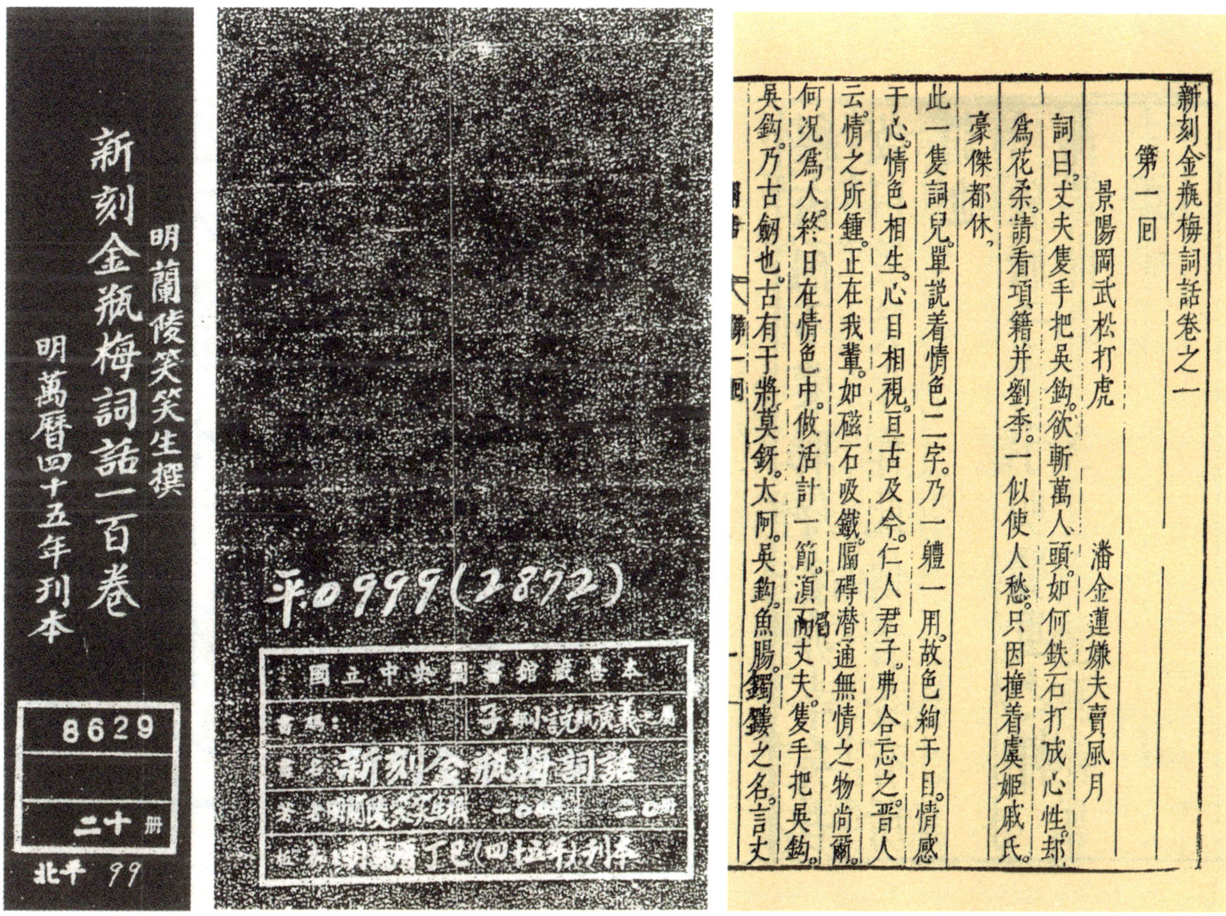

原北平图书馆藏本（现藏台北故宫博物院）[4]

[1] 王汝梅：《〈金瓶梅〉版本史》，济南：齐鲁书社，2015 年版，第 27 页。
[2] 佚名：《〈金瓶梅〉版本之异同》，姚灵犀：瓶外卮言，天津：天津古籍书店，1989 年版，第 62 页。
[3] 梅节：《〈金瓶梅词话〉的版本与文本——〈金瓶梅词话校读记〉序》，《明清小说研究》，2004 年第 1 期，第 41 页。
[4] 王汝梅：《〈金瓶梅〉版本史》，济南：齐鲁书社，2015 年版，第 17、20 页。

2. 日本日光轮王寺慈眼堂藏本

全书十六册。原天海大僧正等旧藏。每半叶有界十一行，行二十四字。白口，四周单边。前有欣欣子《金瓶梅词话序》，次有明万历四十五年（1617）东吴弄珠客《金瓶梅序》等。卷中有句读。卷叶被老鼠咬啮处甚多。[1]

此本 1941 年在日本日光山轮王寺的慈眼堂被发现。

第五回末叶有十一行文字与日本德山毛利氏栖息堂藏本不同。[2]

全书“缺五叶”，“因破损有文字泯灭之处”，“有鼠害痕迹”，“第九叶匡郭切去一角，而栖息堂所藏本完全没有”。[3]

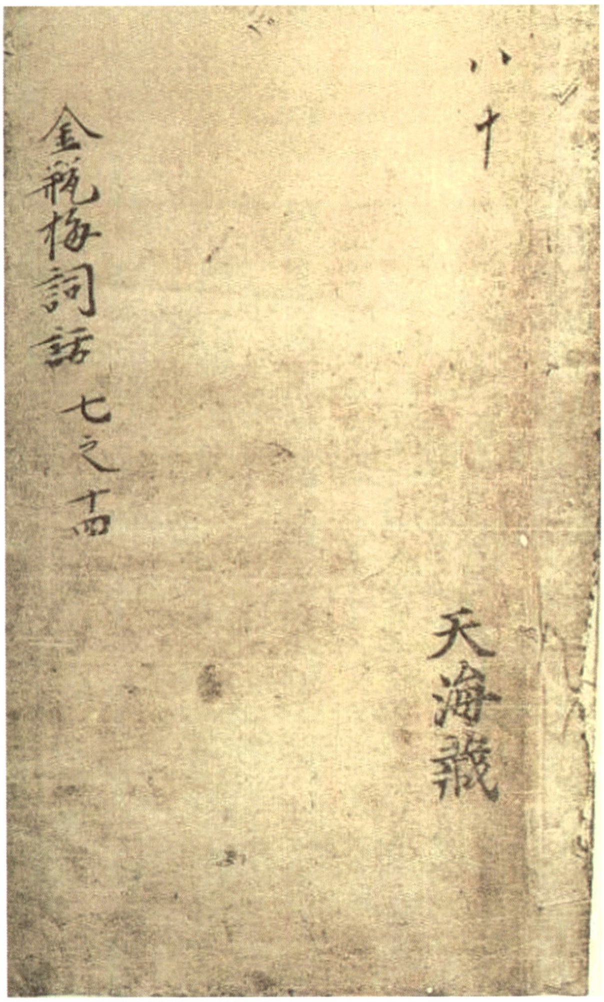

日光轮王寺慈眼堂藏本（一）[4]

與他吃了。在家去了。吳月娘因交金蓮你看看曆頭幾時是壬
子日。金蓮看了說道二十三是壬子日。交芒種五月節。便道姐
姐你問他怎的。月娘道我不怎的問一聲兒李桂姐接過曆頭
來看了。說道這二十四日苦惱是俺娘的生日。我不得在家。月
娘道前月初十日是你姐姐生日過了。這二十四日可可兒又
是你媽的生日了。原來你院中人家一日害這樣病做三個生
日。日里害思錢病。黑夜思漢子的病。早辰是媽的生日。晌午是
姐姐生日。晚夕是自家生日。怎的都擠在一塊兒。趁着姐夫有
錢攛掇着都生日了罷。桂姐只是笑不做聲。只見西門慶使了
画童兒來。請桂姐。方向月娘房中粧點勻了臉。往花園中來。捲
棚內。又早放下八仙桌兒。前後放下簾櫳來。桌上擺設許多看

日光轮王寺慈眼堂藏本（二）[5]

---

❶ 严绍璗编著：《日藏汉籍善本书录》，北京：中华书局，2007 年版，第 1999 页。

❷ 王汝梅：《〈金瓶梅〉版本史》，济南：齐鲁书社，2015 年版，第 26 页。

❸ ［日］长泽规矩也：《〈金瓶梅词话〉影印的经过》，黄霖，王国安编译，《日本研究〈金瓶梅〉论文集》. 济南：齐鲁书社，1989 年版，第 86–87 页。

❹ 梅节校勘：《〈金瓶梅词话〉校读记》，北京：北京图书馆出版社，2004 年版，卷首插图。

❺ 第五十二回第八叶。王汝梅：《〈金瓶梅〉与艳情小说研究》，长春：时代文艺出版社，2003 年版，第 342 页。

3. 日本德山毛利氏栖息堂藏本

全书十八册。原江户时代德山藩主家等旧藏。按此本与日光轮王寺藏本，文字略有异处。原系德山藩第三代主毛利元次广收“天下秘籍”之一。东山天皇宝永三年（1706）《御书物目录》著录此本。卷中有“德藩藏书”印记。[1]

封面题：金瓶梅词（没有“话”字）。各册首叶其右下题“明治二十九年收讫”。

此本 1962 年在日本山口县德山毛利家发现。

第五回末叶有八行用《水浒传》文字刻印配补。[2]

“不仅缺一叶，而且不可思议的是第五回第九叶不但版本不同，而且可以发现前半叶二字之差，后半叶则有显著的差别。”“因破损有文字泯灭处”，“（慈眼堂）第九叶匡郭切去一角，而栖息堂本完全没有”，“能看到的匡郭、界线、文字的破损，栖息堂所藏本也多一些”。[3]

“第五回第九叶这一叶，毛利本和其他二本（北图藏本和慈眼堂藏本）的文字有显著的差别，出于完全不同的版本。”缺第二十六回第九叶、第八十六回第十五叶、第九十四回第五叶。“完全没有外加的注记等，保存状态也很良好，有些地方有虫蛀的痕迹，但不影响文字的阅读。”[4]

德山毛利氏栖息堂藏本（一）[5]

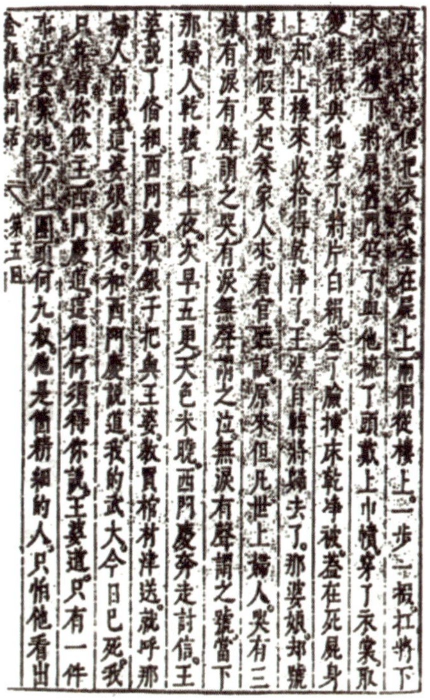
[illegible]在房上兩個從樓上一步一扛扛將下
來就樓下將扇舊門停了與他梳了頭戴上巾幘穿了衣裳取
雙鞋襪與他穿了將片白絹蓋了臉揀床乾淨被蓋在死屍身
上卻上樓來收拾得乾淨了王婆自轉將歸去了那婆娘卻號
號地假哭起養家人來看官聽說原來但凡世上婦人哭有三
樣有淚有聲謂之哭有淚無聲謂之泣無淚有聲謂之號當下
那婦人乾號了半夜次早五更天色未曉西門慶奔走討信王
婆說了備細西門慶取銀子把與王婆教買棺材津送就呼那
婦人商議這婆娘過來和西門慶說道我的武大今日已死我
只靠着你做主西門慶道這個何須得你說王婆道只有一件
事最要緊地方上團頭何九叔他是個精細的人只怕他看出
金瓶梅詞話　第五回

德山毛利氏栖息堂藏本（二）[6]

---

❶ 严绍璗编著：《日藏汉籍善本书录》，北京：中华书局，2007 年版，第 1999 页。

❷ 王汝梅：《〈金瓶梅〉版本史》，济南：齐鲁书社，2015 年版，第 26–27 页。

❸ ［日］长泽规矩也：《〈金瓶梅词话〉影印的经过》，黄霖，王国安编译，《日本研究〈金瓶梅〉论文集》，济南：齐鲁书社，1989 年版，第 86–87 页。

❹ ［日］上村幸次：《关于毛利本〈金瓶梅词话〉》，黄霖，王国安编译，《日本研究〈金瓶梅〉论文集》，济南：齐鲁书社，1989 年版，第 89–90 页。

❺ 梅节校勘：《〈金瓶梅词话〉校读记》，北京：北京图书馆出版社，2004 年版，卷首插图。

❻ 第五回第九叶。王汝梅：《〈金瓶梅〉与艳情小说研究》，长春：时代文艺出版社，2003 年版，第 344 页。

4. 日本京都大学附属图书馆藏本

分上中下三册。版式同北平图书馆藏本。

上册残存十一、十二回（间有墨笔抄补），十三回首叶，十五回第九叶，四十回首叶，四十一回末叶，四十二回第四至末叶，四十三回，四十四回第一至八叶。

中册残存四十五回，四十六回第一至十七叶，四十七回第一至十叶，八十四回中第一至九叶，八十五回（末叶有墨笔衍抄），八十六回第一至十四叶，八十七回第一至十叶。

下册残存八十八回第一至十一叶，八十九回第一至十一叶，九十回第四至十二叶（末叶亦有墨笔衍抄），九十一回（末叶亦有墨笔衍抄），九十二回，九十三回第一至十三叶，九十四回第一至十一叶。

共计得十一、十二、四十三、四十五、八十五、九十一、九十二七个整回，和十三、十五、四十、四十一、四十二、四十四、四十六、四十七、八十四、八十六、八十七、八十八、八十九、九十、九十三、九十四共十六个残回。

该书十卷（现存第十一回首行书题：新刻金瓶梅词话卷之二，第九十一回首行书题：新刻金瓶梅词话卷之十，可证），每卷十回，总一百回。书鼻题：金瓶梅词话。乌丝栏，白口，上单鱼尾。每半叶十一行，行二十四字。

该书有京都帝国大学图书印，入藏时间为大正六年三月三十日（1918.3.30），有方框注明为“妻木直良寄赠本”，前四字手写，后三字刻印。下册末叶有墨笔题跋云：“本馆所藏普陀洛山志系藏经书院旧物，每张褙一纸，检之，则明刻金瓶梅，盖距书成之时不远，其文字亦颇有异同，足资考镜，别钉为三卷，以存原本之面目焉。大正六年春二月。”[1]

京都大学残本中有不清或模糊之处。“我看来此三本都依同一版而梓印，而京都大学残本，应在此两本之后”，“京都大学残本的天头处常夹有批语，而这些批语中有几处已被‘腰斩’，为装订此书时（或裱入《普陀洛山志》时）所裁去。”[2]

---

[1] 吴敢：《〈金瓶梅〉版本拾遗》，《东南大学学报（哲学社会科学版）》，2001年第1期，第114–118页。
[2] 孙立川：《京都大学所藏〈金瓶梅词话〉残本》，《明报月刊》，1990年9月号，第102–106页。

5. 民国北平古佚小说刊行会影印本

民国二十二年（1933）据北平图书馆购藏本影印。线装二函二十一册。内封题：新刻金瓶梅词话百回　坿绘图。每部末尾署：本书限印一百零四部之第几部。卷首序跋顺序：出版说明、金瓶梅词话序（欣欣子书于明贤里之轩）、跋（廿公书）、金瓶梅序（万历丁巳季冬东吴弄珠客漫书于金阊道中）。此据《中国古籍总目》著录。

> 是于民国二十二年，从山西重价购得，名曰《金瓶梅词话》，堪称善本。因书价过昂，设法补苴，特影印百部，每部预约价三十金。又益以通州王氏所藏崇祯刻之图像，合为全部，成为完本（姑名之曰“词话本”）。[1]

古佚小说刊行会影印本，系缩版影印，正文第一回盖有“古佚小说刊行会章”（红色、篆字、竖刻、长方形），有编号。第一百回第十七叶 A 面左下也盖有篆文红色“古佚小说刊行会章”。西北大学图书馆珍藏古佚小说刊行会封底有说明文字，“本书限印一百零四部之第叁拾叁部”。[2]

1933 年 3 月古佚小说刊行会在北京影印 104 部，小本，有插图 20 幅，卷首、卷尾均有朱色会章，末叶另有朱色“本书限印 104 部之第几部”字样，第五十二回第七、八两叶无正文；随后在日本影印 300 部，小本，有插图 20 幅，卷尾钤有墨色会章，无编号，第五十二回第七、八两叶正文据绣像本（天理本）抄补；在日本影印前后，在中国上海也影印了若干部，小本，有插图 200 幅，无会章，无编号，无第五十二回第七、八两叶正文；再其后不知在何处（可能是日本）影印或翻印出一种插图仅 6 幅的本子等。[3]

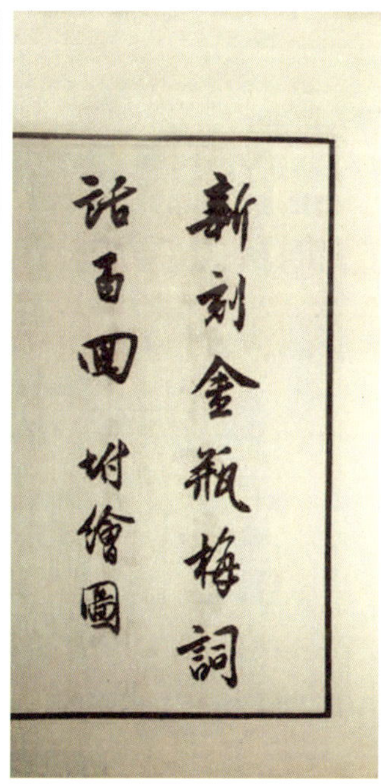

北平：古佚小说刊行会影印本

---

[1] 佚名：《〈金瓶梅〉版本之异同》，姚灵犀，《瓶外卮言》，天津：天津古籍书店，1989 年版，第 62 页。

[2] 王汝梅：《〈金瓶梅〉版本史》，济南：齐鲁书社，2015 年版，第 22–23 页。

[3] 吴敢：《〈金瓶梅〉》版本拾遗》，《东南大学学报（哲学社会科学版）》，2001 年第 1 期，第 114–118 页。

6. 北京文学古籍刊行社影印本 1957 年版

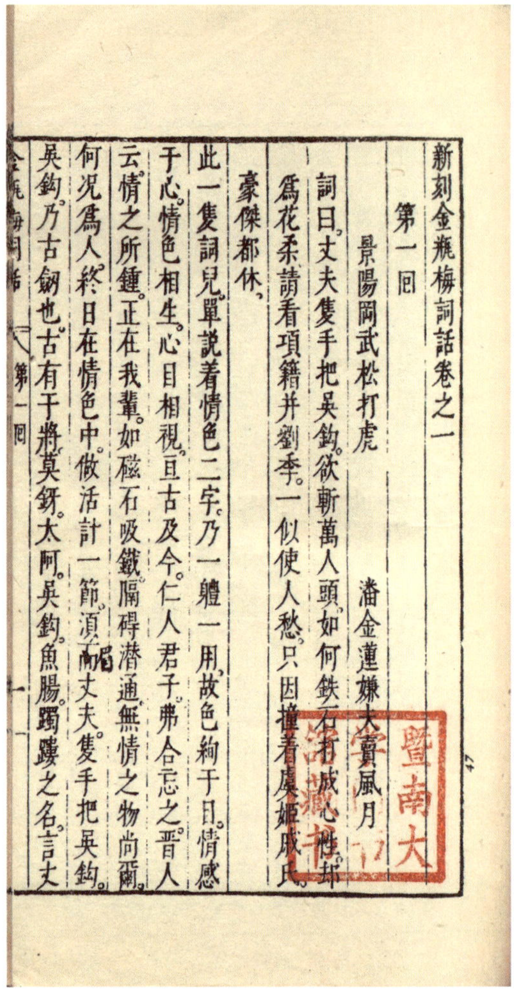

新刻金瓶梅詞話卷之一
第一回
景陽岡武松打虎　潘金蓮嫌夫賣風月
詞曰丈夫隻手把吳鈎欲斬萬人頭如何鐵石打成心性却爲花柔請看項籍并劉季一似使人愁只因撞着虞姬戚氏豪傑都休
此一隻詞兒單說着情色二字乃一體一用故色絢于目情感于心情色相生心目相視亘古及今仁人君子弗合忘之晉人云情之所鍾正在我輩如磁石吸鐵隔礙潛通無情之物尚爾何況爲人終日在情色中做活計一節須知丈夫隻手把吳鈎吳鈎乃古劍也古有干將莫邪太阿吳鈎魚腸屬鏤之名言丈

据民国二十二年（1933）北京古佚小说刊行会本重印。插图 200 幅合订一册。人民文学出版社 1988 年 12 月富阳第二次印刷。

原书有一些涂抹之处，并不完全正确，北京图书馆收藏此书时就是如此；也不知是何人的笔墨。因为着墨甚深，不易恢复原状；并且也还因为尚有部分的参考价值：故暂仍其旧。我们只对有些显著错误之处，和版面上的墨点等，做了一些修版的工作。

第五十二回有缺叶两叶（第七叶和第八叶），现用明崇祯本《金瓶梅》抄补。由于它和《词话》本繁简不同，因之，第八叶和第九叶之间，微有不能衔接处。但原文大意，却完全可以理解。

书前插图，也是用崇祯本《金瓶梅》木刻图复制。崇祯本原书插图是订入每回之前，本书却集中另订为一册。❶

1957 年北京文学古籍刊行社复印古佚小说本。因为已看不到原书，负责整理的编辑又情不自禁地想改正一些“显著的错误”，造成失真。1980 年再印，续有“加工”，去真愈远。❷

北京：文学古籍刊行社 1957 年 12 月北京影印本 线装二函二十一册

❶ 卷首文学古籍刊行社编辑部：《出版说明》。
❷ 梅节：《〈金瓶梅词话〉的版本与文本——〈金瓶梅词话校读记〉序》，《明清小说研究》，2004 年第 1 期，第 41 页。

7. 日本东京大安株式会社影印本 日本昭和三十八年（1963）版

第一卷：第一至二十回（1963 年 4 月出版）；第二卷：第二十一至四十回（1963 年 5 月出版）；第三卷：第四十一至六十回（1963 年 5 月出版）；第四卷：第六十一至八十回（1963 年 6 月出版）；第五卷：第八十一至一百回（1963 年 8 月出版）。在第五卷中附有《日光本采用表》。其后，有将此本按原样影印的出版物（香港？），加上《清宫珍宝百美图》作为第六卷。[1]

此本以栖息堂本为主，采用慈眼堂本 507 个单面页，仍不足，又用国内藏本九十回两个单面页顶补，所以实际上是个百衲本。大安本基本上保存原刻的素洁面貌，而无后人描润涂改失真之弊，且附有“修正表”，列出印刷不鲜明、不清楚的汉字 386 个，标出正体及其回目出处，因此为学术界和读书界所重。[2]

又有据慈眼堂本和栖息堂本配合影印，并附《栖息堂本》第五回末叶。书前有凡例。书末附《日光本采用表》，列出所使用慈眼堂本叶次。此表说明第一条谓第九十四回第五叶采用中国国家图书馆藏本。又有《修正表》，于原本文字不清晰处，据其他各本校出。大安本以栖息堂本为主，参用慈眼堂本及古佚本的百衲本。正文共五册，第六册为《清宫珍宝百美图》。大安本曾多次被影印，但影印本多缺附录部分。[3]

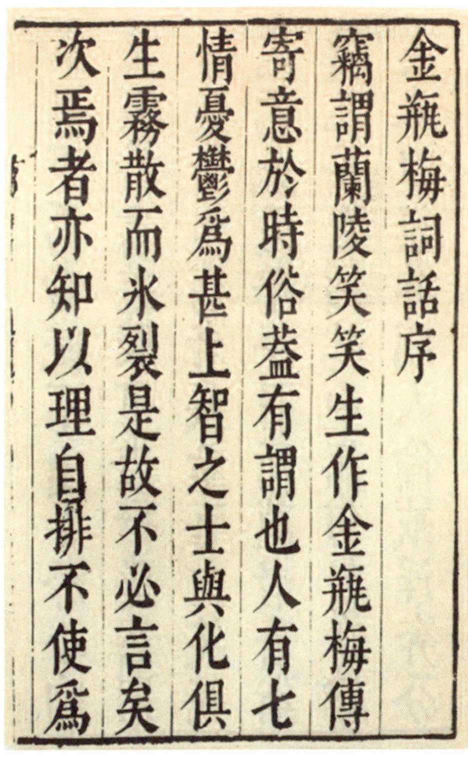
金瓶梅詞話序
竊謂蘭陵笑笑生作金瓶梅傳寄意於時俗蓋有謂也人有七情憂鬱爲甚上智之士與化俱生霧散而冰裂是故不必言矣次焉者亦知以理自排不使爲

东京：大安株式会社 1963 年影印本 平装全五卷（册）

---

❶ ［日］泽田瑞穗：《增修〈金瓶梅〉研究资料要览》，黄霖，王国安编译，《日本研究〈金瓶梅〉论文集》，济南：齐鲁书社，1989 年版，第 302–303 页。

❷ 卷首里仁书局：《重印〈新刻金瓶梅词话〉大安本说明》。

❸ 石昌渝主编：《中国古代小说总目白话卷》，太原：山西教育出版社，2004 年版，第 171 页。

8. 人民文学出版社再版影印本 1991 年版

人民文学出版社于 1991 年再版影印本时，第五十二回所缺第七、八两叶，改用日本大安株式会社 1963 年版影印本配补。❶

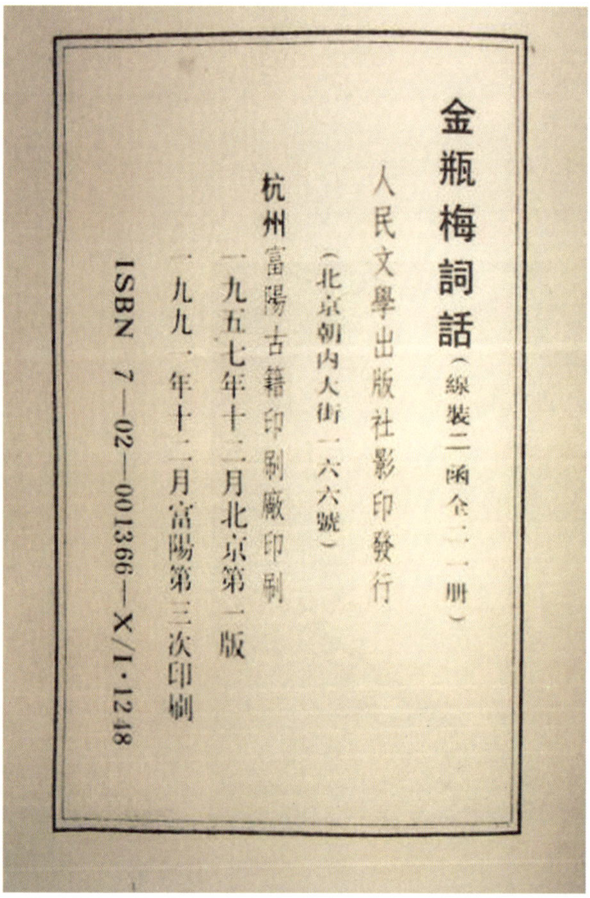

金瓶梅詞話（線裝二函全二十一册）

人民文學出版社影印發行

（北京朝内大街一六六號）

杭州富陽古籍印刷廠印刷

一九五七年十二月北京第一版

一九九一年十二月富陽第三次印刷

ISBN 7—02—001366—X/I·1248

北京：人民文学出版社 1991 年 12 月富阳第三次印刷本 线装二函二十一册❷

❶ 王汝梅：《〈金瓶梅〉版本史》，济南：齐鲁书社，2015 年版，第 23 页。

❷ 天下第一奇书——金瓶梅书影（线装书），[2016-06-13]. http://blog.sina.com.cn/s/blog_4a500f8801009b8b.html。

9. 台北里仁书局据大安本再影印本 2012 年版

线装全二函二十一册，正文二十册，绣像图一册，四面式宋锦函套。

以梅节梦梅馆所藏大安本重制。字体悉依故宫本恢复原本尺寸，并采圣经纸线装二函，另附崇祯本木刻插图 200 幅一册。[1]

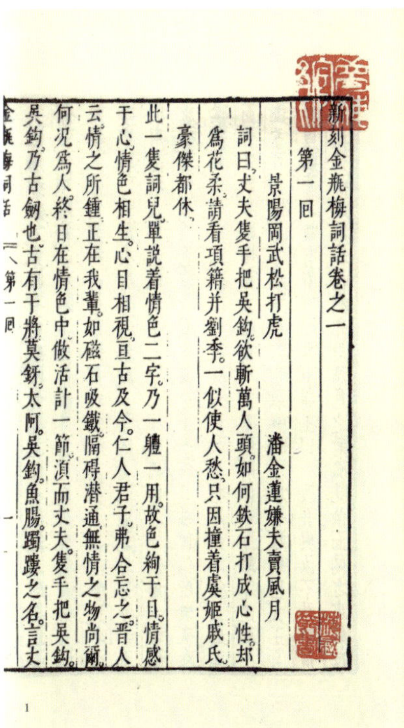

新刻金瓶梅詞話卷之一
第一回
景陽岡武松打虎　潘金蓮嫌夫賣風月
詞曰丈夫隻手把吳鈎欲斬萬人頭如何鐵石打成心性却為花柔請看項籍并劉季一似使人愁只因撞着虞姬戚氏豪傑都休
此一隻詞兒單說着情色二字乃一體一用故色絢于目情感于心情色相生心目相視亘古及今仁人君子弗合忘之晉人云情之所鍾正在我輩如磁石吸鐵隔礙潜通無情之物尚爾何况為人終日在情色中做活計一節須而丈夫隻手把吳鈎吳鈎乃古劍也古有干將莫邪太阿吳鈎魚腸躅鏤之名言丈
金瓶梅詞話　卷一　第一回

台北：里仁书局影印本 2012 年 8 月初版

[1] 卷首里仁书局：《重印〈新刻金瓶梅词话〉大安本说明》。

10. 香港汉学图书公司《金瓶梅丛刻》本 1973 年版

用日光轮王寺慈眼堂天海藏、德山毛利氏栖息堂、京都大学藏残帙、北京图书馆各藏万历中刊本景印，附二百美图及其他。共分三个部分：一、明万历本金瓶梅词话（以一种为主印出，并非四种皆列）；二、金瓶梅词话附录（附栖息堂本词话异文一卷、金瓶梅诸刻书影一卷、金瓶梅词话校勘记一卷）；三、清画院绘缅美图（照相版）。

牌记："岁次癸丑谨遵日本日光山轮王寺慈眼堂天海藏本，栖息堂德山毛利藏本，京都大学藏残帙及中国北京图书馆藏本四万历原刻，逐叶检核比对，择善摹合，以期至善，务存原书真象，并绝描润失真之弊，诚者鉴之。"

《校勘记・凡例》：

一、校勘仅以字划残缺模糊者为限。

二、表里项下注有 B 字者系指每叶左面半叶之行数字数而言。

三、慈眼堂本、京都大学本、北京图书馆本三者全同，惟栖息堂本第五回末叶文字大异，今既已映印对照，是以不置校核之列。

四、京都大学本残帙不全，北京图书馆本墨改遍处并有缺叶，是次摹印已绝兹病故，凡二本残缺涂改处概置不论。

五、民国廿三年北京古佚小说会、民国卅二年襟霞阁及一九五七年北京三影印本皆出自北京图书馆藏本，其弊亦然，自不予校勘之列矣。[1]

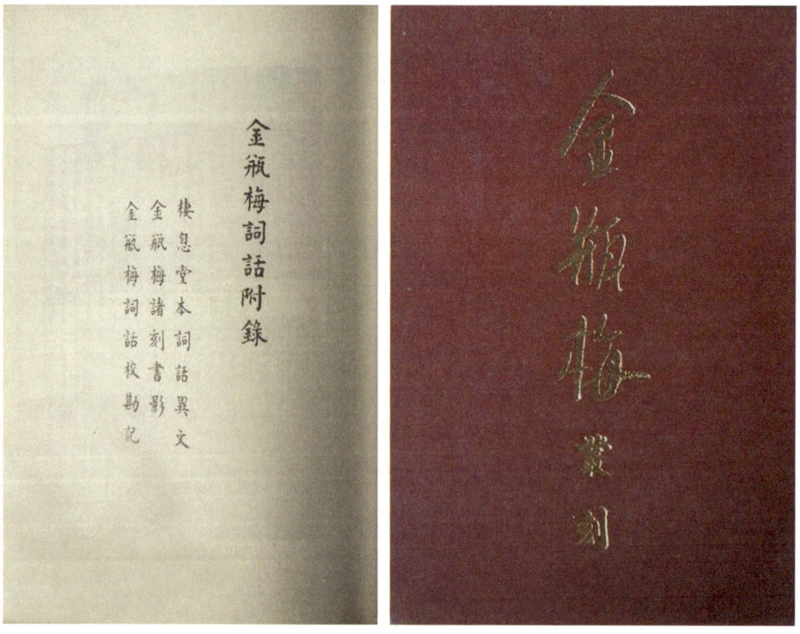

香港：汉学图书公司 1973 年景印本 精装全一册[2]

---

[1] 卷首《明万历刻金瓶梅词话校勘凡例》。

[2] 《金瓶梅丛刻》（明万历本金瓶梅词话、清宫珍宝百美图 200 张），1973 年版。[2016-06-11].http://book.kongfz.com/item _pic_13138_446053036/。

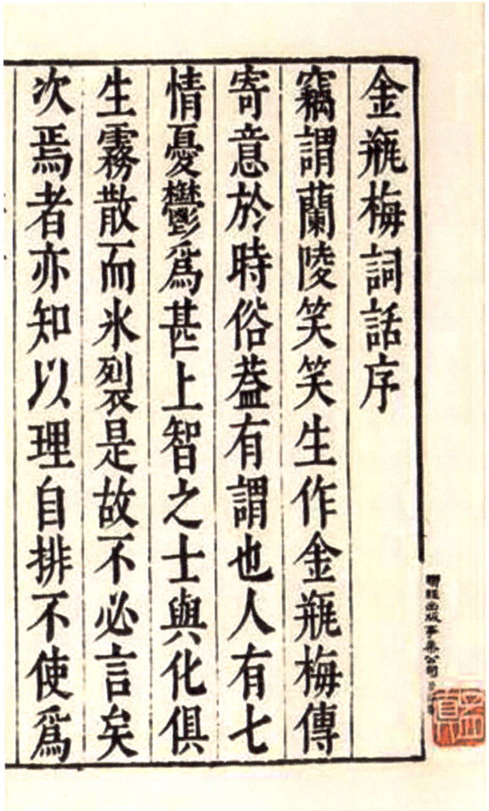

金瓶梅詞話序

竊謂蘭陵笑笑生作金瓶梅傳寄意於時俗蓋有謂也人有七情憂鬱爲甚上智之士與化俱生霧散而氷裂是故不必言矣次焉者亦知以理自排不使爲

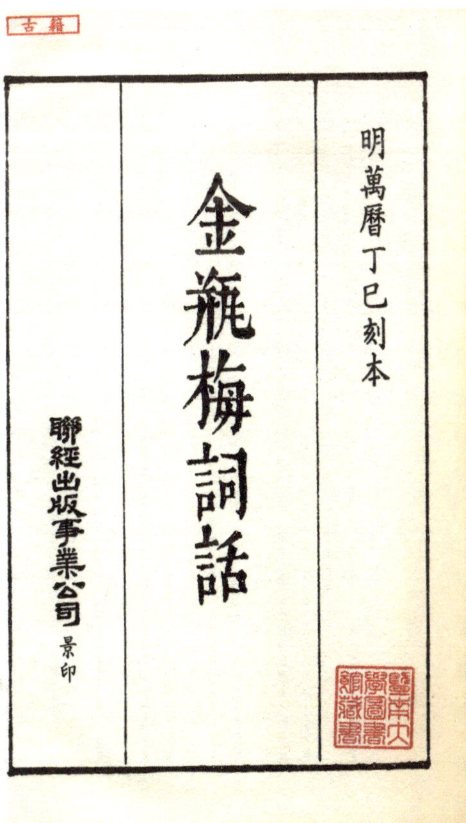

明萬曆丁巳刻本

金瓶梅詞話

聯經出版事業公司景印

11. 台北联经出版事业公司影印本 1978 年版

1978 年 4 月景印限定版 300 部；1986 年 5 月景印限定版 300 部；2013 年 1 月景印限定版 1000 部。

这一部联经版的《金瓶梅词话》就是依据傅斯年先生所藏古佚小说刊行会影印本，并比对故宫博物院珍藏的万历丁巳本，整理后影印，所以第一册首页右下方及第一回插图首页右上方各钤有“孟真”阴文朱印一方。

万历丁巳本共十卷，每卷十回，分装三函、共二十册；页次每回由一起数，每面十一行，每行二十四字，朱墨二色套印。古佚小说刊行会本系缩印本，版式较原书略小，版心仅 6.1 × 3.8 吋；联经版则还原与故宫博物院珍藏本同大，版心为 9 × 5.6 吋，外版口为 11.1 × 7.2 吋。

万历丁巳本《金瓶梅词话》原无插图，北平古佚小说刊行会影印本补入崇祯本木刻插图 200 幅，汇装一册。联经版为求便利读者，经参据《金瓶梅》版本各家考证，将崇祯本插图影印分装在每回之前，每回各两幅，与马廉藏崇祯本《新刻绣像金瓶梅》相同。

万历丁巳本《金瓶梅词话》书眉及字行间间有朱笔批语，错字及句读不妥处也有朱笔校正。北平古佚小说刊行会本均用墨印，联经版已据故宫博物院珍藏原刻本一一还原，以朱色印出，当更便于辨认研究，是联经版的最大特色（卷首《出版说明》）。

以傅斯年藏古佚小说本为底本按原刻影印放大，第五十二回缺叶以大安本顶补，并据故宫藏本描抄朱墨评改。版式虽为双色，但正文虚浮湮漶，朱文屡有移位、变形、错写之失。[1]

台北：联经出版事业公司 1978 年印本 线装二函二十册

[1] 卷首里仁书局：《重印〈新刻金瓶梅词话〉大安本说明》。

12. 香港太平书局影印本 1982 年版

卷端题名：新刻金瓶梅词话；版心题名：金瓶梅词话。

用民国二十二年（1933）古佚小说刊行会影印本为底本。插图用崇祯本木刻图复制，并将 200 幅插图分别移到每回之前。有 1982 年 8 月第一版，1993 年 8 月第二版。

原书有一些涂抹之处，并不完全正确，北京图书馆收藏此书时就是如此，也不知是何人的笔墨。因为着墨甚深，不易恢复原状，并且也还因为尚有部分的参考价值，故暂仍其旧。我们只对有些显著错误之处和版面上的墨点等，做了一些修版的工作。

第五十二回有缺叶两叶（第七叶和第八叶），现用明崇祯本《金瓶梅》抄补。由于它和《词话》本繁简不同，因之，第八叶和第九叶之间，微有不能衔接处。便原文大意，却完全可以理解。[1]

香港：太平书局 1982 年 8 月第一版 1993 年 6 月第 25 次印刷 平装全六册

[1] 卷首太平书局编辑部：《出版说明》。

13. 线装书局影印本 2013 年版

《中国古典小说六大名著》（影印本）之一。用台北故宫博物院本的古佚小说刊行会影印本。因古佚小说刊行会本资金不足，该书在版式上有一定调整，这次刊印对比台北故宫博物院词话本，复原万历本版式大小规制。

北京：线装书局 2013 年 12 月第一版 线装二函二十一册

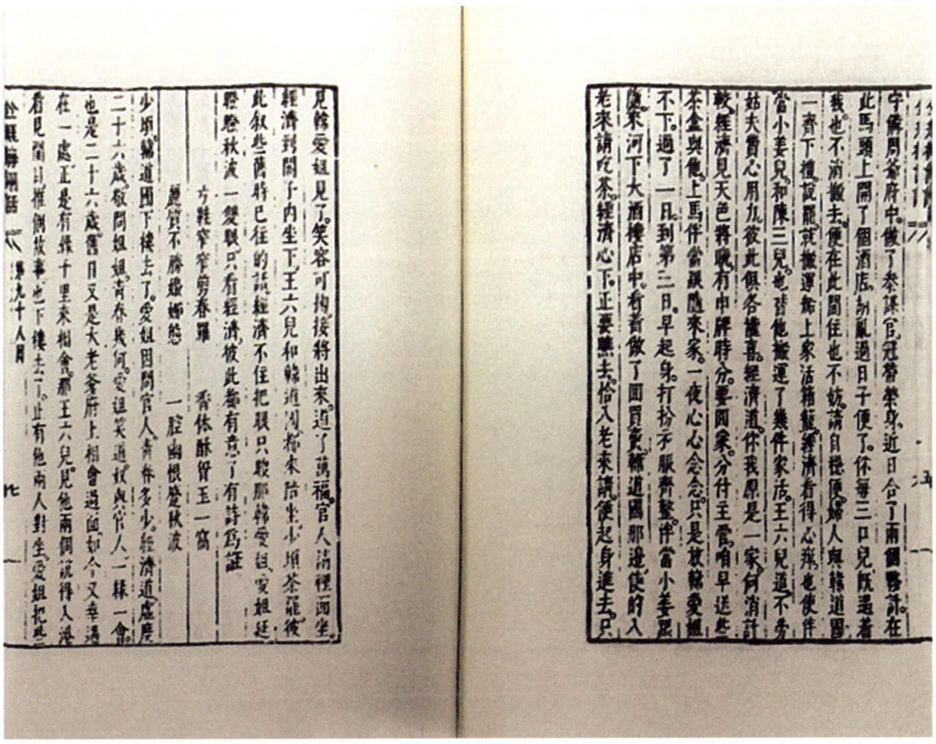

守備府中做了參謀官冠帶榮身近日合了兩個夥計在
此馬頭上開了個酒店胡亂過日子便了你每三口兒既遇着
我也不消搬去便在此間住也不妨請自穩便婦人與韓道國
一齊下禮說就搬運鋪上家活箱籠經濟看得心癢也使伴
當小姜兒和陳三兒也替他搬運了幾件家活王六兒道不勞
姑夫費心用力多此俱各權喜經濟道你我原是一家何消計
較經濟見天色將晚有申牌時分要回家分付主管咱早送些
茶盒與他上馬伴當跟隨來家一夜心心念念只是放不下愛姐
不下過了一日到第三日早起身打扮齊整伴當小姜兒
陳三河下大酒樓店中看着做了回買賣韓道國那邊使的八
老來請吃茶經濟心下正要瞧去恰入老來請便起身進去只

見韓愛姐見了笑容可掬接將出來道了萬福官人請裏面坐
經濟到閣子內坐下王六兒和韓道國都來陪坐少頃茶罷彼
此叙些舊時已往的話經濟不住把眼只睃那韓愛姐愛姐延
睃睃秋波一雙眼只看經濟彼此都有意了有詩爲証
弓鞋窄窄剪春羅　香體酥胸玉一窩
麗質不勝嬝娜態　一腔幽恨蹙秋波
少頃韓道國下樓去了愛姐因問官人青春多少經濟道虛度
二十六歲敢問姐姐青春幾何愛姐笑道奴與官人一緣一會
也是二十六歲舊日又是大老爹府上相會過面如今又幸遇
在一處正是有緣千里來相會那王六兒見他兩個說得入港
看見關目推個故事也下樓去了止有他兩人對坐愛姐把些
金瓶梅詞話　卷十　第九十八回　七

北京：线装书局 2013 年 12 月第一版 线装二函二十一册[1]

---

[1] 《金瓶梅词话》，北京：线装书局，2013 年版，[2016-06-20]. http://product.dangdang.com/1002085225.html。

14. 郑振铎校点 民国上海生活书店《世界文库》本

以王孝慈藏崇祯本校勘，有详细校记。删去秽语（注明字数）。相传删节标点出自傅东华手。❶

民国二十四年（1935）五月到二十五年（1936）四月，郑振铎即分载于上海生活书店刊《世界文库》第一至十二册（但第八册除外）。第一册载第一回，以后每次分载三回。至第三十三回因《世界文库》停刊而中断。各回附有出于郑振铎之手的与崇祯本的校记。❷但《世界文库》已经删节，后之复印者，非有影印本不能得窥全豹也。❸

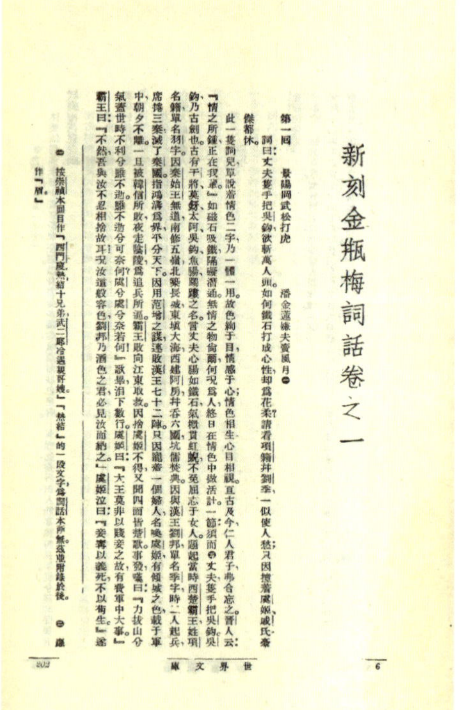

新刻金瓶梅詞話卷之一

第一回 景陽岡武松打虎 潘金蓮嫌夫賣風月㊀

詞曰：丈夫隻手把吳鈎，欲斬萬人頭。如何鐵石打成心性，卻爲花柔？請看項籍并劉季，一似使人愁；只因撞着虞姬、戚氏，豪傑都休。

此一隻詞兒單說着情色二字，乃一體一用。故色絢于目，情感于心，情色相生，心目相視。亙古及今，仁人君子，弗合忘之。晉人云：「情之所鍾，正在我輩。」如磁石吸鐵，隔礙潛通。無情之物尚爾，何況爲人，終日在情色中做活計，一節須而㊁丈夫隻手把吳鈎，吳鈎乃古劍也。古有干將、莫邪、太阿，吳鈎、魚腸、屬鏤之名。言丈夫心腸如鐵石，氣概貫虹蜺，不免屈志于女人。題起當時西楚霸王，姓項名籍，單名羽字。因秦始皇無道，南修五嶺，北築長城，東塡大海，西建阿房，并吞六國，坑儒焚典。因與漢王劉邦單名季字，時二人起兵，席捲三秦，滅了秦國，指鴻溝爲界，平分天下。因用范增之謀，連敗漢王七十二陣。只因寵着一個婦人，名喚虞姬，有傾城之色，載于軍中，朝夕不離。一旦被韓信所敗，夜走陰陵，爲追兵所逼。霸王敗向江東取救，因捨虞姬不得，又聞四面皆楚歌，事發嘆曰：「力拔山兮氣蓋世，時不利兮騅不逝！騅不逝兮可奈何？虞兮虞兮奈若何！」歌畢，淚下數行。虞姬曰：「大王莫非以賤妾之故，有費軍中大事？」霸王曰：「不然，吾與汝不忍相捨，故耳。況汝這般容色，劉邦乃酒色之君，必見汝而納之。」虞姬泣曰：「妾寧以義死，不以偷生。」遂

㊀ 按崇禎本回目作「西門慶熱結十兄弟，武二郎冷遇親哥嫂。」「熱結」的一段文字，爲詞話本所無，茲並附錄於後。 ㊁ 康

作「眉」

6 世界文庫 202

上海：生活书店 1935–1936 年《世界文库》本

---

❶ 梅节：《〈金瓶梅词话〉的版本与文本——〈金瓶梅词话校读记〉序》，《明清小说研究》，2004 年第 1 期，第 47 页。

❷ ［日］泽田瑞穗：《增修〈金瓶梅〉研究资料要览》，黄霖、王国安，《日本研究〈金瓶梅〉论文集》，济南：齐鲁书社，1989 年版，第 303 页。

❸ 佚名：《〈金瓶梅〉版本之异同》，姚灵犀，《瓶外卮言》，天津：天津古籍书店，1989 年版，第 63 页。

15. 施蛰存校点 民国上海杂志公司《中国文学珍本丛书》本

内封题：中国文学珍本丛书 / 第一辑 / 第七种 / 据明万历本排印 / 贝叶山房张氏藏版

删节本（明示删节字数）。各册附有取于《金瓶梅凿美图》的图像八叶。为了将它与《世界文库》本竞争，所以断句间有错误，误字也多。但是，于此以后刊行的“活字本”词话本，几乎都利用了这一纸型。从这点来看的话，它当为活字本的祖本吧。[1]

嗣上海杂志公司，又据以编入《中国文学珍本丛书》，流传渐广，但校点犹嫌欠精，小疵不免。[2]

上海杂志公司 1935–1936 年《中国文学珍本丛书》本 平装全五册[3]

中國文學珍本叢書
第一輯 第七種
中華民國廿四年十月初版
金瓶梅詞話 第四冊
普及本實價三角
特印本實價四角
著撰者 笑笑生
校點者 施蟄存
主編者 施蟄存
發行人 張·靜廬
發行所 上海雜誌公司
上海總店：四馬路三二一四號
廣州支店：永漢北路一三九號
南京支店：太平路一一四八號
初版本1——5000

中國文學珍本叢書
第一輯 第七種
據明萬曆本排印
貝葉山房張氏藏版
金瓶梅詞話
蘭陵·笑笑生撰
第一冊

上海杂志公司 1935–1936 年《中国文学珍本丛书》本 平装全五册[4]

---

1. ［日］泽田瑞穗：《增修〈金瓶梅〉研究资料要览》，黄霖，王国安，《日本研究〈金瓶梅〉论文集》，齐鲁书社，1989 年版，第 303 页。
2. 佚名：《〈金瓶梅〉版本之异同》，姚灵犀，《瓶外卮言》，天津：天津古籍书店，1989 年版，第 62 页。
3. 《关于施蛰存主编的〈中国文学珍本丛书〉》，[2016-06-10]. https://www.douban.com/note/84348834/?type=like。
4. 《关于施蛰存主编的〈中国文学珍本丛书〉》，[2016-06-10]. https://www.douban.com/note/84348834/?type=like。

16. 民国上海中央书店《国学珍本文库第一集》本

封面题名：明版全图金瓶梅词话。《中国丛书综录》著录“襟霞主人辑”，《金瓶梅词话》十卷，民国二十四年至二十五年（1935-1936）上海中央书店排印本。

全一百回。正文五册，附图一册。删节本。有别于上海杂志公司本，中央书店本刊有《金瓶梅删文补遗》一小册。[1]

中央书店又重印一过，为《国学珍本文库》之附庸（当时作为赠品），遂成单行本，于是人得一编（《珍本丛书》曾有补遗小册未能普遍，且所删文字更未补全）。[2]

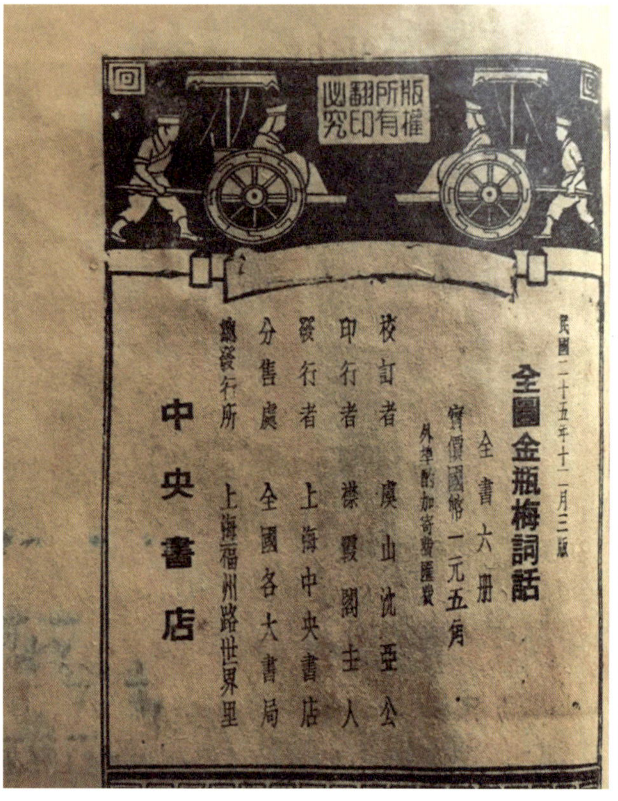

版權所有 翻印必究

民國二十五年十二月三版

全圖金瓶梅詞話

全書六冊

實價國幣一元五角

外埠酌加寄費匯費

校訂者 虞山沈亞公

印行者 襟霞閣主人

發行者 上海中央書店

分售處 全國各大書局

總發行所 上海福州路世界里

中央書店

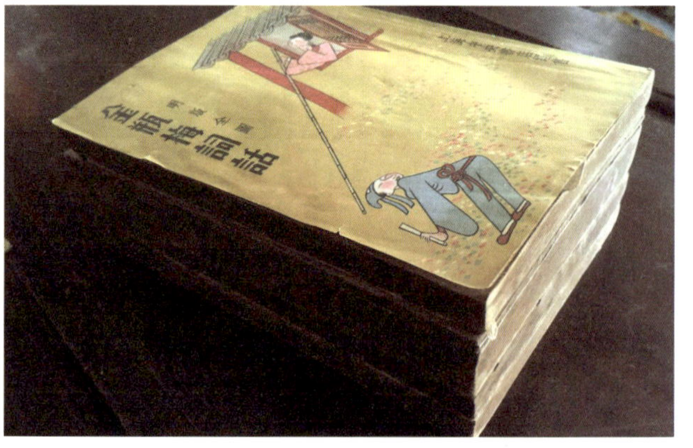

上海中央书店 1935-1936 年《国学珍本文库第一集》本 平装全六册[1]

[1] ［日］泽田瑞穗：《增修〈金瓶梅〉研究资料要览》，黄霖、王国安，《日本研究〈金瓶梅〉论文集》，济南：齐鲁书社，1989 年版，第 303 页。

[2] 佚名：《〈金瓶梅〉版本之异同》，姚灵犀，《瓶外卮言》，天津：天津古籍书店，1989 年版，第 62 页。

17. 伪康德新京艺文书房《鉴赏丛书》本

删节本。伪康德九至十年（1942-1943）艺文书房据明万历本排印，收入《鉴赏丛书》。是本较罕见，吉林大学图书馆等收藏。

新京：艺文书房 1942-1943 年《鉴赏丛书》本 精装全二十册❶

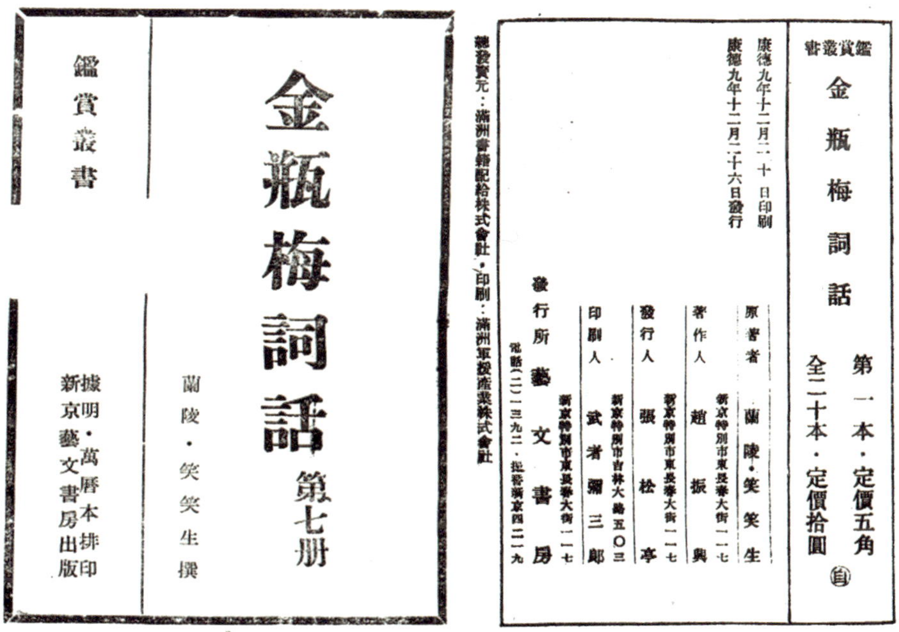

鑑賞叢書

金瓶梅詞話 第七册

蘭陵・笑笑生撰

據明・萬曆本排印 新京藝文書房出版

鑑賞叢書 金瓶梅詞話

第一本・定價五角

全二十本・定價拾圓

康德九年十二月二十日印刷

康德九年十二月二十六日發行

原著者 蘭陵・笑笑生 新京特別市東長春大街一一七

著作人 趙振興 新京特別市東長春大街一一七

發行人 張松亭 新京特別市吉林大路五〇三

印刷人 武者彌三郎 新京特別市東長春大街一一七

發行所 藝文書房 電話（二）三九二一・振替新京四一二一九

總發賣元：滿洲書籍配給株式會社・印刷：滿洲軍役產業株式會社

新京：艺文书房 1942-1943 年《鉴赏丛书》本 精装全二十册❷

❶ 《金瓶梅词话》，1942—1943 年满洲国艺文书房版 .[2016-06-10]. http://book.kongfz.com/item_pic_154_393232573/。

❷ CADAL 百万册数字图书馆，[2016-06-10]. http://www.cadal.zju.edu.cn/search/bookSearch。

18. 刘本栋校订 台北三民书局《中国古典名著》本 1980 年版

1980 年 3 月初版，1985 年 9 月再版，2007 年 7 月三版。

无插图。全书分段、标点；删秽语（未注字数），书后附简单释词。此本最大特点是虽没有出校记，却据崇祯本、竹坡本、甚至古本金瓶梅来改正词话的一些错误。此外该本还统一了一些字词，用现在流行的字词代替至今已不流行的书中一些早期白话词语。经过整理，词话的可读性提高了。如果说，《金瓶梅词话》过去的读者只限于文史研究者和较高文化程度者，刘本则将之推广到广大的具中等文化程度的读者。所以，直到今天，刘本仍是海外华语区拥有最多读者、比较易得的《金瓶梅词话》文本。[1]

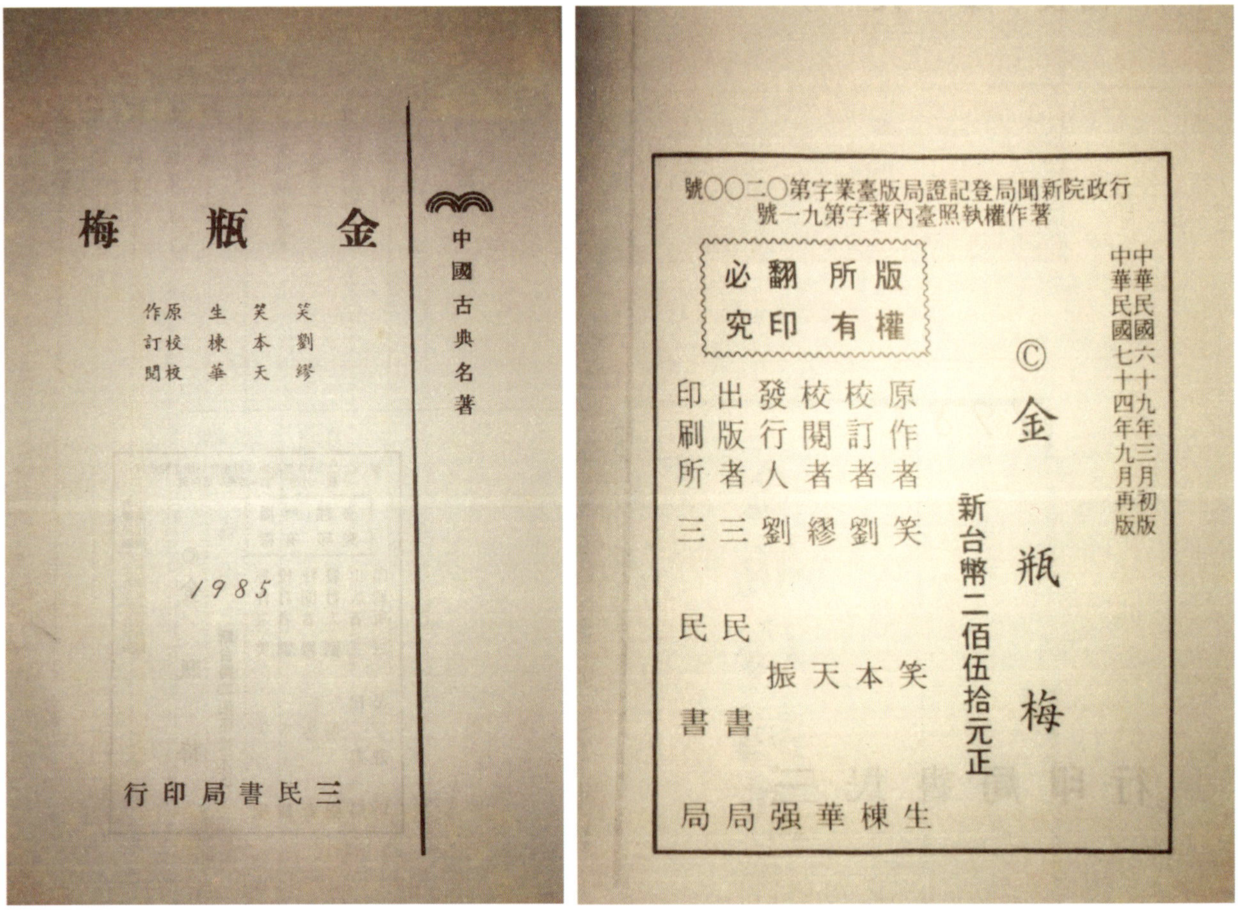
中國古典名著
金瓶梅
原作 笑笑生
校訂 劉本棟
校閱 繆天華
1985
三民書局印行

行政院新聞局登記證局版臺業字第〇二〇〇號
著作權執照臺內著字第一九號
版權所有 翻印必究
© 金瓶梅
原作者 笑笑生
校訂者 劉本棟
校閱者 繆天華
發行人 劉振強
出版者 三民書局
印刷所 三民書局
新台幣二佰伍拾元正
中華民國六十九年三月初版
中華民國七十四年九月再版

台北：三民书局《中国古典名著》本 1980 年 3 月初版 1985 年 9 月再版 平装全二册

[1] 梅节：《〈金瓶梅词话〉的版本与文本——〈金瓶梅词话校读记〉序》.《明清小说研究》，2004 年第 1 期，第 48 页。

19. 魏子云注释 台北增你智文化事业出版 1980–1981 年版

与《金瓶梅词话注释》合刊。全文无删节，各回附“崇祯本”插图二叶，共 200 幅。卷首有侯健《金瓶梅论》、毛子水《金瓶梅词话序》、魏子云《论金瓶梅这部书——导读》，卷末附魏子云《金瓶梅编年纪事》《古（俗）今字对照表》，被认为“是一种基本上忠于原刻本的排印足本”（巴蜀书社《金瓶梅大辞典》）。本书之标点较准确、生动，相信出自魏子云手。笔者曾问过魏先生，魏先生说是三位年轻大学毕业生搞出来的。但是，既然有毛子水序在头上，店老板谢成均岂敢掉以轻心。笔者相信，最后校定者是子云先生。[1]

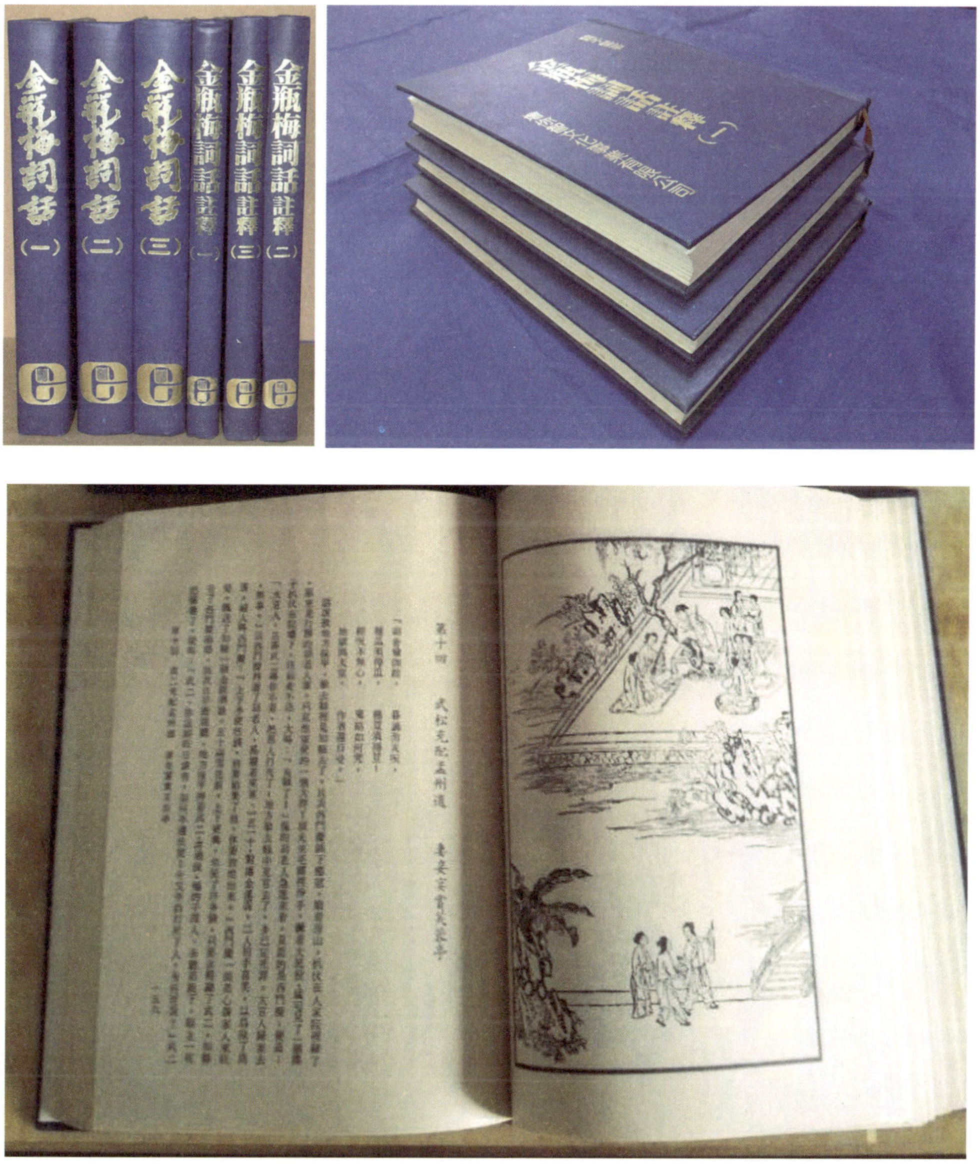

台北：增你智文化事业出版社 1980–1981 年精装全三册[2]

---

[1] 梅节：《〈金瓶梅词话〉的版本与文本——〈金瓶梅词话校读记〉序》，《明清小说研究》，2004 年第 1 期，第 48 页。

[2] 《魏子云先生的全标点本〈金瓶梅词话〉和〈金瓶梅词话注释〉》，[2016-06-11]. http://weibo.com/p/23041814caea10b0102vg9a。

20. 戴鸿森校点 人民文学出版社《中国小说史料丛书》本 1985 年版

以 1957 年文学古籍刊行社的重印本为工作底本；此书页面上间有藏书者墨笔涂改，以至原字难以辨识的地方，据日本大安株式会社 1963 年同版别部书的影印本复真；第五十二回缺失之二叶，亦据以配补；原书的衍夺讹舛，诸难以读通处，作了必要的校改；除最明显的文字小节性的刻误外，凡改字皆作校记，借以交代原文，说明依据，免滋淆乱。

书中大量的秽亵描写，兹概行删除。具体办法是：只删字，不增字，删处分别注明所删字数。全书全计删去 19161 字。

崇祯本《金瓶梅》有插图二百帧，兹选取了三十五帧，分别插入正文之有关处。❶

除崇祯本、竹坡本、容与堂本水浒传外，还据《盛世新声》《词林摘艳》《雍熙乐府》及明本戏曲校正书中的文字和词曲。似乎也参考了今人的校订成果，但序中没有提到。每回后附校记。戴本是官方出版社第一个金瓶梅整理本，旨在供研究者之用，具相当的科学严谨性。但作为文学作品，可读性似嫌不足。❷

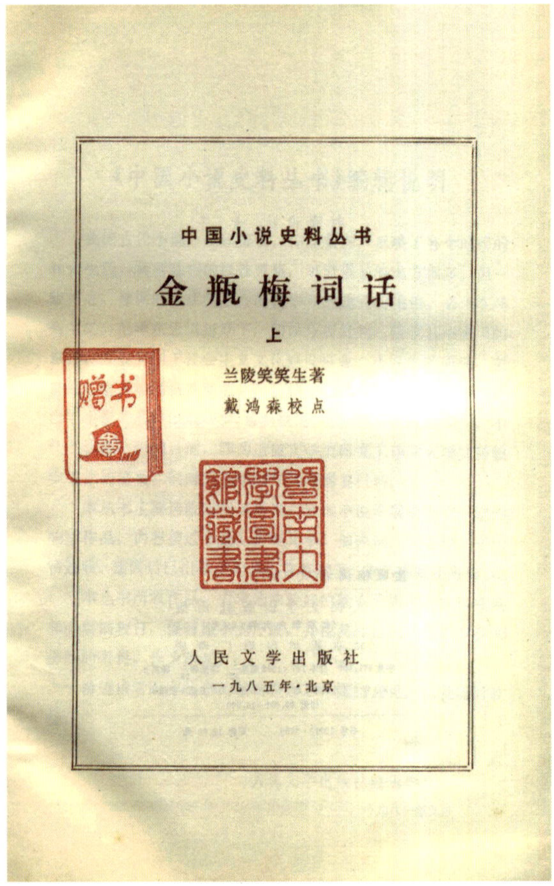

中国小说史料丛书

金瓶梅词话

上

兰陵笑笑生著

戴鸿森校点

赠书

暨南大学图书馆藏书

人民文学出版社

一九八五年·北京

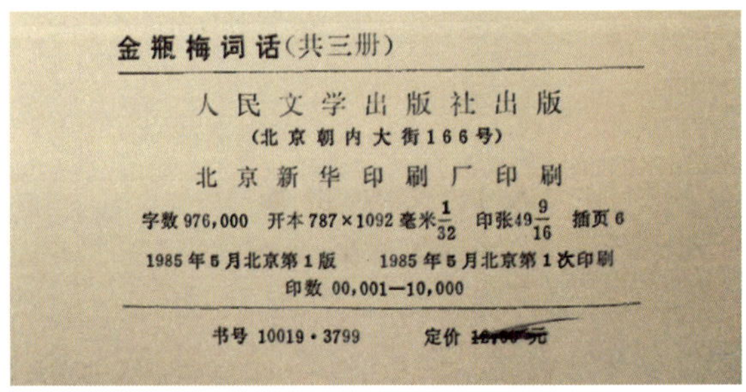

金瓶梅词话(共三册)

人民文学出版社出版

(北京朝内大街166号)

北京新华印刷厂印刷

字数 976,000 开本 787×1092 毫米 1/32 印张 49 9/16 插页 6

1985 年 5 月北京第 1 版 1985 年 5 月北京第 1 次印刷

印数 00,001—10,000

书号 10019·3799 定价

北京：人民文学出版社《中国小说史料丛书》本 1985 年 5 月北京第一版 平装全三册

---

❶ 卷首戴鸿森：《校点说明》。

❷ 梅节：《〈金瓶梅词话〉的版本与文本——〈金瓶梅词话校读记〉序》，《明清小说研究》，2004 年第 1 期，第 48 页。

21. 戴鸿森校点 香港中国图书刊行社 1986 年版

据北京人民文学出版社 1985 年 5 月第一版重印，是为香港第一版（新校点本）。本书是整理本。校点者曾就原书（据万历年间刊本）中的文字作了校勘和标点，对于个别实属秽亵的描写作了适当的删节，并在每章之后附有校记予以说明。书中插图三十五帧，系根据明崇祯本《金瓶梅》木刻图复制（封底说明文字）。

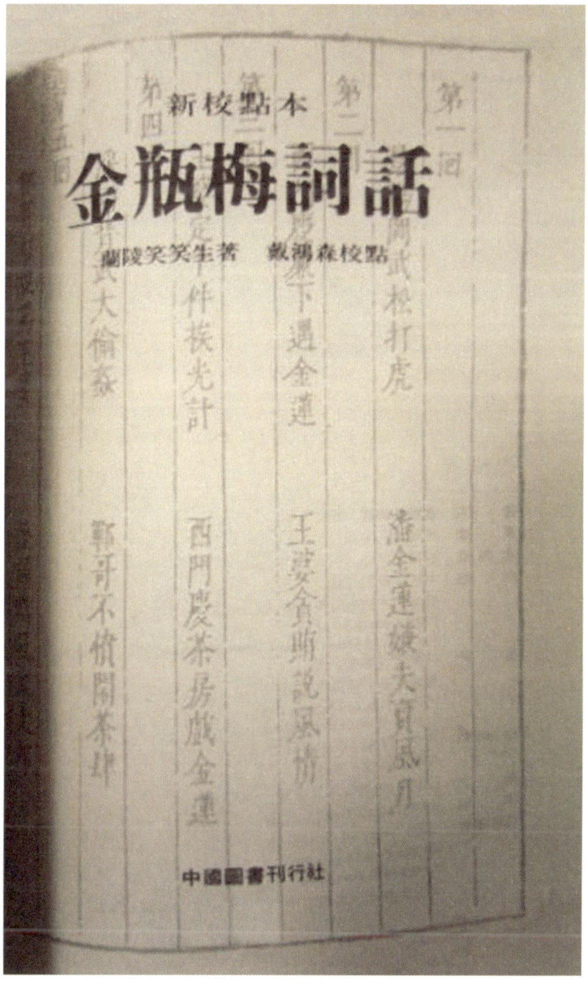

香港：中国图书刊行社 1986 年 2 月香港第一版（新校点本）精装厚一册

22. 白维国 卜键校注 岳麓书社 1995 年版

题名：金瓶梅词话校注。本书以大安株式会社影印本为工作底本，复以台北联经出版公司朱墨本及文学古籍刊行社影印本参校。

主要参校本有：

（一）《新刻绣像批评金瓶梅》，北京大学出版社 1989 年影印北京大学图书馆藏本。

（二）《新刻绣像批评金瓶梅》，台北天一出版社 1985 年影印日本内阁文库藏本。

（三）《皋鹤堂批评第一奇书金瓶梅》，在兹堂本。

参考近人点校词话本有：

（一）《世界文库》本，郑振铎点校，上海生活书店，1935–1936 年版。

（二）《中国文学珍本丛书》本，施蛰存点校，上海杂志公司，1935 年版。

（三）全标点本 魏子云点校，台北增你智文化事业有限公司，1976 年版。

（四）《中国小说史料丛书》本，戴鸿森点校，人民文学出版社，1985 年版。

（五）梅节重校本，梅节点校，香港梦梅馆，1993 年版。

此外，还参考了 1989 年齐鲁书社出版的排印本《张竹坡批评第一奇书金瓶梅》和《新刻绣像金瓶梅》（卷首《校注说明》）。

全书一百回，有顾问冯其庸序，无插图，略删秽语，注明字数。此本最大特色是注释详明。梦梅馆重校本有陈诏、黄霖注释，虽属首出，但较简略。白、卜本均一一注明语源和典故出处，对帮助读者了解词话很有用。[1]

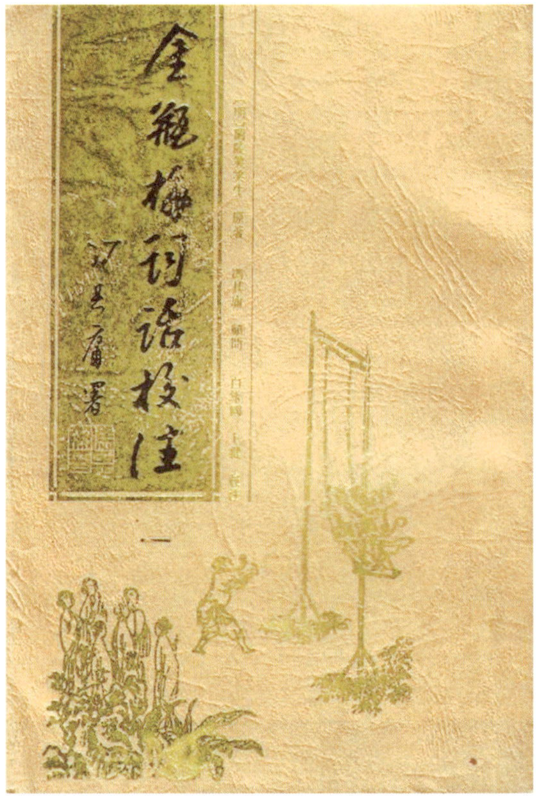

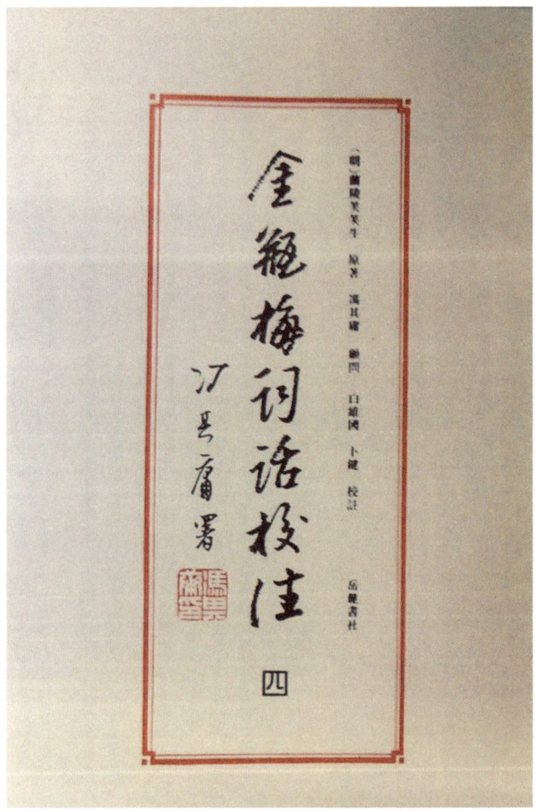

长沙：岳麓书社 1995 年 8 月第一版 平装全四册

[1] 梅节：《〈金瓶梅词话〉的版本与文本——〈金瓶梅词话校读记〉序》，《明清小说研究》，2004 年第 1 期，第 48 页。

23. 陶慕宁校注 人民文学出版社《世界文学名著文库》本　2000 年版

整理校注情况（见卷首《整理校注》）：

1. 使用人民文学出版社 1991 年影印明万历丁巳年（1617）《金瓶梅词话》为工作底本，缺页由日本大安株式会社一九六三年同版别部影印本配补。校勘本主要有：北京大学图书馆藏明崇祯间刊本《新刻绣像批评金瓶梅》；清康熙间刊刻张竹坡批评《第一奇书》本。

2. 校勘以尽量保存“词话本”原貌为宗旨，文字大略可通或今思不通而当日未必不通者，不作改动。凡改动原文处，皆参核别本出校。明显的讹夺衍误而又无他书可校者，则斟酌厘定，并于校记中说明。

3. 词话本中有部分俗体字、异体字、假借字或以方音直接录入的别字，在不影响阅读、理解的前提下，一般不予改动，以利博识。有些容易引起歧义者遵循现在简化字的写法，统一作某字，不一一出校。另有少量刻误之字，则径行改正，不出校。

4. 词话本情节素材多有采撷自《水浒传》及宋、元、明话本小说者，凡遇此种情况，皆比对原书，《水浒传》用明容与堂刻本，其他话本小说采用《京本通俗小说》《清平山堂话本》等早期刊本。词话本明显舛错处，据他书改正，出《校记说明》。词话本与他书文字相异但文意可通处，不作改动，出《校记说明》。

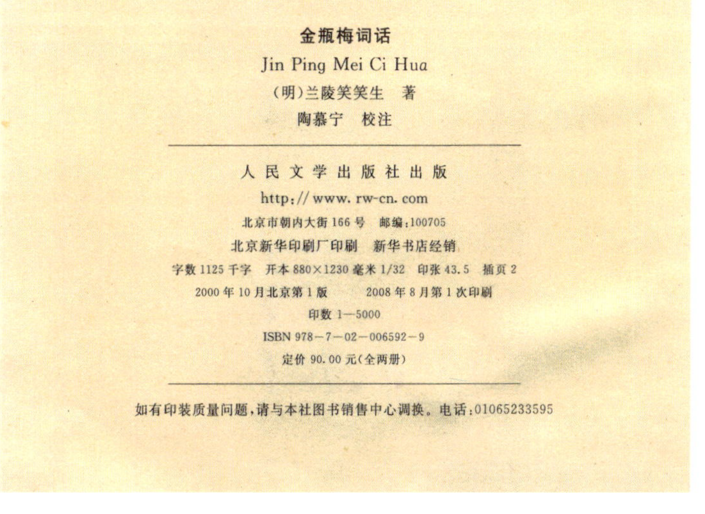

金瓶梅词话
Jin Ping Mei Ci Hua
(明)兰陵笑笑生　著
陶慕宁　校注

人 民 文 学 出 版 社 出 版
http://www.rw-cn.com
北京市朝内大街 166 号　邮编：100705
北京新华印刷厂印刷　新华书店经销
字数 1125 千字　开本 880×1230 毫米 1/32　印张 43.5　插页 2
2000 年 10 月北京第 1 版　　2008 年 8 月第 1 次印刷
印数 1—5000
ISBN 978－7－02－006592－9
定价 90.00 元(全两册)

如有印装质量问题，请与本社图书销售中心调换。电话：01065233595

北京：人民文学出版社 2000 年 10 月北京第一版

5. 以《盛世新声》《词林摘艳》《雍熙乐府》《群音类选》等明代曲集校核词话本中散曲。凡词话本句意可通，合于曲律而文字异于诸曲集者，以词话本为准，不妄改。词话本乖于曲律，文字错谬处，则参酌诸书，择善而从，并出校记。

6. 本书注释侧重于俗语、方言、隐语、歇后语及江湖切语的诠解，典章制度与一般故事从略。注释不务繁琐引证，但求简明扼要。

7. 多年来《金瓶梅》点校及语词研究成果斐然，本书亦有所汲取，不敢掠美，仅将主要参考书布列于下，注文中不再一一标示：姚灵犀《瓶外卮言》、魏子云《金瓶梅词话注释》、王利器主编《金瓶梅词典》、黄霖主编《金瓶梅大词典》、白维国《金瓶梅词典》、傅憎享《金瓶梅隐语揭秘》、人民文学出版社 1985 年版戴鸿森校点《金瓶梅词话》、浙江古籍出版社 1991 年版《李渔全集·新刻绣像批评金瓶梅》、岳麓书社 1995 年版白维国、卜键校注《金瓶梅词话校注》。

8. 词话本内容有少量淫亵描写，虽与刻画人物性格不无关系，考虑到其负面影响，仍作了必要的删节。全书共删去 4300 字。

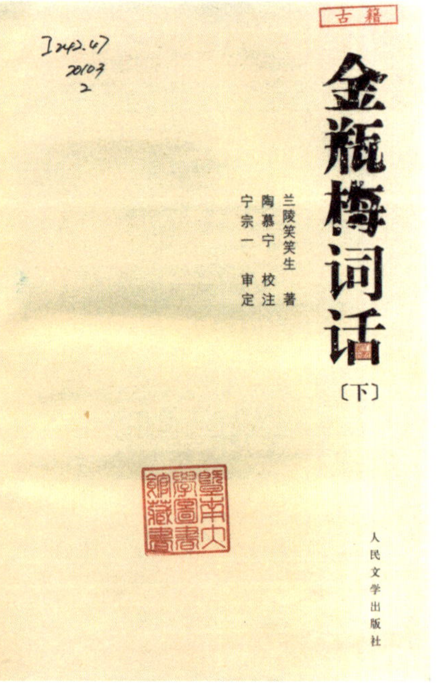

北京：人民文学出版社 2000 年 10 月北京第一版

24. 梅节“全校本” 香港星海文化出版有限公司 1987 年版

“全校本”校改之处共有五千余条之多。[1] 虽然改正原本部分讹误，在一定程度上提高其可读性，但仍有不少明显的讹误存而未改，语句上许多疑难问题尚待疏解订正。而已校改部分也有误改误断句的，数量虽然不多，但贻害甚大，必须改正。此外，全校本没有注释，卷末所附《金瓶梅词话辞典》，条目既少，且未注明页码，使用不便。[2]

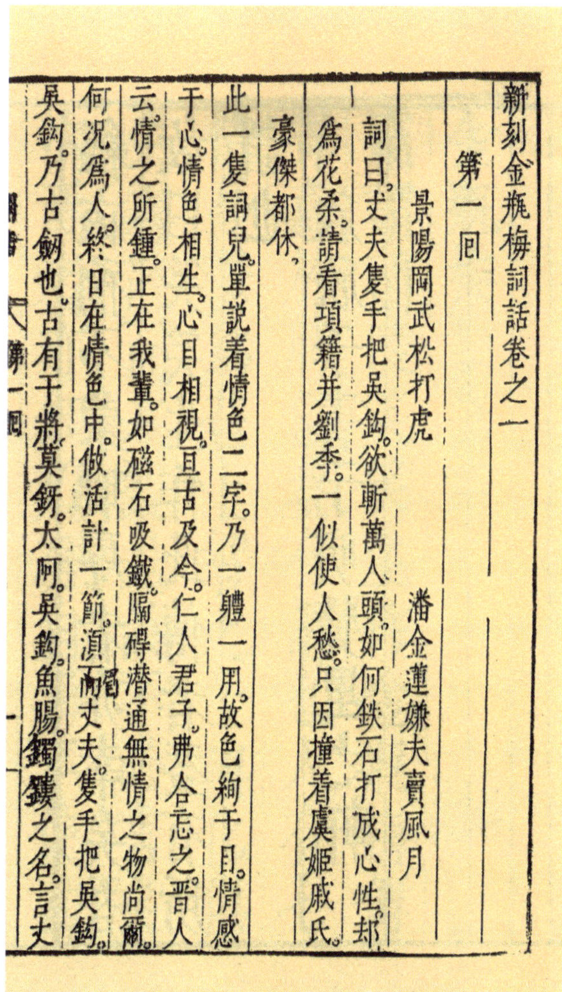

新刻金瓶梅詞話卷之一
第一回
景陽岡武松打虎　潘金蓮嫌夫賣風月
詞曰丈夫隻手把吳鈎。欲斬萬人頭。如何鉄石打成心性。却
爲花柔。請看項籍并劉季。一似使人愁。只因撞着虞姬戚氏。
豪傑都休。
此一隻詞兒。單說着情色二字。乃一體一用。故色絢于目。情感
于心。情色相生。心目相視。亘古及今。仁人君子。弗合忘之。晉人
云。情之所鍾。正在我輩。如磁石吸鐵。隔礙潛通。無情之物尚爾。
何況爲人。終日在情色中做活計一節。須而丈夫。隻手把吳鈎。
吳鈎。乃古劒也。古有干將莫邪。太阿。吳鈎。魚腸。躅鏤之名。言丈

香港星海文化出版有限公司 梅节第一次校订本 1987 年 8 月初版 精装全四册[3]

---

❶ 陈诏：《廿载辛苦为校书——梅节校勘〈金瓶梅词话〉经过》，《中华读书报》，2005 年 2 月 23 日。

❷ 卷首梅节：《〈金瓶梅词话〉重校本出版说明》。

❸ 《全校万历本金瓶梅词话》，[2016-06-14]. https://m.douban.com/book/subject/20283913/。

25. 梅节“重校本” 香港梦梅馆 1993 年版

“重校本”对“全校本”作了一次重大的清理，并吸收白维国、李申、傅憎享、张慧英、鲁歌、马征等海内外专家的最新研究成果，改正全校本错误一千多处[1]。

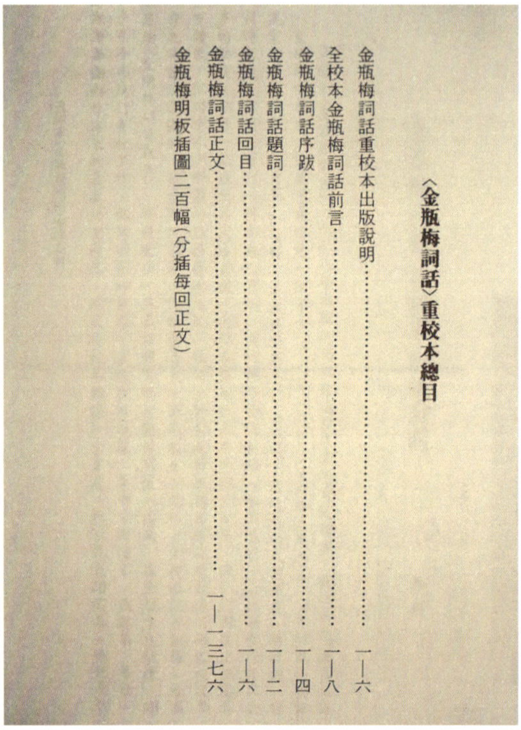

《金瓶梅詞話》重校本總目

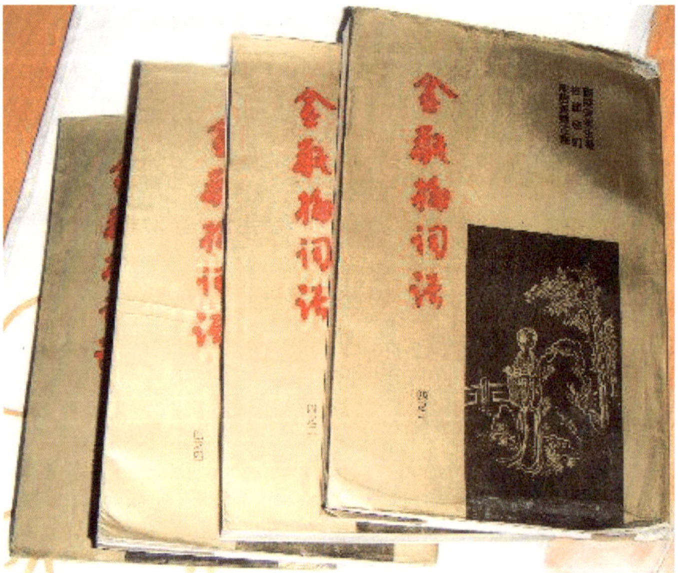

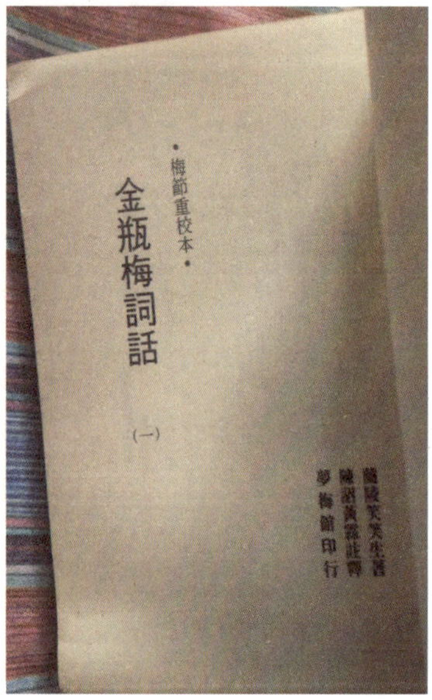

梅节第三次校订本 香港梦梅馆 1999 年影印手抄本 2011 年重印本

[1] 卷首梅节：《〈金瓶梅词话〉重校本出版说明》。

26. 梅节“梦梅馆定本” 香港梦梅馆 1999 年影印手抄本

“梦梅馆定本”线装二函二十册，附明版插图 200 幅一册。书高 29 cm，宽 18.5cm；半叶十行，行二十四字。

青年书法家陈少卿花三年时间，以工整小楷抄阅梅节之三校定本，都 80 万字，二十册。梦梅馆于 1999 年（己卯版）和 2001 年（辛巳版）曾托浙江富阳华宝斋古籍印刷厂各影印 200 套，编号在海外发行。辛巳版用朱笔校正己卯版讹误，又称“红字本”。两版均早已售罄。陈少卿先生近年整理抄本，将朱校全部改入正文，恢复原抄式样，爰付富阳华宝斋影印 200 套（实际仅印 100 套），仍编号海外发行。

“梦梅馆定本”（线装手抄本）前后已经影印三次，前两次各印 200 部，编号于海外发行，至 2011 年第三次印行时，梅节于书中以朱笔题写了补充说明（见下图），可知第三版是最为精审的抄本，已经将历年检校出来的错误之处纠正、按原规格仔细重抄。

梅节进一步扩大校勘参考书的范围，除了郑振铎、施蛰存、刘本栋、增你智、戴鸿森、白维国、卜键等专家的校点本外，还吸收了民国时期存宝斋印行的《绘图真本金瓶梅》和卿云图书公司印行的《古本金瓶梅》，以求博收广搜，择善而从…… “三校定本”继续发现一些问题，主要是抄写者的笔误和衍夺。为此，他又用朱笔一一改正，再付华宝斋以朱墨两色套印。[1]

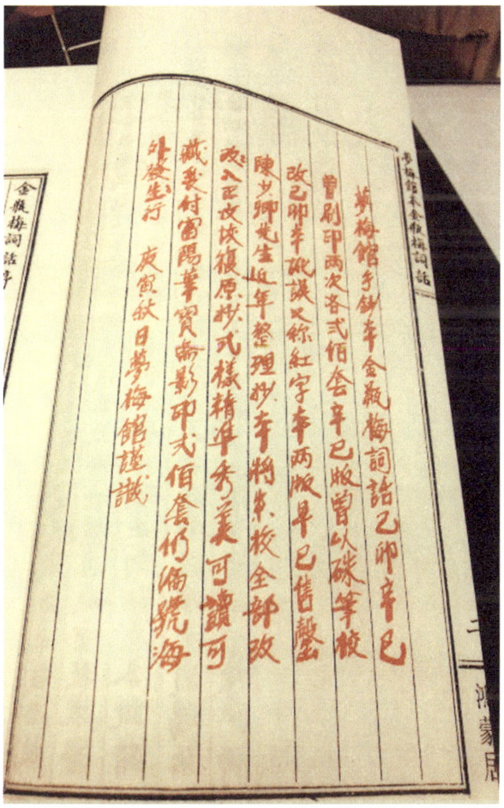

梅节第三次校订本 香港梦梅馆 1999 年影印手抄本 2011 年重印本[2]

---

❶ 陈诏：《廿载辛苦为校书——梅节校勘〈金瓶梅词话〉经过》，《中华读书报》2005 年 2 月 23 日，http://jhwjatwy.blog.163.com/blog/static/503376202013016115724670/。

❷ 《金瓶梅词话》，1999 年梦梅馆版，［2013-06-04］，http://jhwjatwy.blog.163.com/blog/static/503376202013016115724670/。

27. 梅节校订 陈诏 黄霖注释 青海人民出版社 2001 年版

是为梅节第二次校订本，以香港梦梅馆 1993 年版为底本，仅印 5000 套。

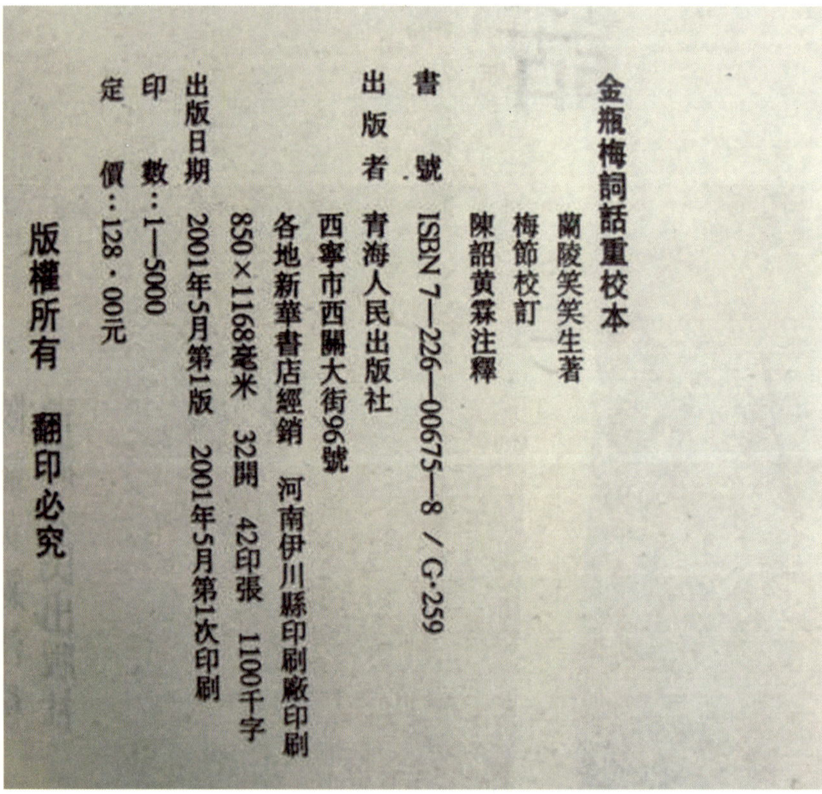

金瓶梅詞話重校本
蘭陵笑笑生著
梅節校訂
陳詔黃霖注釋

書　號 ISBN 7—226—00675—8 / G·259
出 版 者 青海人民出版社
西寧市西關大街96號
各地新華書店經銷　河南伊川縣印刷廠印刷
850×1168毫米　32開　42印張　1100千字
出版日期 2001年5月第1版　2001年5月第1次印刷
印　數：1—5000
定　價：128·00元

西宁：青海人民出版社 2001 年 5 月第一版 平装全二册[1]

---

[1] http://book.kongfz.com/item_pic_18530_136392666/。

28. 梅节校订 陈诏 黄霖注释 台北里仁书局 2007 年版

是为梅节第四次校订本：梦梅馆校本金瓶梅词话，台北里仁书局 2007 年 11 月初版，2009 年 2 月修订一版（此版至 2015 年 6 月凡 15 刷，且每版、每刷的手钤印章均不同）。插图 200 幅采用崇祯本木刻版画。

前三次校订本分别为：

第一次校订本：《全校本金瓶梅词话》，香港星海文化有限公司 1987 年版。

第二次校订本：《重校本金瓶梅词话》，香港梦梅馆 1993 年版。

第三次校订本：《梦梅馆定本金瓶梅词话》，香港梦梅馆 1999 年影印手抄本。

以“三次校订积累下来的、经删汰合并的札记”为素材，2004 年由北京图书馆出版社出版《金瓶梅词话校读记》。所据明清版本和近人校本数十种，参考书籍 440 种，校正错误万余处，得《校读记》7400 多条，使词话恢复鲜活流畅的话本风貌。

梅节“从八十年代中从事词话的整理和校点，旨在为读者提供一个可读的、较少错误的、接近原著的本子。选择以日本大安本为底本，覆以北京图书馆藏中土本，校以日本内阁文库和北京大学之《新刻绣像批评金瓶梅》、在兹堂本和崇经堂本之《皋鹤堂批评第一奇书金瓶梅》；并先后参考郑振铎、施蛰存、刘本栋、增你智、戴鸿森、白维国、卜键诸本，兼吸收姚灵犀、魏子云、陈诏、李申、张惠英、张鸿魁、傅憎享、鲁歌等专家研究成果，进行校订。”❶

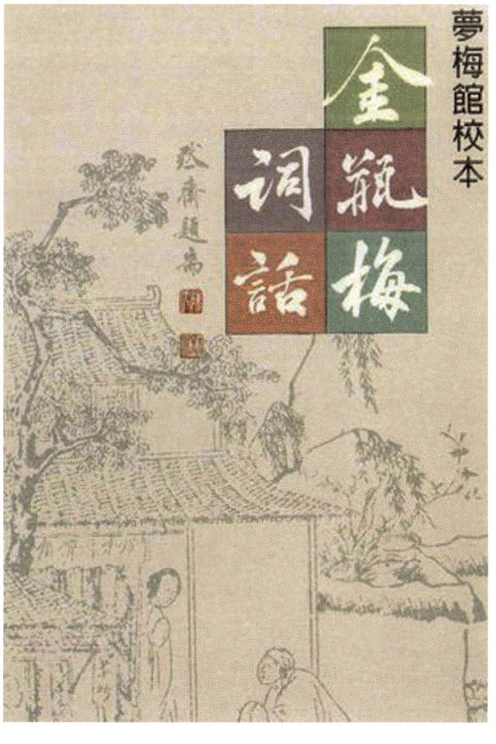

梅节第四次校订本 台北里仁书局 2007 年 11 月初版 精装全三册 印章朱文“梅节之（金木）”

❶ 卷首梅节：《梦梅馆校本〈金瓶梅词话〉前言》。

29. 卜键点评 作家出版社 2010 年版

题名：双舸榭重校评批金瓶梅。正文黑色，眉批、夹批、回后评等朱色套印。插图选自《清宫珍宝百美图》。

本书以《金瓶梅词话》（即“词话本”）为底本，以明崇祯《新刻绣像批评金瓶梅》（即“崇祯本”）、清康熙《张竹坡批评第一奇书金瓶梅》（即“张本”）为参校本。

本书校订以忠实原作风貌为基准，凡所校改增删均出校记；双舸子所作之文中点评，眉批一般针对段落或人物场景，夹批则是相对于重要语句或对话，皆点到为止；双舸子所作之回后评，亦主要据文本而发，或论一人二人，或议一事二事，却不应看作一回中人物故事之小结，是批评大不同于情节梗概也。[1]

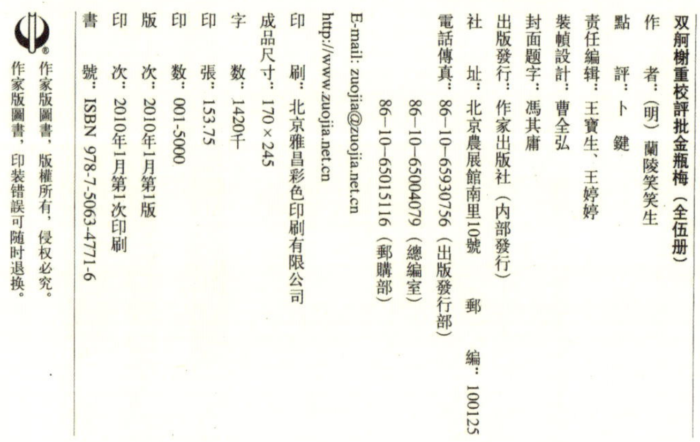
双舸榭重校評批金瓶梅（全伍册）
作　者：（明）蘭陵笑笑生
點　評：卜　鍵
责任編辑：王寶生、王婷婷
裝幀設計：曹全弘
封面題字：馮其庸
出版發行：作家出版社（内部發行）
社　址：北京農展館南里10號　郵　編：100125
電話傳真：86—10—65930756（出版發行部）
86—10—65004079（總編室）
86—10—65015116（郵購部）
E-mail: zuojia@zuojia.net.cn
http://www.zuojia.net.cn
印　刷：北京雅昌彩色印刷有限公司
成品尺寸：170×245
字　数：1420千
印　張：153.75
印　数：001-5000
版　次：2010年1月第1版
印　次：2010年1月第1次印刷
書　號：ISBN 978-7-5063-4771-6
作家版圖書，版權所有，侵权必究。
作家版圖書，印装错誤可随时退换。

北京：作家出版社内部发行，2010 年 1 月第一版 平装全五册

[1] 卷首《校评凡例》。

30. 覃知非校点 刘心武评点 漓江出版社 2012 年版

题名：刘心武评点金瓶梅。以《新刻金瓶梅词话》为评点本。卷首附东吴弄珠客序、《新刻金瓶梅词话》“词曰”“四贪词”以及刘心武《评点〈金瓶梅〉序》。每页分两栏，宽栏为正文，窄栏为刘氏评语。所删字数在脚注中说明。漓江出版社 2014 年 4 月再版。

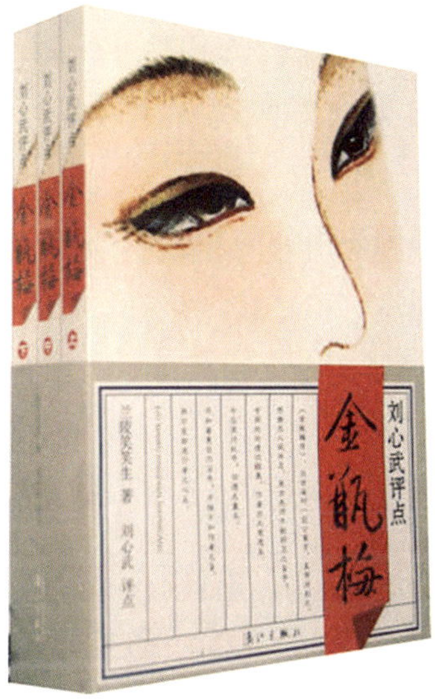

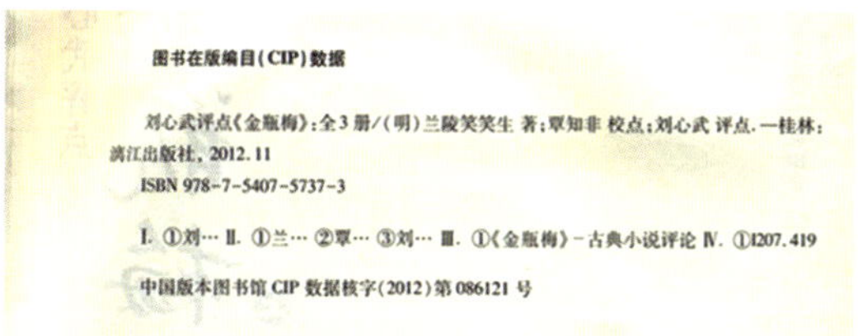

图书在版编目(CIP)数据

刘心武评点《金瓶梅》：全 3 册／(明) 兰陵笑笑生 著；覃知非 校点；刘心武 评点．—桂林：漓江出版社，2012.11

ISBN 978-7-5407-5737-3

Ⅰ. ①刘… Ⅱ. ①兰… ②覃… ③刘… Ⅲ. ①《金瓶梅》－古典小说评论 Ⅳ. ①I207.419

中国版本图书馆 CIP 数据核字(2012)第 086121 号

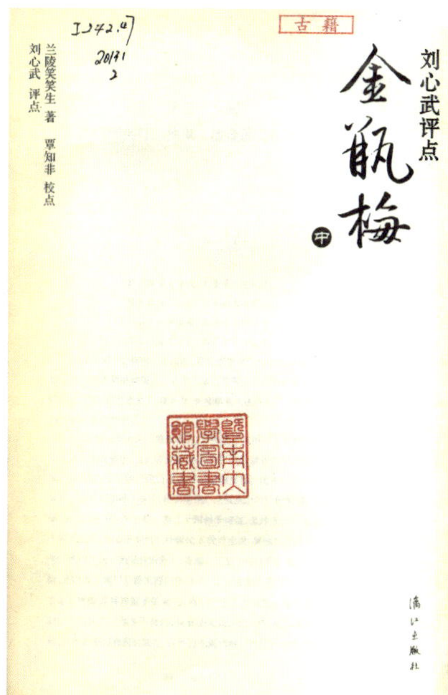

桂林：漓江出版社 2012 年 11 月第一版 精装全三册

31. 刘心武评点 张青松 邱华栋点校 台湾学生书局有限公司 2014 年版

王汝梅顾问、审读。题名：刘心武评点全本金瓶梅词话。

这次整理本以张松青所藏 1933 年北平古佚小说刊行会本为底本。这个本子的编号是"七十九"。此本原无插图，古佚小说刊行会影印本补入通州王孝慈藏崇祯本木刻插图 200 幅。在底本的基础上选择了以下三种词话本、四种评点本作为参校本。

词话本：

1. 北京文学古籍刊行社 1957 年出版《金瓶梅词话》二函二十一册。影印古佚小说刊行会本。

2. 日本大安株式会社 1963 年出版《金瓶梅词话》，全六册，含插图一册。系用日光山轮王寺慈眼堂及德山毛氏栖息堂所藏两种《金瓶梅词话》残本补配影印。

3. 台北联经出版事业公司 1979 年出版《金瓶梅词话》二函二十册，朱墨二色套印本。影印古佚小说刊行会本，并用台北故宫博物院藏原本进行了修订。

评点本：

1. 北京大学出版社 1988 年影印《新刻绣像批评金瓶梅》崇祯本。马廉旧藏。

2. 台湾学生书局 2011 年影印《新刻绣像批评金瓶梅》东大本。日本东京大学东洋文化研究所藏本，此本原是日本长泽规矩也教授双红堂藏书。

3. 康熙乙亥《皋鹤堂批评第一奇书金瓶梅》"本衙藏版翻刻必究"本，笔者自藏。

4. 台湾学生书局 2014 年影印《皋鹤堂批评第一奇书金瓶梅》苹华堂本。此本是近年新发现的重要版本，是在兹堂本与皋鹤堂本的祖本。

整理本参考书目：

1. 上海杂志出版公司 1936 年出版《中国文学珍本丛书》本《金瓶梅词话》，施蛰存点校。

2. 台北三民书局 1980 年出版《金瓶梅》（词话本），刘本栋校订。

3. 北京人民文学出版社 1985 年出版《中国小说史料丛书》本《金瓶梅词话》，戴鸿森校点。

4. 长沙岳麓书社 1995 年出版《金瓶梅词话校注》，白维国、卜键校注。

5. 北京人民文学出版社 2008 年出版《金瓶梅词话》，陶慕宁校注。

6. 台北里仁书局 2009 年修订一版《梦梅馆校本金瓶梅词话》，梅节校订。

> 本次整理是为配合刘心武先生评点《全本金瓶梅》的出版，重点在于刘先生的评点和文本的阅读，所以不出校记。[1]

> 我对《金瓶梅词话》的评点，早在上世纪九十年代初就完成了，但由于中国大陆对于这本书的出版，管理部门一直设定限制，拖到二〇一二年年底，才批准漓江出版社出了一个删节本，所删节的，自然都属于色情文字。……呈现在读者面前的这个版本，是一个没有删节的全本《金瓶梅词话》，由张青松、邱华栋两位先生断句整理，经"金学"专家王汝梅教授审阅。我对书中的色情文字，也有加起来约五千字的评点，现在得以在这个版本里同读者诸君见面，真是十分高兴。[2]

---

[1] 卷首张松青：《点校说明》。

[2] 卷首温榆斋：《刘心武评点全本〈金瓶梅词话〉序》。

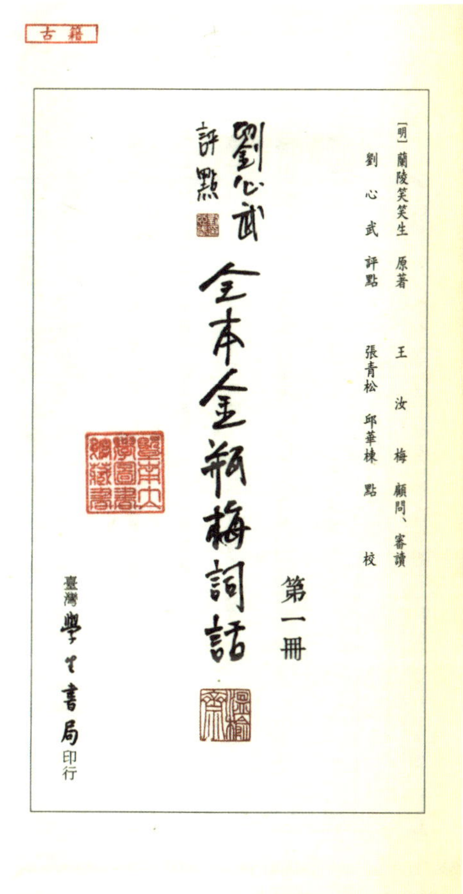

古籍

［明］蘭陵笑笑生 原著　王汝梅 顧問、審讀

劉心武 評點　張青松 邱華棟 點校

劉心武評點 全本金瓶梅詞話

第一冊

臺灣學生書局 印行

台北：台湾学生书局有限公司 2014 年 8 月第一版

32. 王清和校点 香港明镜出版社 2016 年版

以台北故宫博物院藏本为底本。插图取自《新刻绣像金瓶梅》，附有原来的回目，方便读者对比“词话本”和“说散本”的不同。

校点情况说明：1. 本书未作任何删节；2. 使用现代标点符号，重新分段；3. 改正明显的错字；4. 根据原文上下文，有五处重要改动（“三十件”改正为“二十件”、“白皇亲”改正为“向皇亲”、“常时节”“白来创”互换、“何沂”改正为“何沂”、“王婆”改正为“月娘”）；5. 明清文学中通用的古体、俗体、异体字不改。[1]

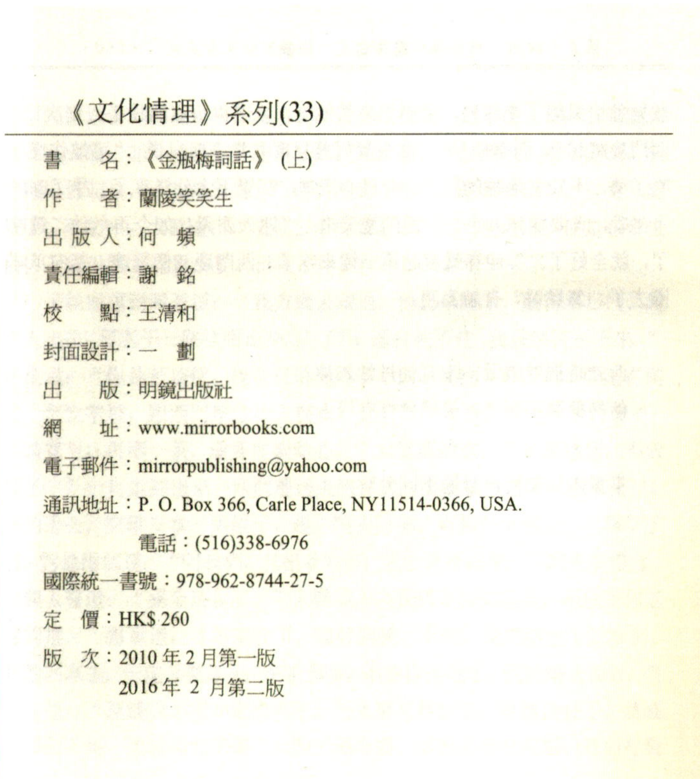

《文化情理》系列(33)

書　　名：《金瓶梅詞話》(上)
作　　者：蘭陵笑笑生
出 版 人：何　頻
責任編輯：謝　銘
校　　點：王清和
封面設計：一　劃
出　　版：明鏡出版社
網　　址：www.mirrorbooks.com
電子郵件：mirrorpublishing@yahoo.com
通訊地址：P. O. Box 366, Carle Place, NY11514-0366, USA.
　　　　電話：(516)338-6976
國際統一書號：978-962-8744-27-5
定　　價：HK$ 260
版　　次：2010 年 2 月第一版
　　　　2016 年 2 月第二版

香港：明镜出版社 2010 年 2 月第一版 2016 年 2 月第二版 平装全二册

[1] 卷首王清和：《〈金瓶梅词话〉校点说明》。

二、崇祯本（绣像本）

《新刻绣像批评金瓶梅》廿卷，世称《金瓶梅》崇祯本，或称评像本、评改本、改订本，明代小说本、说散本、廿卷本、天启本、天崇本等，系据万历丁巳年序刊本《新刻金瓶梅词话》（世称词话本或万历本）及参照其他抄本修改、圈点、加评而成。它使《金瓶梅》在流变过程中趋向定型，并第一次对全书作出了评点。后来流传较广的《彭城张竹坡批评金瓶梅第一奇书》本，即在此基础上再稍作修改和详加评论而成。因此，崇祯本在中国小说发展史及批评史上关系重大，引人注目。[1]

到目前为止，去掉一些残本、清刻本及一些私家藏本因明显后出或缺乏讨论价值外，主要有八种九部：册①通州王（孝慈）氏藏本。今下落不明，唯其插图100叶200幅由古佚小说刊行会曾予影印，附于词话本前，集中装订成册。世界文库排印词话本时，也曾影印若干插图及第一回一页书影，并据此本加以校勘。②北京大学图书馆藏本，原为马廉所藏。③日本天理大学图书馆藏本。④天津市人民图书馆藏本。⑤上海图书馆藏甲本。⑥上海图书馆藏乙本。⑦日本内阁文库藏本。另，长泽规矩也教授双红堂原藏一部，与内阁本完全相同，今归东京大学东洋文化研究所资料室。⑧首都图书馆藏本，原为孔德图书馆所藏。[2]

各部之间大同中略有小异。从版式上可分为两大类。一类以北京大学图书馆藏本为代表，书每半叶十行，行二十二字，扉页失去，无廿公跋，回首诗词前有“诗曰”或“词曰”二字。日本天理图书馆藏本、上海图书馆藏甲乙两本、天津图书馆藏本、残存四十七回本等，均属此类。另一类以日本内阁文库藏本为代表，书每半叶十一行。行二十八字，有扉页，扉页上题《新镌绣像批评原本金瓶梅》，有廿公跋，回首诗词前多无册“诗曰”或“词曰”二字。首都图书馆藏本、日本京都大学东洋文化研究所藏本属于此类。[3]凡两系内容文字相异之处，册内阁系趋同词话；册北大系趋同竹坡本。上图甲本其它均同北大本，册独内容文字多同内阁本，册这也可见版本问题的复杂性。[4]

崇祯系统内部各本之间的关系是这样的：目前仅存插图的通州王孝藏旧藏本为原刊本或原版后印本。北大本是以原刊本为底本翻刻的，为现存较完整的崇祯本。以北大本为底本翻刻或再翻刻，产生出天理本、天图本、上图甲乙本、周越然旧藏本。对北大本一类版本稍做改动并重新刊印的，有内阁本、东洋文化研究所本、首图本。后一类版本卷题做了统一，正文文字有改动，所改之处多数是恢复了词话本原字词。在上述两类崇祯本流传之后，又刊刻了残存四十七回本，此本兼有两类版本的特征。[5]

---

[1] 黄霖：《新刻绣像批评金瓶梅·点校说明》，本社编，《李渔全集》第十二卷，《新刻绣像批评金瓶梅》（上），杭州：浙江古籍出版社，1991年版，第1页。

[2] 黄霖：《册金瓶梅讲演录》，桂林：广西师范大学出版社，2008年版，第52页。

[3] 王汝梅：《新刻绣像批评金瓶梅·前言》，《王汝梅解读〈金瓶梅〉》，长春：时代文艺出版社，2007年版，第119页

[4] 梅节：《〈金瓶梅词话〉的版本与文本——〈金瓶梅词话校读记〉序》，《明清小说研究》，2004年第1期，第39–54页。

[5] 王汝梅：《〈金瓶梅〉版本史》，济南：齐鲁书社，2015年版，第34页。

崇祯本（绣像本）目录

1. 王孝慈旧藏本
2. 首都图书馆藏本
3. 北京大学图书馆藏本
4. 天津图书馆藏本
5. 上海图书馆藏本第一种（简称“上甲本”）
6. 上海图书馆藏本第二种（简称“上乙本”）
7. 残存四十七回本
8. 吴晓铃先生藏抄本
9. 北平傅惜华教授藏《绣像八才子词话》本
10. 周越然旧藏本
11. 日本内阁文库藏本
12. 日本东京大学东洋文化研究所藏本
13. 日本天理图书馆藏本
14. 清道光二年（1822）漱芳轩刻本
15. 台北学生书局有限公司 2011 年版
16. 齐烟 汝梅校点 齐鲁书社 1989 年版
17. 齐烟 汝梅校点 三联书店（香港）有限公司、齐鲁书社（山东）1990 年香港版
18. 齐烟 汝梅校点 台北：晓园出版社有限公司 1990 年版
19. 黄霖 张兵 顾越点校 浙江古籍出版社《李渔全集》本 1991 年版
20. 温京华 田军点校 光明日报出版社《笠翁文集》本 1997 年版
21. 闫昭典 王汝梅 孙言诚 赵炳南会校 三联书店（香港）有限公司 2009 年香港修订版
22. 闫昭典 王汝梅 孙言诚 赵炳南会校 三联书店（香港）有限公司 2011 年香港重订版
23. 北京线装书局《笠翁文集》本 2014 年版
24. 新加坡南洋出版社 2016 年版

1. 王孝慈旧藏本

《世界文库》本也曾影印若干图像及正文第一回首页书影。此页正文十行，行二十二字，眉批为二字行；回前诗标明“诗曰”“又诗曰”，两句一行。图像上刻工姓名比之各本最为完整、清晰。❶

原藏《新刻绣像批评金瓶梅》插图两册，200 幅。1933 年古佚小说刊行会版词话本中的插图，即据王氏藏本影印。图甚精致，署刻工姓名多。第一回第二幅图“武二郎冷遇亲哥嫂”栏内右侧题署“新安刘应祖镌”六字，为现存其他崇祯本插图所无。其第一回回目“西门庆热结十弟兄”，现存多数本子与之相同，仅天图本、上图乙本略异。从插图和回目判断，王氏藏本可能是崇祯系统的原刻本。❷

目前仅存插图的通州王氏旧藏本为原刊本或原版后印本。北大本是以原刊本为底本翻刻的，为现存较完整的崇祯本。以北大本为底本翻刻或再翻刻，产生出天理本、天图本、上图甲乙本、周越然旧藏本。对北大本一类版本稍作改动并重新刊印的，有内阁本、东洋文化研究所本、首图本。后一类版本卷题做了统一，正文文字有改动，所改之处，多数是恢复了词话本原字词。在上述两类崇祯本流传之后，又刊刻了残存四十七回本，此本兼有两类版本的特征。❸

王孝慈旧藏本第一回第二幅图题署“新安刘应祖镌”

王孝慈旧藏本第二回第一幅图题署“黄子立刻”

王孝慈旧藏本❹

❶ 黄霖：《新刻绣像批评金瓶梅·点校说明》，本社编，《李渔全集》第十二卷，《新刻绣像批评金瓶梅》（上），杭州：浙江古籍出版社，1991 年版，第 2 页。

❷ 王汝梅：《〈金瓶梅〉版本史》，济南：齐鲁书社，2015 年版，第 31 页。

❸ 王汝梅：《王汝梅解读〈金瓶梅〉》，长春：时代文艺出版社，2007 年版，第 121 页。

❹ 杨彬：《崇祯本〈金瓶梅〉研究》，北京：文物出版社，2011 年版，卷首插图。

2. 首都图书馆藏本

孙楷第《中国通俗小说书目》著录中的北京市图书馆藏本。

原藏北京孔德学校图书馆，故亦称“孔德本”。正文十九册，图一册，共二十册。版式略似内阁本而多简字。图像省为五十一叶、101 幅，一无刻工姓名，八十回后图像尤为拙劣。图像末有“回道人”题诗一首。全书无眉批，夹批也大都缺略，然少数夹批为他本所无。[1]

首都图书馆藏本（一）[2]

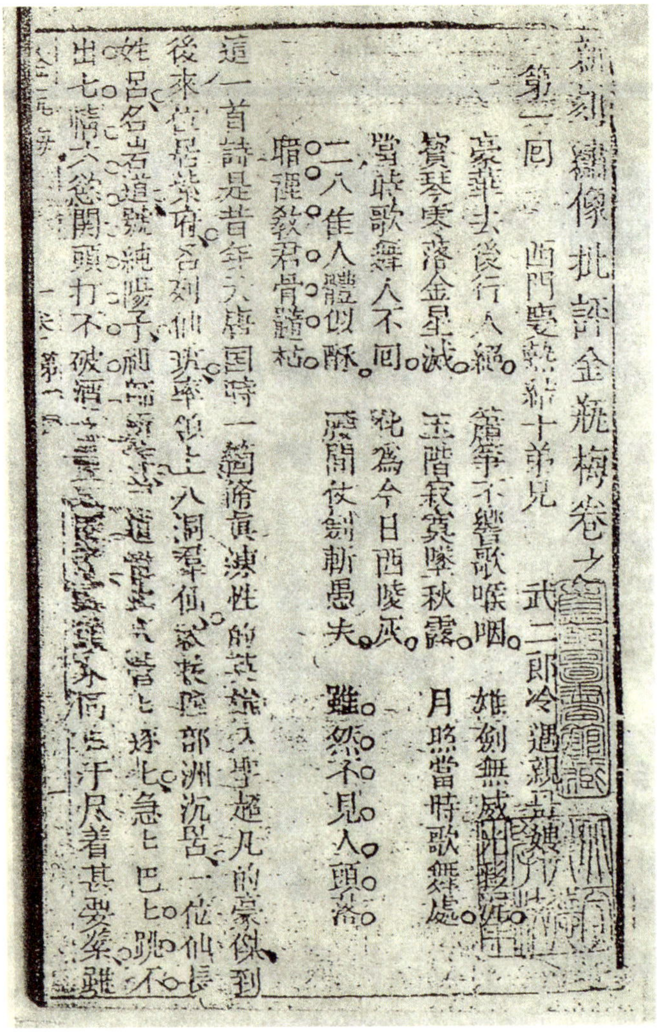

新刻繡像批評金瓶梅卷之一
第一回 西門慶熱結十弟兄 武二郎冷遇親哥嫂
豪華去後行人絕。簫箏不響歌喉咽。雄劍無威光彩沉。
寶琴零落金星滅。玉階寂寞墜秋露。月照當時歌舞處。
當時歌舞人不回。化為今日西陵灰。
二八佳人體似酥。腰間仗劍斬愚夫。雖然不見人頭落。
暗裏教君骨髓枯。
這一首詩是昔年大唐國時一箇修真煉性的英雄入聖超凡的豪傑到
後來位居紫府名列仙班率領上八洞群仙救拔三部洲沉苦一位仙長
姓呂名岩道號純陽子 [illegible]
出七情六慾關頭打不破酒色 [illegible]

首都图书馆藏本（二）[3]

---

1. 黄霖：《刻绣像批评金瓶梅・点校说明》，本社编，《李渔全集》第十二卷，《新刻绣像批评金瓶梅》（上），杭州：浙江古籍出版社，1991 年版，第 4 页。
2. 首都图书馆“古籍插图库”/新刻绣像批评金瓶梅/吴月娘春昼秋千，[2016-06-05]. http://query.clcn.net.cn/GJAndST/enjoy/wuyuenian.htm。
3. 《新刻绣像批评金瓶梅》，济南：齐鲁书社 1989 年版，卷首插图。

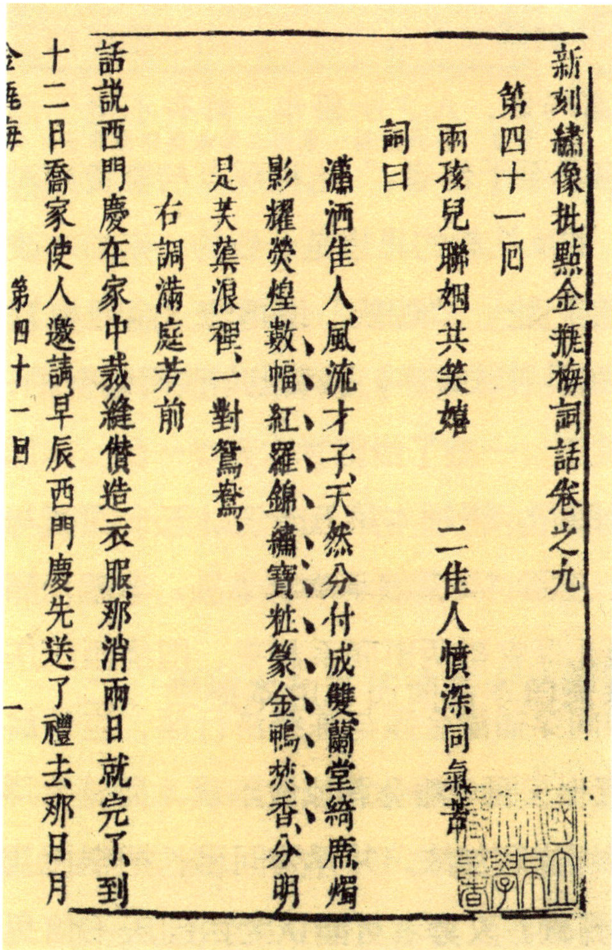

新刻繡像批點金瓶梅詞話卷之九

第四十一回

兩孩兒聯姻共笑嬉　二佳人憤深同氣苦

詞曰

瀟洒佳人，風流才子，天然分付成雙，蘭堂綺席，燭影耀熒煌，數幅紅羅錦繡，寶粧篆金鴨焚香，分明是芙蕖浪裡，一對鴛鴦，

右調滿庭芳前

話說西門慶在家中裁縫攢造衣服，那消兩日就完了，到十二日喬家使人邀請早辰西門慶先送了禮去那日月

金瓶梅　第四十一回　一

北京大学图书馆藏本（一）

3. 北京大学图书馆藏本

孙楷第《中国通俗小说书目》载录。有眉批、旁评，眉批多为四字行。❶

原为马廉藏书。一百回，二十卷，三十六册。中间略缺数叶。亦为四字行眉批，版式、大小与上图甲本略同，然其插图一百叶分插于各回之前，评点文字，与上图甲本互有缺略异同。❷

1988 年，北京大学出版社据北京大学图书馆藏本影印，收入《北京大学图书馆善本丛书》。四函三十六册（复印本合订十二册），每回插图二帧，全书共二百帧。正文页二十行二十二字，无鱼尾，四周单边。书口题：金瓶梅。文中有圈点，行间有夹批并有眉批。

影印本对原书中有些问题，做如下处理：

一、原版印刷文字有断笔缺笔者，只要能辨认，一仍其旧；有难以辨认或缺字者，参照北京大学图书馆藏清康熙年间刻张竹坡评本或词话本补上。

二、原书第六十二至六十四回刻印质量稍差，有些字原藏书者用毛笔描画，致使字迹模糊，影印时作了修版。

三、原书缺第三十一回第十二叶、第七十三回第一至二叶、第七十五回第一至二叶、第七十九回第二十九叶，经北京大学图书馆用天津图书馆藏本胶片还原补配。因天津图书馆藏本为小开本，影印时将其放大，使与原书版面一致。

四、原书第五十七回第八叶被焚毁半叶，据天津图书馆藏本抄补。❸

---

❶ 杨彬：《崇祯本〈金瓶梅〉研究》，北京：文物出版社，2011 年版，第 15-16 页。

❷ 黄霖：《新刻绣像批评金瓶梅·点校说明》，本社编，《李渔全集》第十二卷，《新刻绣像批评金瓶梅》（上），杭州：浙江古籍出版社，1991 年版，第 3 页。

❸ 卷首《出版说明》。

4. 天津图书馆藏本

与上图乙本大小版式相同而装订略异：此本图像分插于回前而不如上图乙本集中于卷首。又，略多眉批数则。[1] 有少量眉批和旁批，眉批为二字行、四字行不等。[2]

崇祯本《金瓶梅》在《金瓶梅》的传播史上有着承上启下的作用，长期以来学者对此认识不足，对于天图本《金瓶梅》价值的再认识，我们以为，应该基于以下“五没有”来考虑：

其一，天图本《金瓶梅》，孙楷第《中国通俗小说书目》没有著录。说明这个版本当时秘传于世，没有被孙氏发现。这是一部后出的善本，影印出版后，当大显于世，甚便于学者研究。

其二，天图本《金瓶梅》，有两条特有的正文夹批，为上举各本所无，其出处无法查明。两条夹批见载正文第五十九回十二叶。第一条正文云“抡起来只一摔听响亮一声脑浆进万朵桃花”，此句右侧夹批云“何不将金莲亦如此一摔岂不更大妙乎”；第二条正文云“明日还问你要命你慌怎的”，此句右侧夹批云“武松杀你可与谁要命来真可笑”。这说明它或许是从某一失传的版本而来。失传版本的批校情况，端赖天图本以传。

其三，天图本《金瓶梅》，此前没有出版过。说明这个版本的研究价值极高，其自身情况在影印出版后，将会被世人所认识。

其四，天图本《金瓶梅》，与传世的其他崇祯本《金瓶梅》之间的内在关系，尚没有彻底搞清楚，仍存悬念，影印出版后，将会逐步揭开。譬如天图本四十八回有一处文字脱落，而页码显示为连续无脱叶，个中原因有待与其他版本比对研究。

其五，天图本《金瓶梅》，拟采用四色印刷技术对原本进行高仿，金镶玉线装，几与原书无异，可以达到乱真程度。这是此前其他影印本所没有做到的。[3]

新刻繡像批評金瓶梅（綫裝本·全二十四册）
作者 明·蘭陵笑笑生
責任編輯 崔建偉
出版發行 綫裝書局
地址 北京西城區鼓樓西大街四一號
郵編 一〇〇〇〇九
電話 六四〇四五二八三
網址 www.xzhbc.com
製版 北京三希堂圖文設計有限公司
印裝 北京奥美彩色印務有限公司
字數 六〇〇仟字
印張 四一二
版次 二〇一二年五月第一版第一次印刷
定價 九六〇〇圓
内部發行 僅供研究 版權專有 侵權必究

北京：线装书局影印本 2012年5月第一版 三函二十四册[4]

---

1. 黄霖：《新刻绣像批评金瓶梅·点校说明》，本社编，《李渔全集》第十二卷，《新刻绣像批评金瓶梅》（上），杭州：浙江古籍出版社，1991年版，第3页。
2. 杨彬：《崇祯本〈金瓶梅〉研究》. 北京：文物出版社，2011年版，第15–16页。
3. 卷首天津图书馆：《出版说明》。
4. 《新刻绣像批评金瓶梅》，[2016-06-24]. http://blog.sina.com.cn/s/blog_4424c54b0101cxk9.html。

5. 上海图书馆藏本第一种（简称“上甲本”）

全一百回，分二十卷。每卷五回，每回编码。三十二册。半叶十行，行二十二字。首页版式与王氏本大致相仿，然眉批改为四字行，回目题“西门庆热结十弟兄”，其“弟兄”两字不同于王氏本作“兄弟”。前两册全为图像，一百叶，两百幅。图像上刻工姓名时见缺失。[1]

无函。首二册为图，共二百幅。第三册起序、总目录、正文。序题上钤“涉园珍秘”阳文方章。[2]

上海图书馆藏甲本（一）[3]

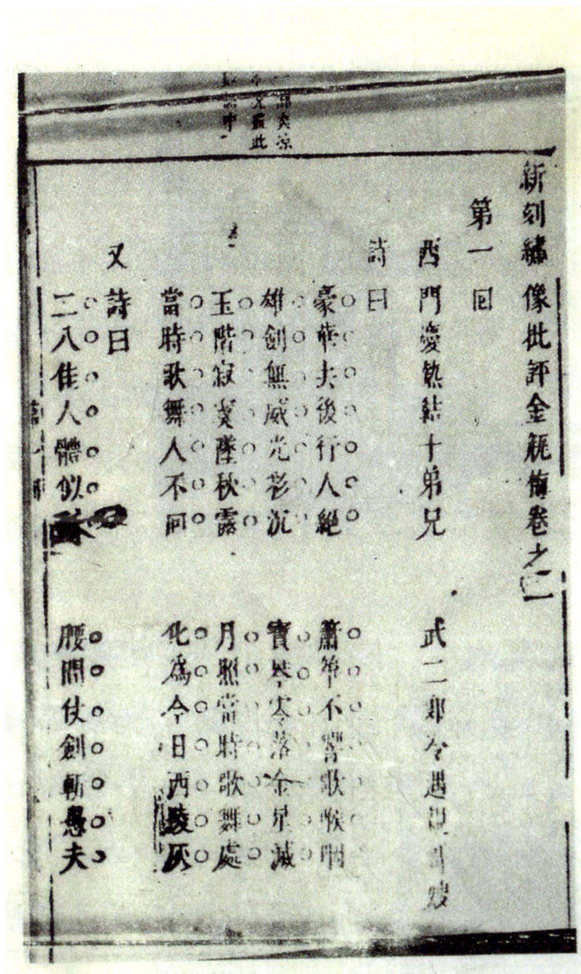

新刻繡像批評金瓶梅卷之一
第一回
西門慶熱結十弟兄　武二郎冷遇親哥嫂
詩曰
豪華去後行人絕，簫箏不響歌喉咽。
雄劍無威光彩沉，寶琴零落金星滅。
玉階寂寞墜秋露，月照當時歌舞處。
當時歌舞人不回，化為今日西陵灰。
又詩曰
二八佳人體似酥，腰間仗劍斬愚夫。

上海图书馆藏甲本（二）[4]

---

❶ 黄霖：《新刻绣像批评金瓶梅·点校说明》，本社编，《李渔全集》第十二卷，《新刻绣像批评金瓶梅》（上），杭州：浙江古籍出版社，1991年版，第2页。

❷ 梅节：《上海图书馆藏崇祯本〈金瓶梅〉观后琐记》，《上海师范大学学报（哲学社会科学版）》，2003年第1期，第58-94页。

❸ 杨彬主编：《崇祯本〈金瓶梅〉研究》，北京：文物出版社，2011年版，卷首插图。

❹ 《新刻绣像批评金瓶梅》，济南：齐鲁书社，1989年版，卷首插图。

6. 上海图书馆藏本第二种（简称“上乙本”）

全一百回，二十卷，四十册。正文第一回回目题作“兄弟”，同王氏本而异于上图甲本、北大本等作“弟兄”。首页眉批亦为二字行，然第三叶起改为四字行，十一叶后基本上无眉批。正文亦半叶十行，行二十二字，然文字与上图甲本、北大本、天理本、内阁本等多有出入，而与据王氏本排印的世界文库本及后出的张评本多有相同之处。前两册为图像，刻工姓名亦不完整。[1]

四十册，分装四函。第一册始序、总目录。后插图200幅，分两册。第三册起正文。序题下钤“藏晖书屋”阳文方章。[2]

上海图书馆藏乙本（一）[3]

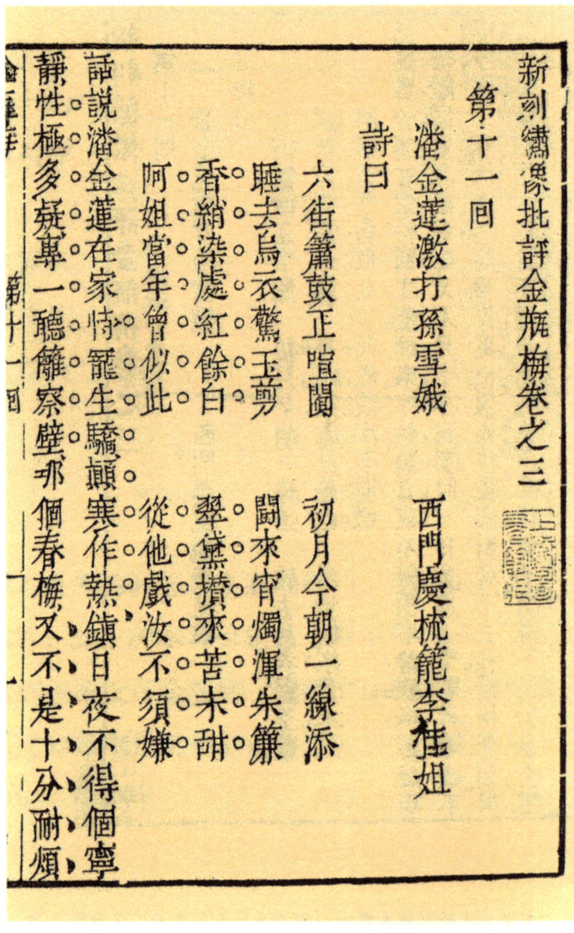

新刻繡像批評金瓶梅卷之三

第十一回

潘金蓮激打孫雪娥　西門慶梳籠李桂姐

詩曰

六街簫鼓正喧闐　初月今朝一線添
睡去烏衣驚玉剪　鬪來宵燭渾朱簾
香綃染處紅餘白　翠黛攢來苦未甜
阿姐當年曾似此　從他戲汝不須嫌

話說潘金蓮在家恃寵生驕，顛寒作熱，鎮日夜不得個寧靜。性極多疑，專一聽籬察壁。那個春梅又不是十分耐煩

金瓶梅　第十一回

上海图书馆藏乙本（二）[4]

---

[1] 黄霖：《新刻绣像批评金瓶梅·点校说明》，本社编，《李渔全集》第十二卷，《新刻绣像批评金瓶梅》（上），杭州：浙江古籍出版社，1991年版，第3页。

[2] 梅节：《上海图书馆藏崇祯本〈金瓶梅〉观后琐记》，《上海师范大学学报（哲学社会科学版）》，2003年第1期。

[3] 杨彬主编：《崇祯本〈金瓶梅〉研究》，北京：文物出版社，2011年版，卷首插图。

[4] 王汝梅：《〈金瓶梅〉版本史》，济南：齐鲁书社，2015年版，第93页。

7. 残存四十七回本

近年新发现的。扉页右上题“新镌绣像批评原本”，中间大字“金瓶梅”，左题“本衙藏板”。插图有 90 幅，第五回“饮鸩药武大遭殃”及第二十二回“蕙莲儿偷期蒙爱”，俱题署刻工刘启先姓名。此残本版式、眉批行款与北大本相近，卷题也与北大本相同，但扉页则依内阁本所谓“原本”扉页格式刻印。此版本兼有两类本子的特征，是较晚出的版本，大约刊印在张评本刻印前的顺治或康熙初年，流传至张评本刊印之后。该书流传中失去五十三回，用张评本配补，成了崇祯本和张评本的混合本。从明末至清中叶，《金瓶梅》由词话本、崇祯本同步流传演变为崇祯本和张评本同步流传，其递变端倪，可由此本看出。[1] 格式同内阁本，而正文行款、版式近上图甲本。[2]

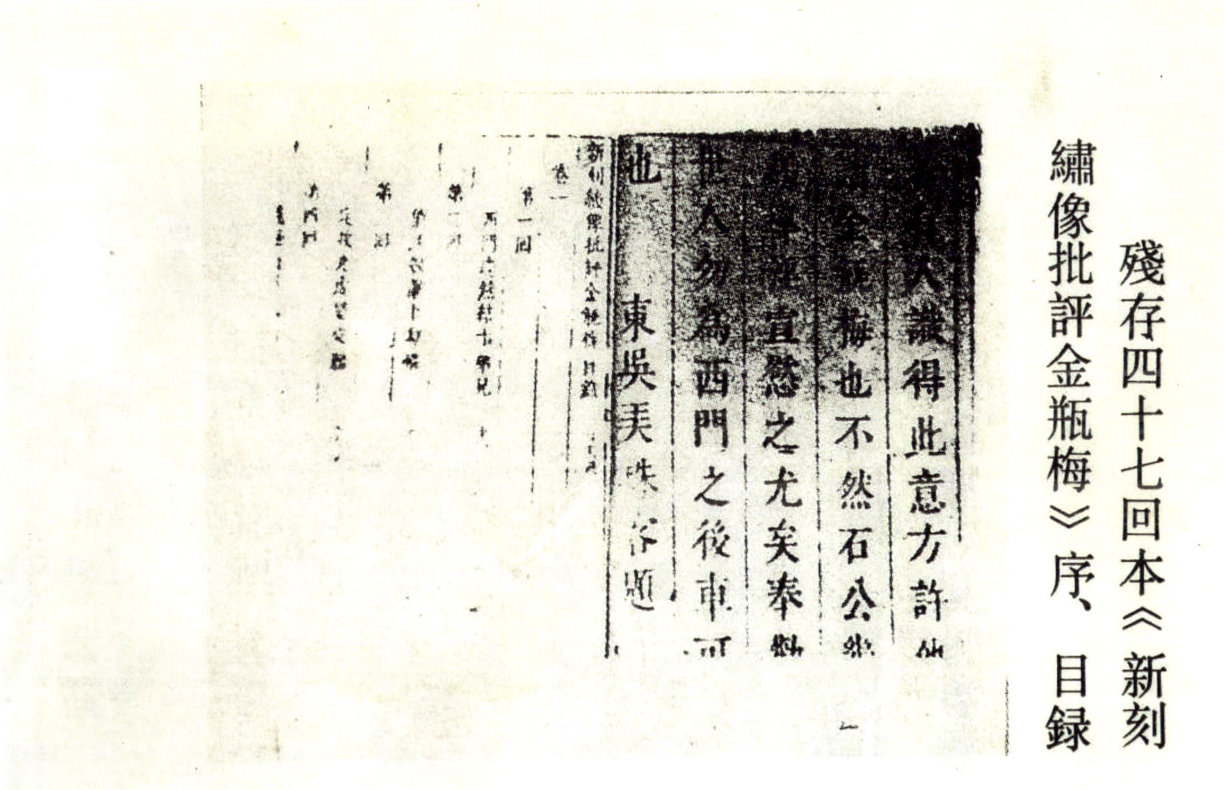

残存四十七回本[3]

---

1. 王汝梅：《〈金瓶梅〉版本史》，济南：齐鲁书社，2015 年版，第 31–32 页。
2. 黄霖：《新刻绣像批评金瓶梅·点校说明》，本社编，《李渔全集》第十二卷，《新刻绣像批评金瓶梅》（上），杭州：浙江古籍出版社，1991 年版，第 4 页。
3. 《新刻绣像批评金瓶梅》，济南：齐鲁书社，1989 年版，卷首插图。

8. 吴晓铃先生藏抄本

四函四十册，二十卷百回，是一部书品阔大的乌丝栏大字抄本。抄者为抄本刻制了四方边栏、行间夹线和书口标“金瓶梅”的木版。吴先生云：“从字体风格看来，应属乾隆前期。”书中秽语删除，无眉批、夹批。在崇祯诸本的异文处，此本多与北大本相同，但也有个别地方与北大本不同。由此看来，此本可能系据崇祯系统原刊本抄录，在研究崇祯本流变及版本校勘上，颇有价值。[1]

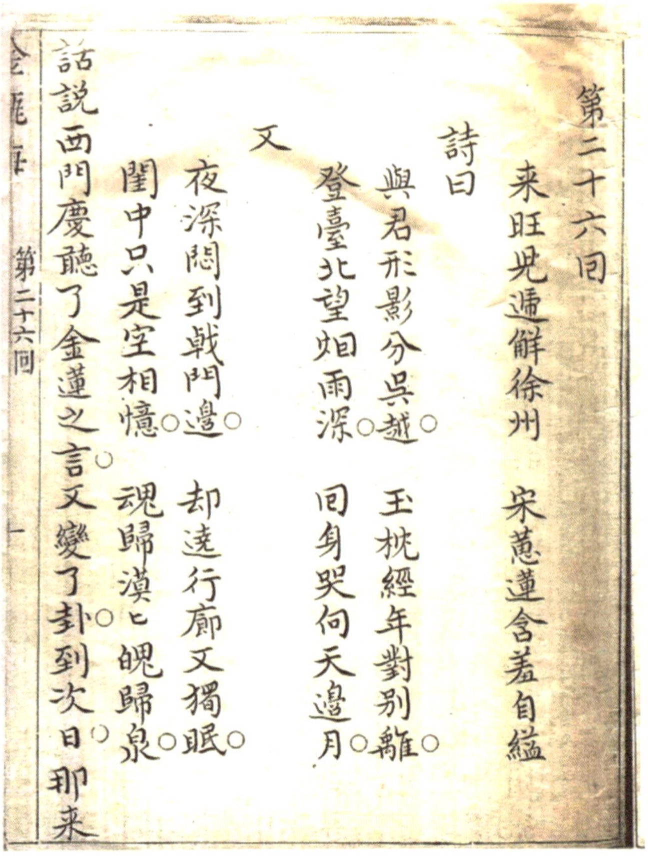

吴晓铃先生藏抄本（一）[2]

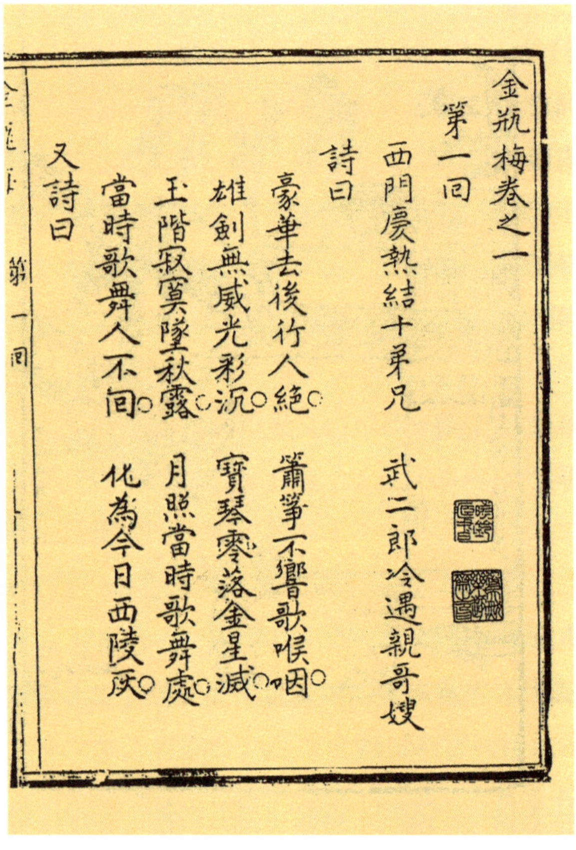

吴晓铃先生藏抄本（二）[3]

---

❶ 王汝梅：《<金瓶梅>版本史》，济南：齐鲁书社，2015 年版，第 32 页。
❷ 梅节校勘：《<金瓶梅词话>校读记》，北京：北京图书馆出版社，2004 年版，卷首插图。
❸ 王汝梅：《<金瓶梅>版本史》，济南：齐鲁书社，2015 年版，第 32 页。

9. 北平傅惜华教授藏《绣像八才子词话》本

一名《绣刻古本八才子词话》。吴晓铃注云："顺治间坊刊《绣像八才子词话》，大兴傅氏碧蕖馆旧藏。今不悉散佚何许。"[1] 此为残本，清顺治间刻本。原傅惜华先生藏，现为中国艺术研究院藏。[2]

现存册数：五册，包含序文一篇、目录及第一、二、十一至十五、三十一至三十五、六十五至六十八回。书名页题"绣刻古本八才子词话"，其下并行"本衙藏板"等字。序文与前面所有各版之序文迥异。作序者为谁不详，然作序年代为顺治二年（1645）。目录同扉页之书名页。章回数：十卷，一百回。插图：书名虽有"绣刻"二字，但无插图。[3]

吴先生把此一种本子视为清代坊刊词话本。韩南把它列入崇祯本系统。因韩南曾借阅傅惜华藏书，笔者采取韩南意见，把此版本列入崇祯本系统。[4]

---

❶ 吴晓铃：《金瓶梅词话最初刊本问题》，《吴晓铃集》第一卷，石家庄：河北教育出版社，2006 年版，第 100 页。

❷ 胡文彬编著：《金瓶梅书录》. 沈阳：辽宁人民出版社，1986 年版，第 17 页。

❸ ［美］韩南：《金瓶梅的版本及其他》，［美］韩南著，王秋桂等译，《韩南中国小说论集》，北京：北京大学出版社，2008 年版，第 170 页。

❹ 王汝梅：《〈金瓶梅〉版本史》，济南：齐鲁书社，2015 年版，第 33 页。

10. 周越然旧藏本

周越然著录：“新刻绣像批评金瓶梅二十卷百回。明崇祯间刊本，白口，不用上下鱼尾，四周单栏，每半叶十行，每行二十二字，眉上有批评，行间有圈点。卷首有《东吴弄珠客序》三叶，目录十叶，精图一百叶。此书版刻、文字均佳。”据版式特征应属北大本一类，与天图本、上图乙本相近或同版。把周越然旧藏本第二回图“俏潘娘帘下勾情”影印件与北大本图对勘，北大本图左下有“黄子立刊”四字，周越然旧藏本无（右下有周越然章）。[1]

周越然旧藏本[2]

---

❶ 王汝梅：《〈金瓶梅〉版本史》，济南：齐鲁书社，2015 年版，第 33 页。
❷ 王汝梅：《〈金瓶梅〉版本史》，济南：齐鲁书社，2015 年版，第 34 页。

11. 日本内阁文库藏本

题名：新刻绣像批评原本金瓶梅（全像金瓶梅）二十卷一百回。原枫山官库等旧藏。共二十一册。每半叶十一行，行二十八字。白口，四周单边。版心镌刻“金瓶梅”，下记“第一（一至一百回）”，再下记叶数。前有东吴弄珠客《金瓶梅序》。卷前有绘图，原一百叶凡二百图，此本《绘图》缺二叶。[1]

正文十册，首图一册，已佚。三字行眉批。第一回回前诗未标“诗曰”“又诗曰”，三句一行而非两句一行。以后各回回前诗词之格式均异于上图甲本、上图乙本、北大本等。[2]

1993 年，台北天一出版社据以影印，收入《明清善本小说丛刊》第十辑烟粉小说（一）人情类。

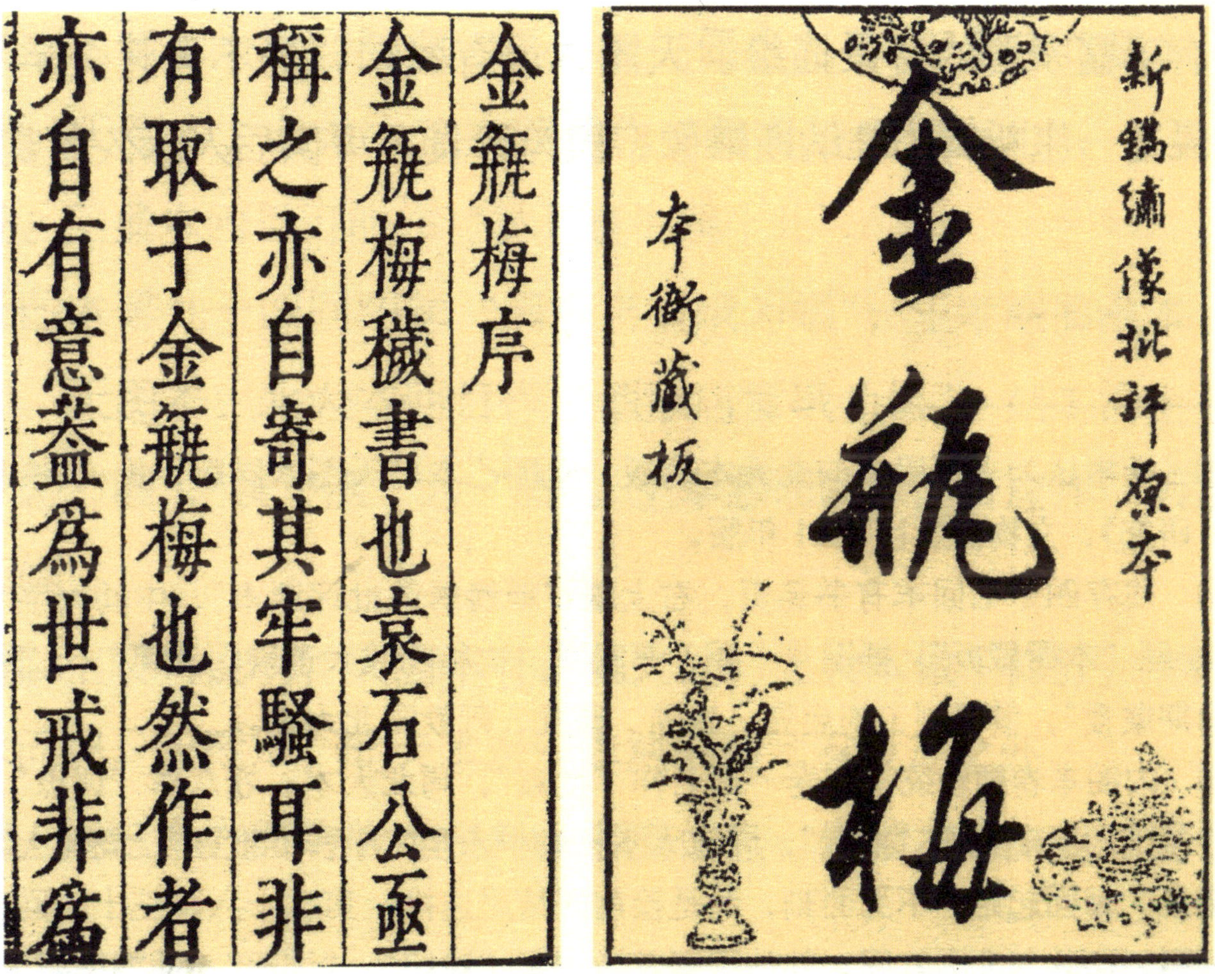
新鐫繡像批評原本
金瓶梅
本衙藏板

金瓶梅序
金瓶梅穢書也袁石公亟
稱之亦自寄其牢騷耳非
有取于金瓶梅也然作者
亦自有意蓋爲世戒非爲

日本内阁文库藏本[3]

❶ 严绍璗编著：《日藏汉籍善本书录》，北京：中华书局，2007 年版，第 2000 页。

❷ 黄霖：《新刻绣像批评金瓶梅·点校说明》，本社编，《李渔全集》第十二卷，《新刻绣像批评金瓶梅》（上），杭州：浙江古籍出版社，1991 年版，第 4 页。

❸ 王汝梅：《〈金瓶梅〉版本史》，济南：齐鲁书社，2015 年版，第 78 页。

12. 日本东京大学东洋文化研究所藏本

题名：新刻绣像批评原本金瓶梅（全像金瓶梅）二十卷一百回。原长泽规矩也“双红堂文库”等旧藏。共十册。每半叶十一行，行二十八字。[1] 有眉批、旁评，眉批多为三字行。[2] 与内阁本悉同。[3]

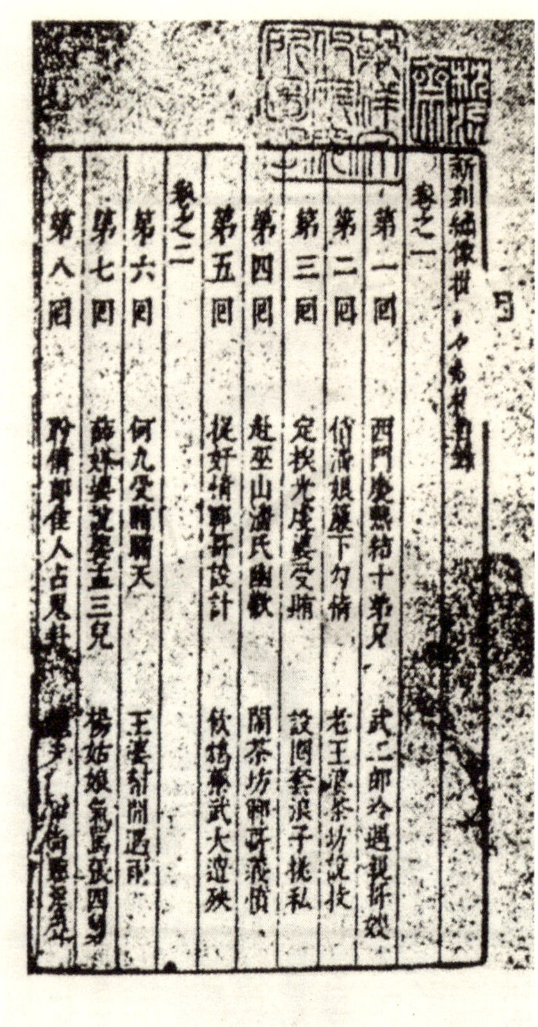
新刻繡像批評金瓶梅目錄
卷之一
第一回 西門慶熱結十弟兄 武二郎冷遇親哥嫂
第二回 俏潘娘簾下勾情 老王婆茶坊說技
第三回 定挨光虔婆受賄 設圈套浪子私挑
第四回 赴巫山潘氏幽歡 鬧茶坊鄆哥義憤
第五回 捉姦情鄆哥設計 飲鴆藥武大遭殃
卷之二
第六回 何九受賄瞞天 王婆幫閑遇雨
第七回 薛嫂兒說娶孟三兒 楊姑娘氣罵張四舅
第八回 盼情郎佳人占鬼卦 燒夫靈和尚聽淫聲

日本东京大学东洋文化研究所藏《新刻绣像批评金瓶梅》目录

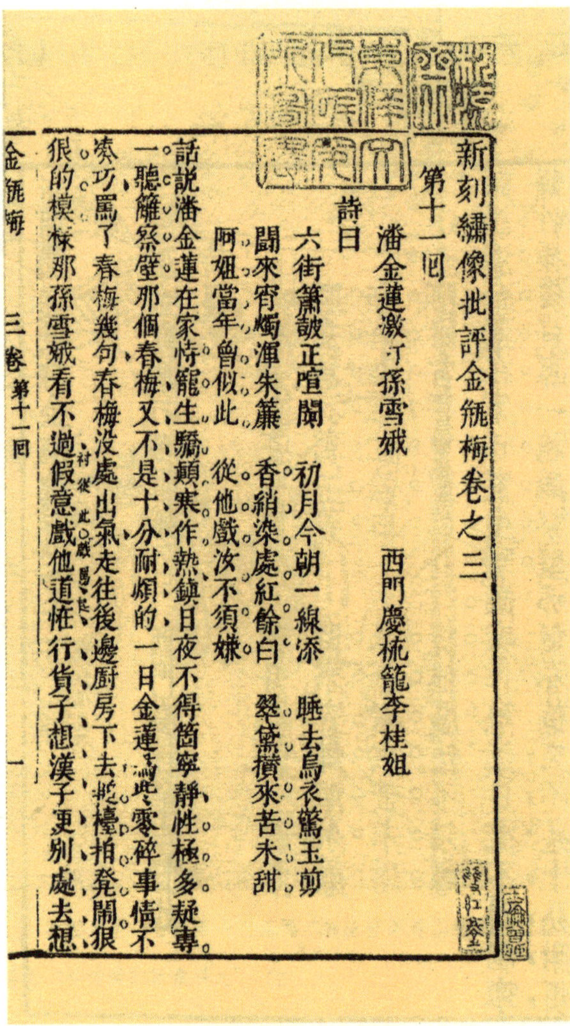
新刻繡像批評金瓶梅卷之三
第十一回
潘金蓮激打孫雪娥　西門慶梳籠李桂姐
詩曰
六街簫鼓正喧闐　初月今朝一線添　睡去烏衣驚玉剪
鬪來宵燭渾朱簾　香綃染處紅餘白　翠黛橫來苦未甜
阿姐當年曾似此　從他戲汝不須嫌
話說潘金蓮在家恃寵生驕，顛寒作熱，鎮日夜不得箇寧靜，性極多疑專一聽籬察壁。那個春梅又不是十分耐煩的。一日金蓮為些零碎事情不湊巧，罵了春梅幾句。春梅沒處出氣，走往後邊廚房下去，搥臺拍凳，鬧狠狠的模樣。那孫雪娥看不過，假意戲他道：怪行貨子，想漢子便別處去想
金瓶梅　三卷　第十一回　一

东洋文化研究所本第十一回首半叶行间夹批，三种版本均把“祸”误刻为“衬”。

日本东京大学东洋文化研究所藏本（一）[4]　日本东京大学东洋文化研究所藏本（二）[5]

❶ 严绍璗编著：《日藏汉籍善本书录》，北京：中华书局，2007 年版，第 2000 页。

❷ 杨彬：《崇祯本〈金瓶梅〉研究》，北京：文物出版社，2011 年版，第 15–16 页。

❸ 黄霖：《新刻绣像批评金瓶梅·点校说明》，本社编，《李渔全集》第十二卷，《新刻绣像批评金瓶梅》（上），杭州：浙江古籍出版社，1991 年版，第 4 页。

❹ 新加坡：南洋出版社，2009 年 11 月第三版，卷首插图。

❺ 王汝梅：《〈金瓶梅〉版本史》，济南：齐鲁书社，2015 年版，第 94 页。

13. 日本天理图书馆藏本

题名：新刻绣像批评金瓶梅（全像金瓶梅）二十卷一百回。原盐谷温等旧藏。共十册。每半叶十行，行二十二字。卷内有眉评、旁评。卷中有“中川氏藏”印记。绘图首有东吴弄珠客《序》。绘图中“潘金莲兰汤邀午战”与“假弟妹暗续鸾胶”乃系后人补画。[1]

全一百回，二十卷，十一册，附图一册，计十二册。据鸟居久晴《金瓶梅版本考》等著录，版式、大小等均与上图甲本、北大本略同。其附图有从回首移去另作一册的痕迹。[2]

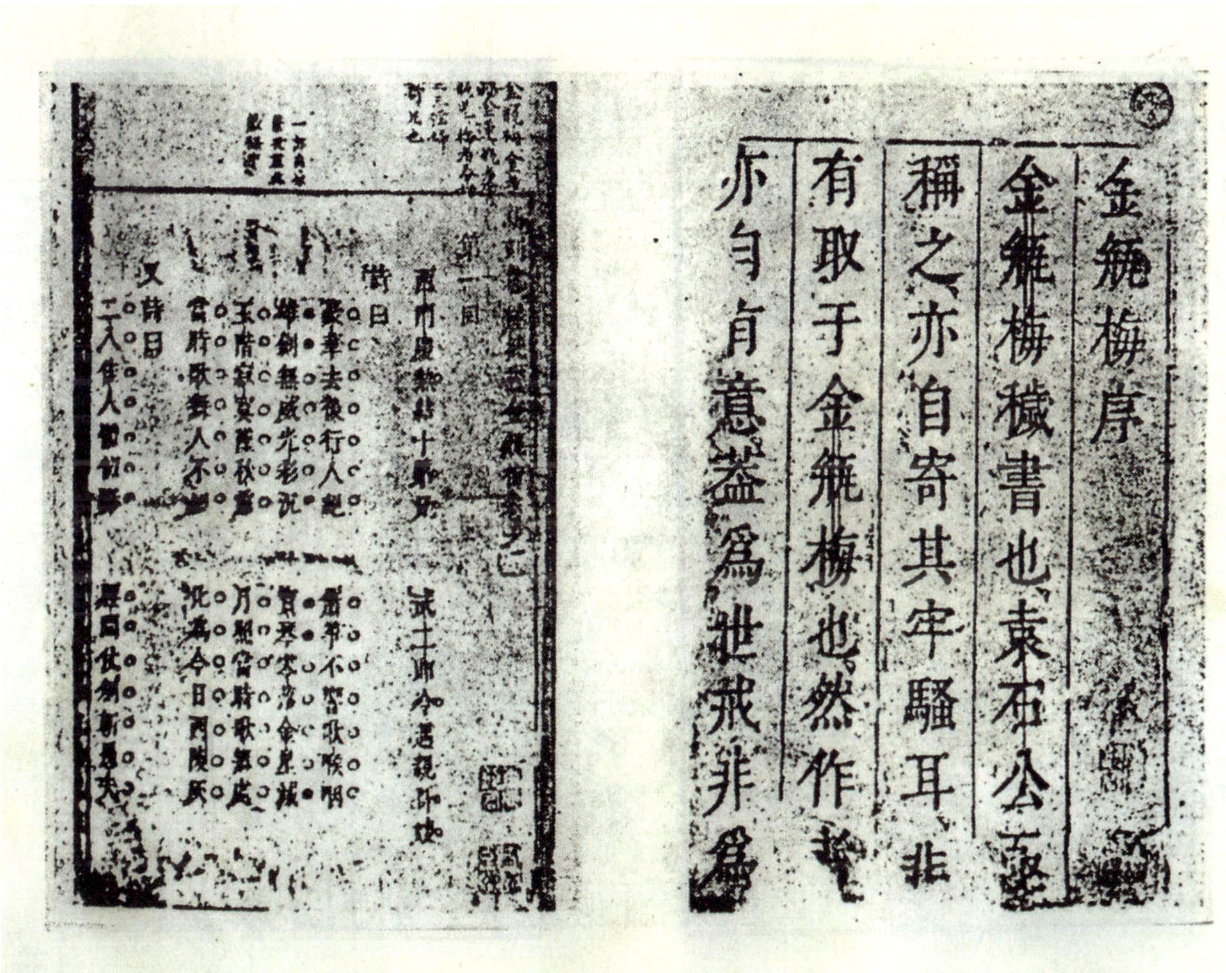

金瓶梅序
金瓶梅穢書也袁石公亟
稱之亦自寄其牢騷耳非
有取于金瓶梅也然作
者亦自有意蓋爲世戒非爲

日本天理图书馆藏本[3]

❶ 严绍璗编著：《日藏汉籍善本书录》，北京：中华书局，2007年版，第2000页。

❷ 黄霖：《新刻绣像批评金瓶梅·点校说明》，本社编，《李渔全集》第十二卷，《新刻绣像批评金瓶梅》（上），杭州：浙江古籍出版社，1991年版，第3页。

❸ 《新刻绣像批评金瓶梅》，济南：齐鲁书社1989年版，卷首插图。

14. 清道光二年（1822）漱芳轩刻本

题名：雅调南词秘本绣像金瓶梅。凡十五卷一百回。书目见《日本所藏中文古籍数据库》：“绣像金瓶梅传 十五卷 清阙名撰 道光二年漱芳轩刊本”。日本东京大学东洋文化研究所双红堂文库藏。

［日］鸟居久晴《关于〈绣像金瓶梅〉——〈金瓶梅〉版本考补》云：“书名题为《雅调南词秘本绣像金瓶梅》。这一版本，郑振铎氏的书目未著录，李家瑞氏的《说弹词》也无记载，真堪称是一种珍本书了吧！”

本书十五卷一百回，十六册。木板。纵 17.2cm，横 10.7cm。

封面，在中央大字写着“绣像金瓶梅”，右边题“雅调秘本南词”的名目，左边题“漱芳轩梓”，在上边的框栏外靠右写着“道光壬午镌”。

首册所载的内容如下：

序，目录、杂录、趣谈、图、正文至第二回。

序半叶四行，行十二字，三叶半。末尾署有“嘉庆二十五年岁次庚辰嘉平月书于吴趋客邸，废闲主人识并书”。

序的版心上部刻有“第一奇传”，黑鱼尾之下刻有“序”字及叶数。

目录题为“新编绣像第一奇传金瓶梅目录”，计六叶，半叶十行。版心上除写入“目录”两字外都如序叶的形式。题目大部分采自第一奇书的内题，都是整齐的七言句。只是五十五回以后的题目和正文不一致。

正文。于各回之首题“绣像金瓶梅传卷之几”，回数和内题一起记在另一行，而后进入正文。正文半叶十行，行二字。版心上部是“金瓶梅传”，黑鱼尾的正下方是卷数，再下面是内题和叶数。叶数不以卷区别，全卷总计六百四十叶。[1]

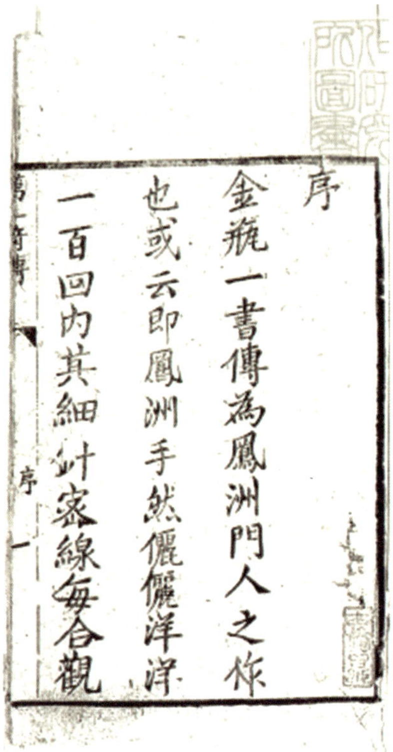

序
金瓶一書傳爲鳳洲門人之作
也或云即鳳洲手然儷儷洋洋
一百回內其細針密線每令觀
第一奇傳 序 一

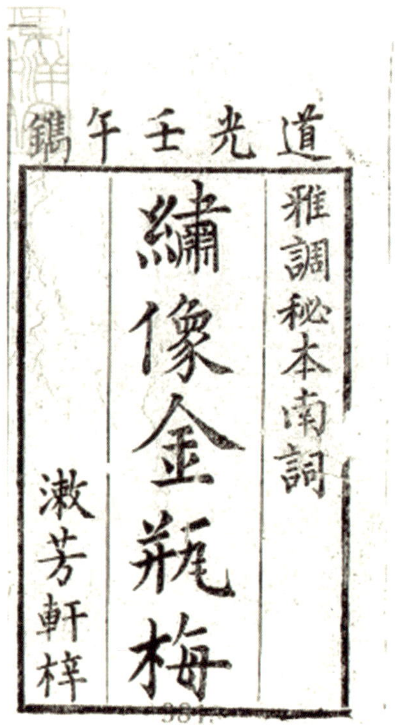

道光壬午鐫
雅調秘本南詞
繡像金瓶梅
漱芳軒梓

清道光二年（1822）漱芳轩刻本[2]

---

❶ 黄霖、王国安编译：《日本研究〈金瓶梅〉论文集》，济南：齐鲁书社，1989 年版，第 58-61 页。

❷ 《湮没的〈金瓶梅〉弹词演出本》，[2016-05-23]. http://wangxinjiang.blog.caixin.com/archives/5722。

15. 台北学生书局有限公司影印本 2011 年版

全套两函二十一册，正文二十册，图一册；每五回一册。

所用底本为日本东京大学东洋文化研究所长泽规矩也之双红堂文库所藏明崇祯本系统之二十卷本。插图用《清宫珍宝百美图》200 幅足本配补。

东京大学东洋文化研究所所长大木康作序，北京首都师范大学周文业撰写《〈金瓶梅〉崇祯本系统东大本研究——台版金瓶梅后记》。

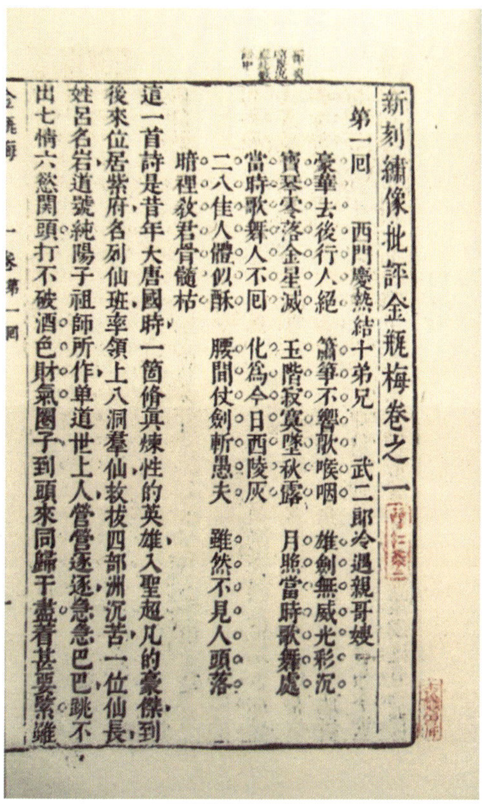
新刻繡像批評金瓶梅卷之一
第一回　西門慶熱結十弟兄　武二郎冷遇親哥嫂
豪華去後行人絕　簫箏不響歌喉咽　雄劍無威光彩沉
寶琴零落金星滅　玉階寂寞墜秋露　月照當時歌舞處
當時歌舞人不回　化為今日西陵灰
二八佳人體似酥　腰間仗劍斬愚夫　雖然不見人頭落
暗裡教君骨髓枯
這一首詩是昔年大唐國時一箇修真煉性的英雄入聖超凡的豪傑到後來位居紫府名列仙班率領上八洞羣仙救拔四部洲沉苦一位仙長姓呂名岩道號純陽子祖師所作單道世上人營營逐逐急急巴巴跳不出七情六慾關頭打不破酒色財氣圈子到頭來同歸于盡着甚要緊雖
金瓶梅　卷第一回

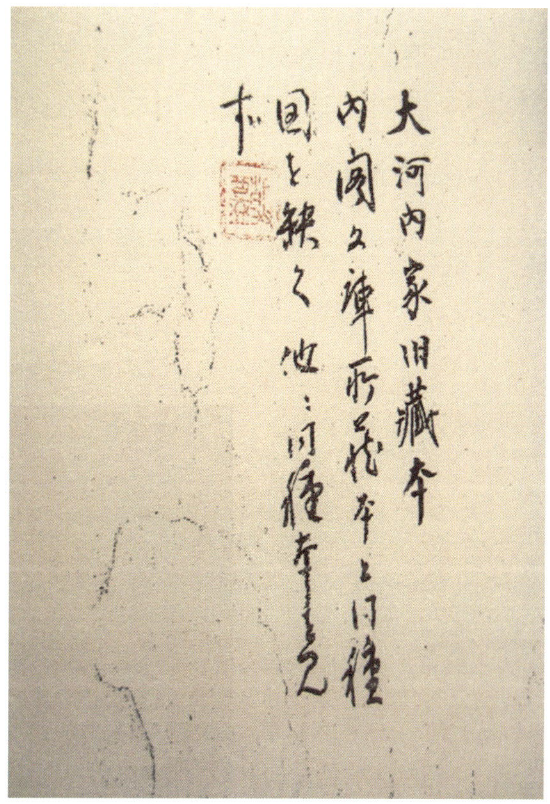

台北学生书局有限公司 2011 年 7 月初版[1]

[1] 《新刻绣像批评金瓶梅》，台湾学生书局 2011 年版，[2016-06-24]. http://jxgzg123.blog.163.com/blog/static/1220274012012016544227871/。

16. 齐烟 汝梅校点[1] 齐鲁书社 1989 年版

根据目前掌握的崇祯各本情况来看，北京大学图书馆收藏的《新刻绣像批评金瓶梅》，刻工精细，文字准确，是同系列版本中最接近原刊本的刻本。这次整理，即以北京大学图书馆藏刻本作为底本，以日本内阁文库藏刻本、首都图书馆藏刻本、天津图书馆藏刻本、上海图书馆藏刻本甲乙二本、吴晓玲先生藏抄本、日本东京天理图书馆藏刻本、日本东京大学东洋文化研究所藏刻本、东北残存四十七回本等海内外现存的近十种崇祯本系统藏本进行校勘，标点分段，并出校记，整理出一个完整的会校崇祯本，供研究者使用。[2]

《金瓶梅》崇祯本问世以来第一次出版排印本，一字不删，200 幅插图照原版影印。此书发行时有限制，原则上只售给各大图书馆和大学中文系教授、文学研究员以上职称的研究人员。而后齐鲁书社将此书版权转让给香港三联出版社，香港三联出版社再授权台北晓园出版社印行。

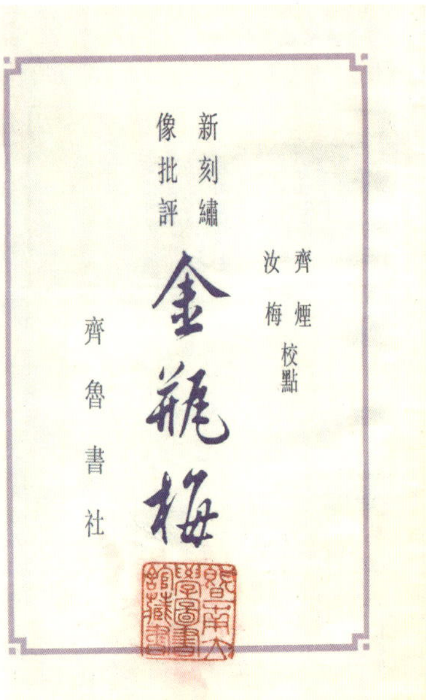

济南：齐鲁书社 1989 年 6 月第一版 精装全二册

[1] 署名“齐烟 汝梅”者，“齐烟”即闫昭典、孙言诚、赵炳南诸人笔名；“汝梅”即王汝梅。

[2] 卷末齐烟：《校点后记》。

17. 齐烟 汝梅校点 三联书店（香港）有限公司、齐鲁书社（山东） 1990 年香港版

精装全二册。主要有 1990 的 2 月香港第一版、1990 年 9 月台北第一版；2009 年 7 月香港修订版；2011 年香港重订版。

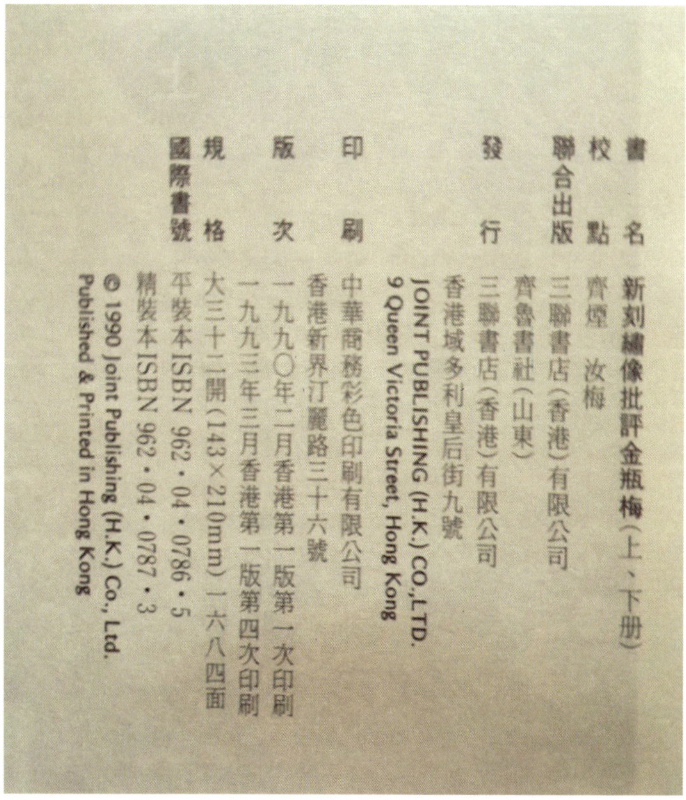

書名 新刻繡像批評金瓶梅(上、下册)
校點 齊煙 汝梅
聯合出版 三聯書店(香港)有限公司
齊魯書社(山東)
發行 三聯書店(香港)有限公司
香港域多利皇后街九號
JOINT PUBLISHING (H.K.) CO.,LTD.
9 Queen Victoria Street, Hong Kong
印刷 中華商務彩色印刷有限公司
香港新界汀麗路三十六號
版次 一九九〇年二月香港第一版第一次印刷
一九九三年三月香港第一版第四次印刷
規格 大三十二開(143×210mm)一六八四面
國際書號 平裝本ISBN 962・04・0786・5
精裝本ISBN 962・04・0787・3
© 1990 Joint Publishing (H.K.) Co., Ltd.
Published & Printed in Hong Kong

三联书店（香港）有限公司、齐鲁书社（山东）联合出版 1990 年 2 月香港第一版 平装、精装全二册

18. 齐烟 汝梅校点 台北晓园出版社有限公司 1990 年版

经香港南粤出版社授权晓园出版社有限公司印行[1]，只限台湾发行。内封题“晓园出版社有限公司 齐鲁书社联合出版”。此版用纸开数略大于齐鲁以及三联，但纸张、印刷质量不及之。

这本会校本《新刻绣像批评金瓶梅》，由山东齐鲁书社约请专家学者，据崇祯本存世的几种主要版本(以北京大学图书馆藏本为底本)全面校勘而成，共二十卷，一百回，并附二百帧插图，一九八九年六月问世后，引起学界极大关注，惜因印数和发行范围严限，殊难购得。为满足读者需求，特推出台湾版。台版悉照齐鲁书社原本规格重印，相信有助于促进“金学”研究的更上层楼。[2]

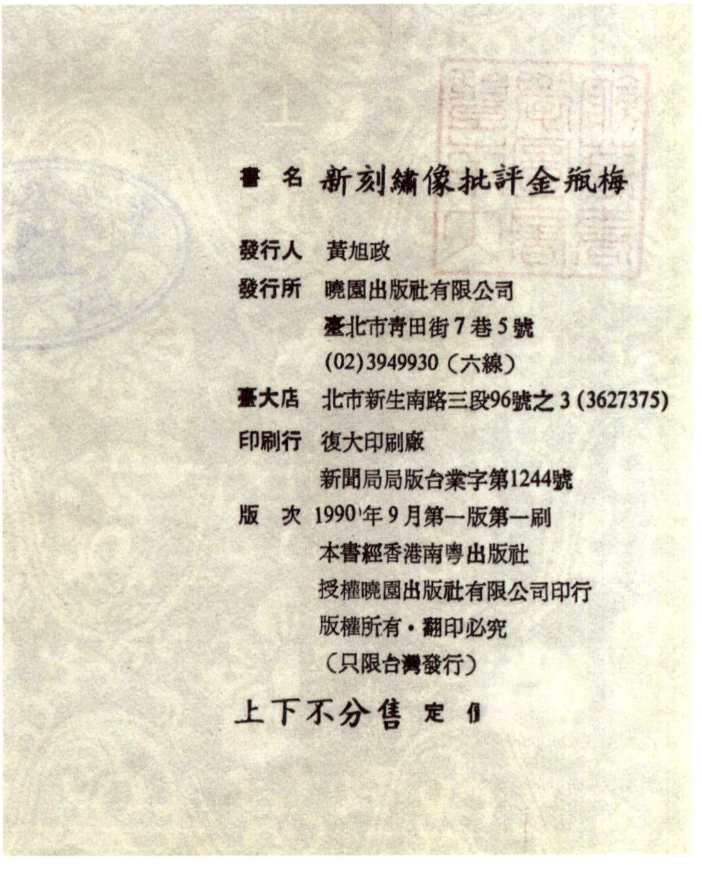

書 名 新刻繡像批評金瓶梅

發行人 黃旭政

發行所 曉園出版社有限公司

臺北市青田街7巷5號

(02)3949930（六線）

臺大店 北市新生南路三段96號之3 (3627375)

印刷行 復大印刷廠

新聞局局版台業字第1244號

版 次 1990年9月第一版第一刷

本書經香港南粵出版社

授權曉園出版社有限公司印行

版權所有·翻印必究

（只限台灣發行）

上下不分售 定價

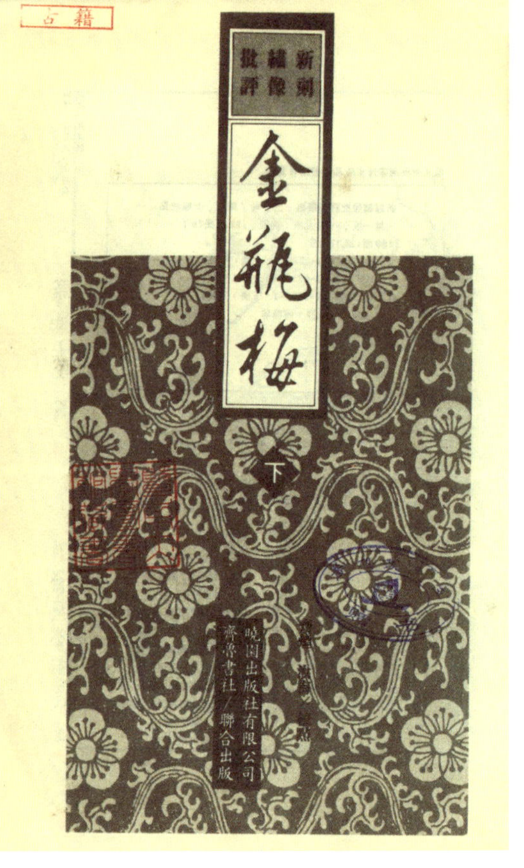

台北：晓园出版社有限公司 1990 年 9 月第一版 平装全二册

❶ 香港南粤出版社是三联书店（香港）有限公司的复牌。

❷ 台版封底提要。

19. 黄霖 张兵 顾越点校 浙江古籍出版社《李渔全集》本 1991 年版

插图 100 幅，附于卷首。有删节，但未注明字数，删文以“□”标出。主要版次有：1991 年 8 月第一版为简化字二十卷本，第十二至十四卷收录。1992 年 10 月修订，仍为二十卷本，1998 年 6 月修订本第三刷归并成十二卷本，改为第七至八卷收录。2010 年 6 月，仍以二十卷版次重刊印行。2014 年 6 月改成繁体字本，调整为二十二册，列入《浙江文丛》出版，第十三至十五册收录。

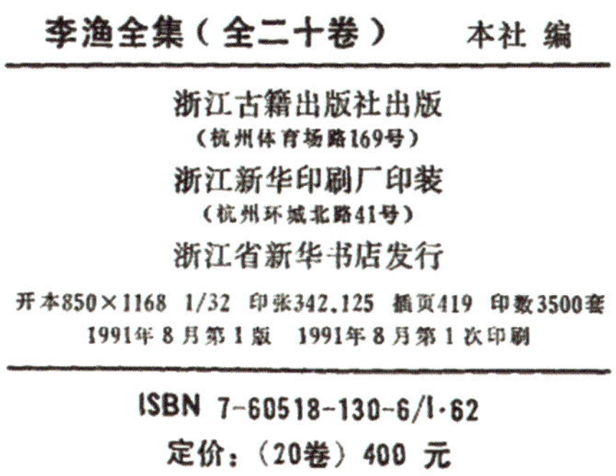

李渔全集（全二十卷）　本社 编

浙江古籍出版社出版
（杭州体育场路169号）
浙江新华印刷厂印装
（杭州环城北路41号）
浙江省新华书店发行

开本850×1168 1/32 印张342.125 插页419 印数3500套
1991年8月第1版 1991年8月第1次印刷

ISBN 7-80518-130-6/I·62
定价：（20卷）400 元

浙江古籍出版社《李渔全集》二十卷本

1991 年 8 月第一版 精装全三册

以内阁本为主要工作本子，校以上图甲本及北大本、上图乙本及天津本、首图本、世界文库本，并参考了古佚小说刊行会影印之词话本、本衙藏板与在兹堂张评本，以及台北增你智文化事业有限公司排印的词话本，北京人民文学出版社排印的词话本、济南齐鲁书社排印的张评本、香港星海文化出版有限公司排印的词话本，在维护内阁本独特风貌和《金瓶梅》语词特色的前提下，做了以下工作：改正错字；增补正文的漏字、漏句；删改衍文；统一目录与正文前的回目；统一书中人名的错讹和前后不一；改正极不规范、容易引起歧义的俗字、别字；新式标点并分段；整理成了这样一部崇祯本的排印本。内阁本原佚二百幅图像，现据人民文学出版社影印本《金瓶梅词话》图像（实即王孝慈本图像）补齐。[1]

三字行眉批的内阁本、东大本第五十九回第 42 页结束时漏掉了北大本中有的正反两页共 1016 字。这段阙文十分蹊跷。从内阁本看，第 42 页结束处“那消到日西时分”与第 43 页开头“是二十三日”紧密相接，但“那消到日西时分”在北大本（眉批二字行本第五十九回未见，二字行本与四字行北大本的正文略同）中是处于第 14 页反面倒数第 2 行的第四个字起，既不在一页之末，也不在一行之尾。同样，“是二十三日句”是在北大本的第 16 页的正面第 7 行的第 11 个字起，既不是一页开头，也不在一行之首。这一整段阙文的前后也没有相互类似、容易引起混淆的字句。这就不是一般常见的刊刻过程中所犯的漏页、缺行的错误，似乎是刻工的有意跳刻。这一例子可以充分地说明内阁本是一种后出的、刊刻不认真的本子。[2]

---

[1] 黄霖：《新刻绣像批评金瓶梅·点校说明》，本社编，《李渔全集》第十二卷，《新刻绣像批评金瓶梅》（上），杭州：浙江古籍出版社，1991 年版，第 5–6 页。

[2] 黄霖：《序》，杨彬，《崇祯本〈金瓶梅〉研究》，北京：文物出版社，2011 年版，第 11–12 页。

20. 温京华 田军点校 光明日报出版社《笠翁文集》本 1997 年版

收入《笠翁文集》第五卷至第七卷。整理情况：

一、我们所依据的工作底本是首都图书馆所藏《新刻绣像批评金瓶梅》。

首图馆藏本共十九册，图一册，计 101 幅。末页有“回道人”题诗一首。全书无眉批，有少数旁批。这次点校依据日本内阁文库藏本将眉批补上，约计千余条。

二、这次点校，我们以齐鲁书社的张评本、人民文学出版社的词话本、浙江古籍出版社的内阁本为参校本。

在基本上保持原书风格不变的前提下，我们主要做了如下工作：对全书重新进行标点；改正错字及容易产生歧义的俗体别字；根据文义重新划分段落；根据不同版本，增补明显的漏字；对书中人名、物名、地名等前后不一致处进行统一；对回目与正文不一致处进行统一。

本书从原崇祯本图册中选图 30 幅。

三、眉批位于原书眉线上方，因横排版式原因，本书均统一在段末。旁批位于原书行与行之间，本书均移至句与句之间。

四、原书中有大量淫词秽语，此次点校中酌情删除，并注明所删字数。全书总计删除字数 13871 个。[1]

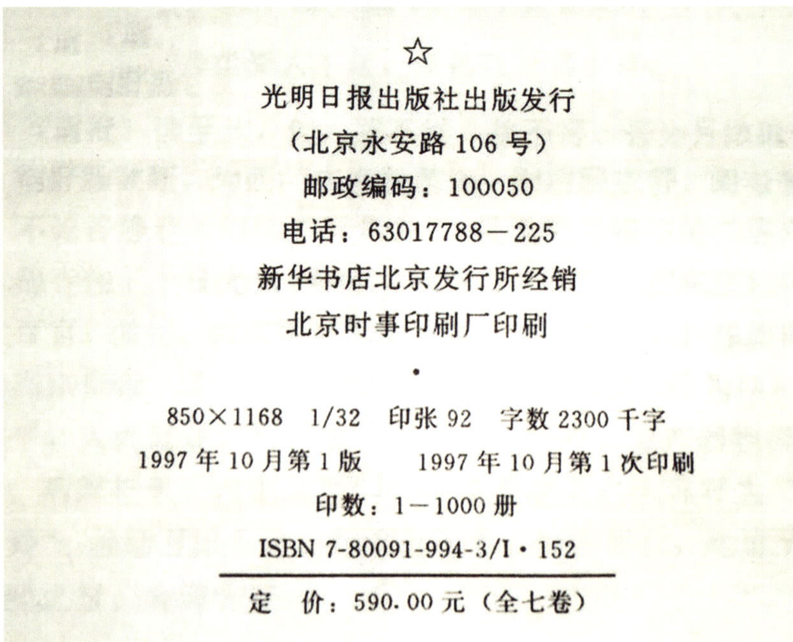

☆

光明日报出版社出版发行

（北京永安路 106 号）

邮政编码：100050

电话：63017788－225

新华书店北京发行所经销

北京时事印刷厂印刷

·

850×1168　1/32　印张 92　字数 2300 千字

1997 年 10 月第 1 版　　1997 年 10 月第 1 次印刷

印数：1－1000 册

ISBN 7-80091-994-3/I·152

定　价：590.00 元（全七卷）

北京：光明日报出版社 1997 年 10 月第一版 精装全三册

[1] 卷首《点校说明》。

21. 闫昭典 王汝梅 孙言诚 赵炳南会校 三联书店（香港）有限公司 2009 年香港修订版

三联书店（香港）有限公司2009年7月香港修订版。港版与台北晓园出版社1990年版完全相同，均“悉照齐鲁书社原本规格重印”（港版封底提要）。

本书初版至今已近二十年，当年，由于时间仓促，又受整理者的条件和水平限制，书中存有一些错误，在长期阅读与研究中我们逐渐发现，现趁重印之机，加以修订，以期提供一个更完善的会校本。正如前辈学者所说，校书如扫落叶，旋扫旋生，修订版还会有错，敬请专家学者指正。时任齐鲁书社社长赵炳南、总编辑孙言诚、文学编辑室主任闫昭典和吉林大学王汝梅教授通力合作，搜集版本，查阅文献，足迹遍及全国，在较短的时间内完成了整理校点，实属不易。[1]

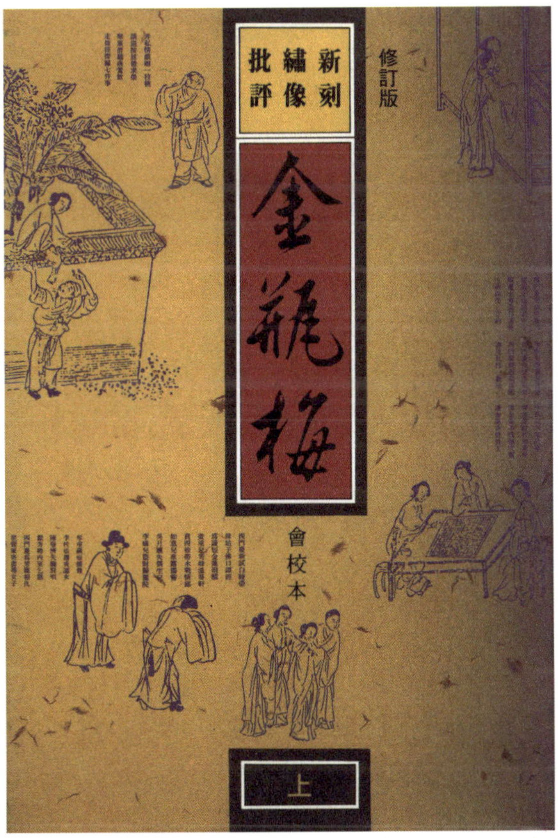

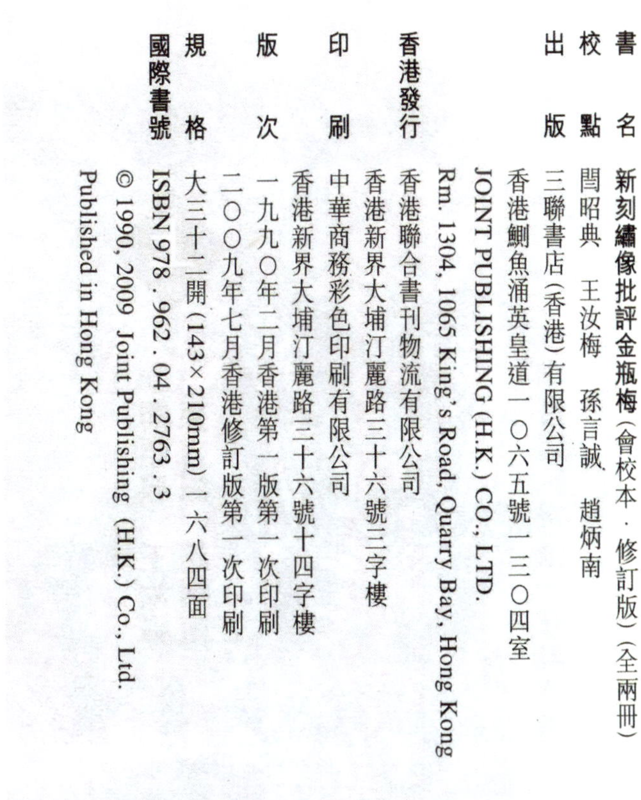
書名 新刻繡像批評金瓶梅（會校本・修訂版）（全兩冊）
校點 閆昭典 王汝梅 孫言誠 趙炳南
出版 三聯書店（香港）有限公司
香港鰂魚涌英皇道一〇六五號一三〇四室
JOINT PUBLISHING (H.K.) CO., LTD.
Rm. 1304, 1065 King's Road, Quarry Bay, Hong Kong
香港發行 香港聯合書刊物流有限公司
香港新界大埔汀麗路三十六號三字樓
印刷 中華商務彩色印刷有限公司
香港新界大埔汀麗路三十六號十四字樓
版次 一九九〇年二月香港第一版第一次印刷
二〇〇九年七月香港修訂版第一次印刷
規格 大三十二開（143×210mm）一六八四面
國際書號 ISBN 978 . 962 . 04 . 2763 . 3

三联书店（香港）有限公司 2009 年 7 月香港修订版 精装全二册

[1] 卷末王汝梅：《修订后记》。

22. 闫昭典 王汝梅 孙言诚 赵炳南会校 三联书店（香港）有限公司 2011 年香港重订版

三联书店（香港）有限公司 2011 年香港重订版。较前版更换了封面，版面加大。

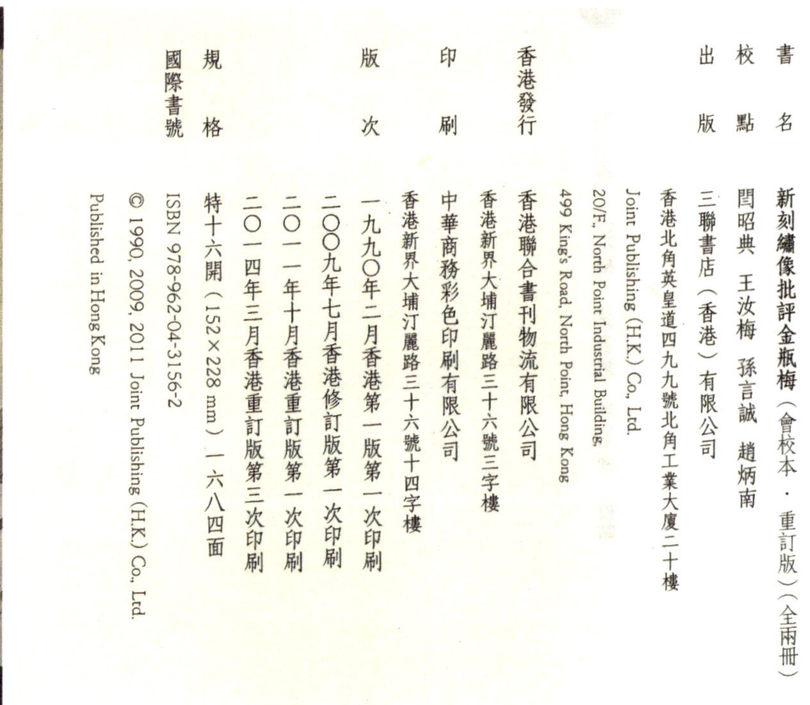
書名 新刻繡像批評金瓶梅（會校本・重訂版）（全兩冊）
校點 閆昭典 王汝梅 孫言誠 趙炳南
出版 三聯書店（香港）有限公司
香港北角英皇道四九九號北角工業大廈二十樓
Joint Publishing (H.K.) Co., Ltd.
20/F., North Point Industrial Building,
499 King's Road, North Point, Hong Kong
香港發行 香港聯合書刊物流有限公司
香港新界大埔汀麗路三十六號三字樓
印刷 中華商務彩色印刷有限公司
香港新界大埔汀麗路三十六號十四字樓
版次 一九九〇年二月香港第一版第一次印刷
二〇〇九年七月香港修訂版第一次印刷
二〇一一年十月香港重訂版第一次印刷
二〇一四年三月香港重訂版第三次印刷
規格 特十六開（152×228 mm）一六八四面
國際書號 ISBN 978-962-04-3156-2
© 1990, 2009, 2011 Joint Publishing (H.K.) Co., Ltd.
Published in Hong Kong

三联书店（香港）有限公司 2011 年 10 月香港重订版 2014 年 3 月第三刷 精装全二册

23. 北京线装书局《笠翁文集》本 2014 年版

全书十二卷，《新刻绣像批评金瓶梅》在第六至八卷。

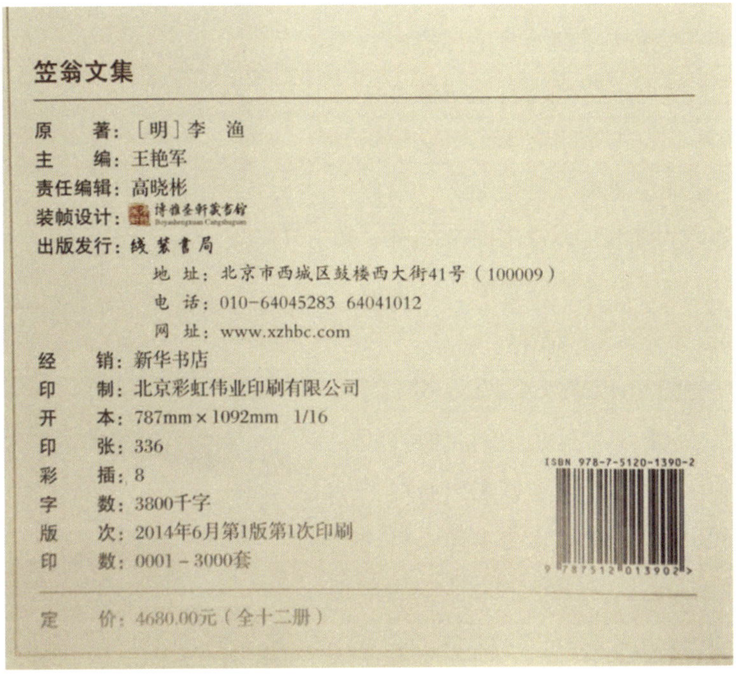

笠翁文集

原　　著：［明］李　渔
主　　编：王艳军
责任编辑：高晓彬
装帧设计：博雅圣轩装书馆
出版发行：线装书局
　　地　址：北京市西城区鼓楼西大街41号（100009）
　　电　话：010-64045283　64041012
　　网　址：www.xzhbc.com
经　　销：新华书店
印　　制：北京彩虹伟业印刷有限公司
开　　本：787mm×1092mm　1/16
印　　张：336
彩　　插：8
字　　数：3800千字
版　　次：2014年6月第1版第1次印刷
印　　数：0001－3000套

ISBN 978-7-5120-1390-2

定　　价：4680.00元（全十二册）

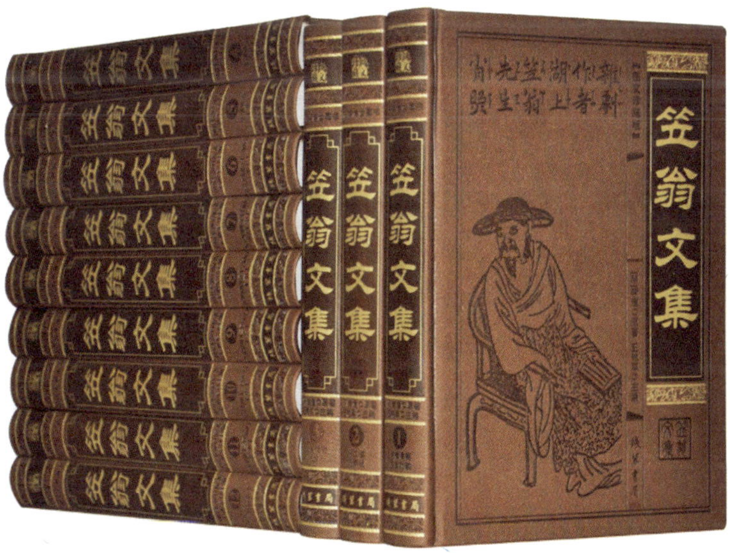

北京：线装书局《笠翁文集》本 2014 年 6 月第一版 精装全三册[1]

[1] 李渔：《笠翁文集》2014 年版，[2016-07-03]. http://product.dangdang.com/1095723263.html。

24. 新加坡南洋出版社 2016 年版

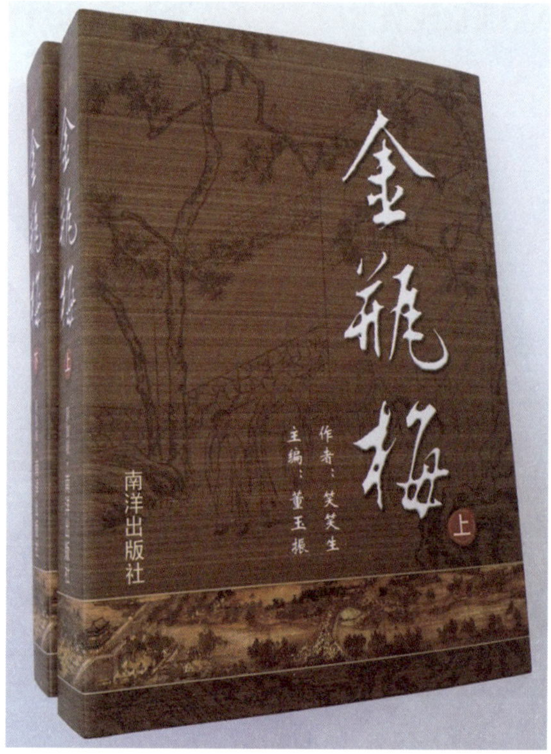

新加坡：南洋出版社 2016 年 1 月第三版 平装、精装 全二册

以崇祯本为主体，不作任何删节。简体字，带评点。崇祯本插图 200 幅（其中 30 多幅春宫图也全部保留）。崇祯本原有眉批和旁评以双排小字体全部插入正文里。对原本中的异体字进行查对和部分替代。

书前附录日本内阁文库藏《新刻绣像批评原本金瓶梅》扉页书影、北京大学图书馆藏《新刻绣像批评金瓶梅》第一回首页书影、日本东京大学东洋文化研究所藏《新刻绣像批评原本金瓶梅》目录书影；书后附录万历“词话本”和“崇祯本”内容不同的部分：欣欣自序、廿公跋、“词曰”以及“四贪词”；词话本第一回前半部分、第五十三、五十四回。

该书自 2003 年第一版上市以来，至 2016 年 1 月已出第三版。其重要特点包括：1. 这是中港台海外所有版本中，唯一的简体完整版。2. 这是该书出版史上唯一含两大传本系统的版本。以崇祯本为主体，将词话本不同的内容附录在最后。3. 该书包含崇祯本的全部评点，对读者有导读作用。4. 该书含崇祯本的全部 200 幅原图，借助于电脑技术对 70 多幅严重破损的图本着“修旧似旧”的原则予以修复。5. 首次对原书的异体字进行了辨识。6. 主编董玉振在《前言》认为崇祯本才是《金瓶梅》祖本，而词话本则是被后人修改的。否定了学术界关于词话本是祖本的主流认识。

三、张评本（第一奇书本）

张评本又称第一奇书本。全称《皋鹤堂批评第一奇书金瓶梅》或《张竹坡批评第一奇书金瓶梅》，评刻在康熙三十四年乙亥（1695）。

张评本与明万历刊本《新刻金瓶梅词话》这一系中的北京图书馆购藏本、日本日光山轮王寺慈眼堂藏本、日本德山毛利氏栖息堂藏本，均无直接关系。它属于明崇祯刊本《新刻绣像批评金瓶梅》这一系统，以绣像崇祯本为底本，又与崇祯本正文小有区别。

张评康熙本今存两种：1. 张评康熙本甲种，卷首谢颐序署："康熙岁次乙亥清明中浣，秦中觉天者谢颐题于皋鹤堂。"扉页上端无题。框内右上方："彭城张竹坡批评金瓶梅"，中间："第一奇书"，左下方："本衙藏板翻刻必究"。有摹刻崇祯本图200幅，另装二册。2. 张评康熙本乙种，与上书同板，不带回前评语。只是在装订时未装入各回的回前评语。甲乙两种刻印精良，日本鸟居久靖谓"此书居于第一奇书中的善本"（《金瓶梅版本考》）。

以张评康熙本甲乙两种为祖本，产生出《第一奇书》两个系列的翻刻本：有回前评语本与无回前评语本。[1]

张评本（第一奇书本）目录

张评康熙本甲种（有回前评）

1. 本衙藏板本
2. 本衙藏板翻刻必究本
3. 影松轩本
4. 四大奇书第四种本
5. 袖珍本
6. 高丽大学图书馆和首尔大学奎章阁藏本
7. 延世大学图书馆藏本
8. 首尔大学中央图书馆藏本

[1] 王汝梅：《张竹坡批评第一奇书金瓶梅·前言》，济南：齐鲁书社，2014年版，第4页。

张评康熙本乙种（无回前评）

1. 苹华堂本
2. 在兹堂本
3. 康熙乙亥本
4. 皋鹤堂本
5. 韩国梨花女子大学图书馆藏本
6. 法兰西学院汉学研究所图书馆藏本

影印再版

1. 清嘉庆济水太素轩刻本
2. 日本东京爱田书室石印本
3. 民国石印本
4. 民国香港旧小说社石印本
5. 民国香港旧小说社石印本
6. 民国石印本
7. 民国五年（1916）上海存宝斋排印本
8. 民国上海卿云图书公司排印本
9. 民国二十五年（1936）上海中央书店排印本
10. 襟霞阁主重编 襟霞阁主校阅 上海襟霞阁发行本
11. 香港文乐出版社影印本 1975 年版
12. 王汝梅 李昭恂 于凤树校点 齐鲁书社“明代四大奇书”本 1987 年版
13. 王汝梅 李昭恂 于凤树校点 齐鲁书社“明代四大奇书”本 1991 年版
14. 王汝梅校点 齐鲁书社“明代四大奇书”本 2014 年版
15. 郝明翰 吴世轩 徐铎校点 三秦古籍书社 1991 年版
16. 王汝梅校注 吉林大学出版社排印本 1994 年版
17. 刘辉 吴敢辑校 香港天地图书有限公司 2010 年修订本
18. 秦修容整理 中华书局 1998 年版

张评康熙本甲种（有回前评）

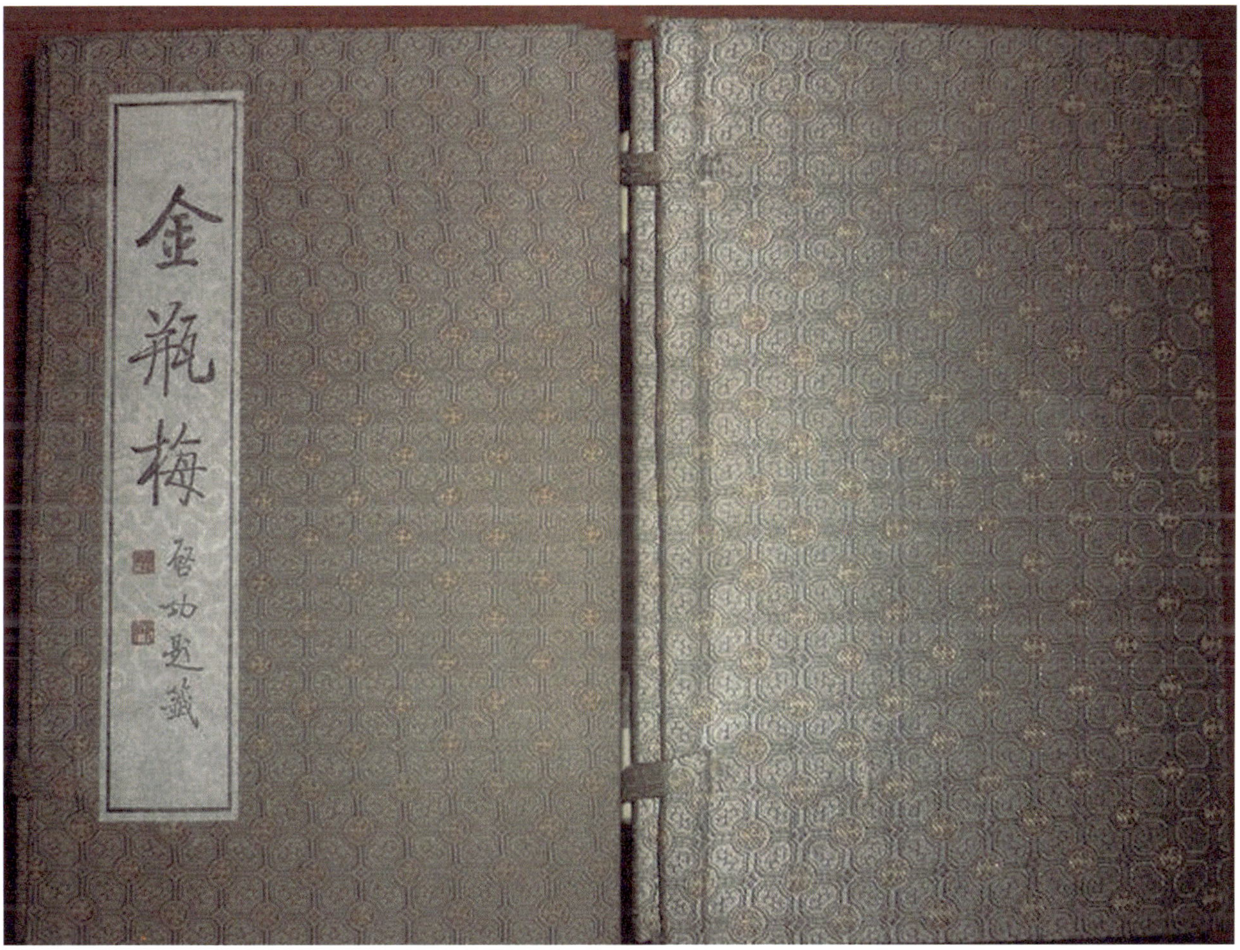

北京师范大学出版社影印本 1992 年 11 月第一版（海外版）二函二十四册[1]

[1] 张竹坡批评第一奇书金瓶梅全 2 函 24 册 海外版 .[2016-07-14]. http://book.kongfz.com/item_pic_14855_160984218/

1. 本衙藏板本

扉页上端题“全像金瓶梅”，框内右上题“彭城张竹坡批评”，中间“第一奇书”，左下“本衙藏板”，无“翻刻必究”四字。无眉批，有回前评语。❶

1992 年，北京师范大学出版社据北京师范大学图书馆藏本衙藏板本影印。

北京师范大学图书馆馆藏《张竹坡批评第一奇书金瓶梅》主要有四种版本，它们是本衙藏板本、皋鹤草堂梓行本、玩花书屋藏板本、无牌记坊刻本。在据以影印的本衙藏板本卷首谢颐序署“康熙次岁乙亥清明中浣，秦中觉天者谢颐题于皋鹤堂”。扉页上端题“全像金瓶梅”，框内右上方题“彭城张竹坡批评金瓶梅”，中间题“第一奇书”，左下方题“本衙藏板”。有模刻崇祯本图 20 幅。书口为“第一奇书”，正文半叶十一行，行二十三字，版框高 21cm，宽 14cm。第五十一回第二十叶原缺，现据另本抄补。❷

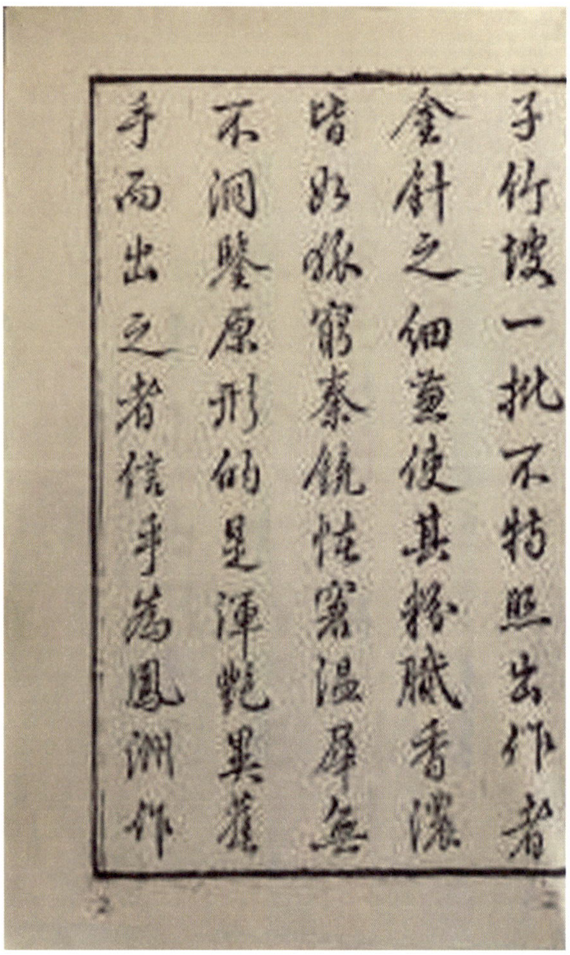

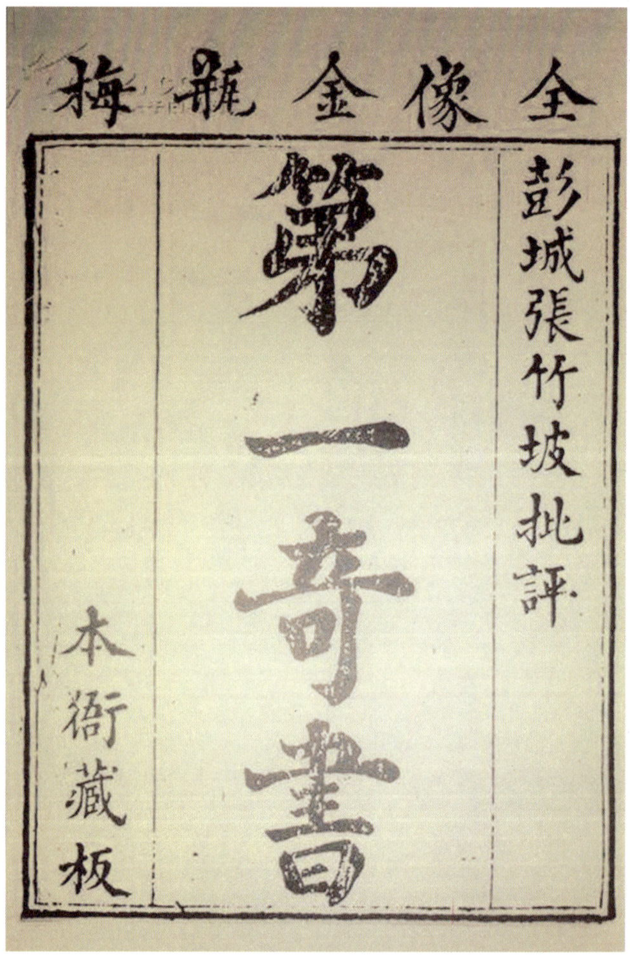

全像金瓶梅

彭城張竹坡批評

第一奇書

本衙藏板

本衙藏板本影印本 线装二十四册❸

❶ 王汝梅：《张竹坡批评第一奇书金瓶梅·前言》，济南：齐鲁书社，2014 年版，第 4 页。

❷ 于天池：《影印〈张竹坡批评第一奇书金瓶梅〉缘起》，《北京师范大学学报》，1993 年第 2 期，第 71 页。

❸ 全像金瓶梅第一奇书，[2016-05-26]. http://www.kongfz.cn/21411007/。

2. 本衙藏板翻刻必究本

扉页框内分为三栏，右栏上方为“彭城张竹坡批评金瓶梅”，中间大书“第一奇书”四字，左栏下方牌记为“本衙藏板翻刻必究”。框上无题。卷首谢颐序署“康熙岁次乙亥清明中浣，秦中觉天者谢颐题于皋鹤堂”。后有《竹坡闲话》等总评文字。有摹刻崇祯本图 200 幅，另装成两册。

正文半叶十行，行二十二字。书口题“第一奇书”，无鱼尾。正文文字基本上同崇祯本，只是略改回避清讳的字眼，如将“胡僧”改为“梵僧”，“虏患”改为“边患”，等等。

每回正文前有总评。回前总评自行起讫，与正文页码不相连续，有的回前评末有“终”字或“尾”字，以示结束。正文内有眉批、旁批、行内夹批。[1]

大连图书馆藏《皋鹤堂批评第一奇书金瓶梅》“本衙藏板翻刻必究”本，为康熙三十四年（1695）刊印的张评本的初刻本，在总评部分的《寓意说》中多出 227 个字，为其他张评本所无。影松轩本是这种本子的翻刻本，有回前评，无眉批，不是完整的张评本。[2]

大连图藏本同崇祯本，而吉大图藏本则与崇祯本相异。说明大连图藏本正文更接近崇祯本，大连图藏本刻印在前，吉大图藏本是据大连图藏本加工修饰而成……吉林大学图书馆藏本为据张评初刻本复刻，行款、版式、书名页、序与初刻本相同。但对评语有文字加工与删减，对小说正文文字上有改动。大连图藏本，可简称张评甲本，吉大图藏本可简称张评乙本。[3]

2000 年，大连出版社影印出版“大连图书馆藏孤稀本明清小说丛刊”，原计划影印“本衙藏板翻刻必究”版张评初刊本，列入丛刊。但是，在馆藏书出库时，误把影松轩本提出，未经审查，误把影松轩本当作张评初刊本影印。在丛刊编者前言中说：“该馆所藏之皋鹤堂批评第一奇书金瓶梅，是极为罕见的张评本初刻本，较其他刻本多出的二百七个字（按：实为二百二十七个字），乃迄今所知其他张刻本所无者，具有十分重要的史料价值。”编者怎么也想不到，影松轩本竟成为了张评初刊本的“替身”而得以影印出版，使我们读者、研究者至今未读到张评本初刊本的影印本。[4]

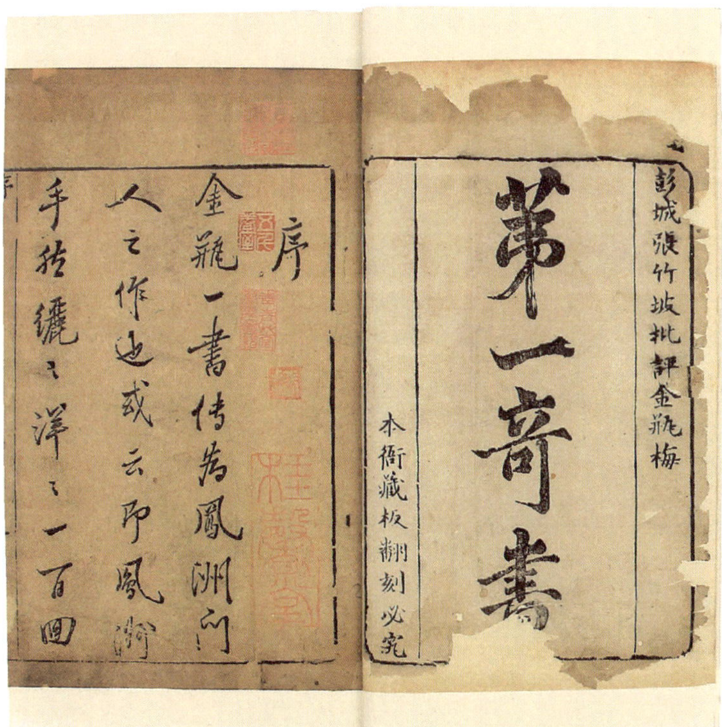

本衙藏板翻刻必究本[5]

---

[1] 黄霖：《金瓶梅讲演录》，桂林：广西师范大学出版社，2008 年版，第 63 页。
[2] 王汝梅：《〈金瓶梅〉版本史》，济南：齐鲁书社，2015 年版，第 129 页。
[3] 王汝梅：《关于〈金瓶梅〉张评本的新发现》，《吉林大学社会科学学报》，1997 年第 3 期，第 30 页。
[4] 王汝梅：《〈金瓶梅〉版本史》，济南：齐鲁书社，2015 年版，第 130 页。
[5] 吉林大学图书馆藏本。长春：吉林大学出版社排印本，1994 年版，卷首插图。

3. 影松轩本

有一种扉页上端无题，框内右上方“彭城张竹坡批评金瓶梅”，中间“第一奇书”，左下方“影松轩藏板”。另一种扉页上端题“第一奇书”，框内右上方“彭城张竹坡批评”，中间“绣像金瓶梅”，左下方“影松轩藏板”。两种本子的行款与康熙本甲种相同。有回前评语，无眉批。甲种本眉批，在此本中有被删除的，有改为旁批的。[1]

大连图书馆藏影松轩藏板本为上述第一种，2000 年大连出版社据以影印，收入《大连图书馆藏孤稀本明清小说丛刊》。

《皋鹤堂批评第一奇书金瓶梅》影松轩本扉页

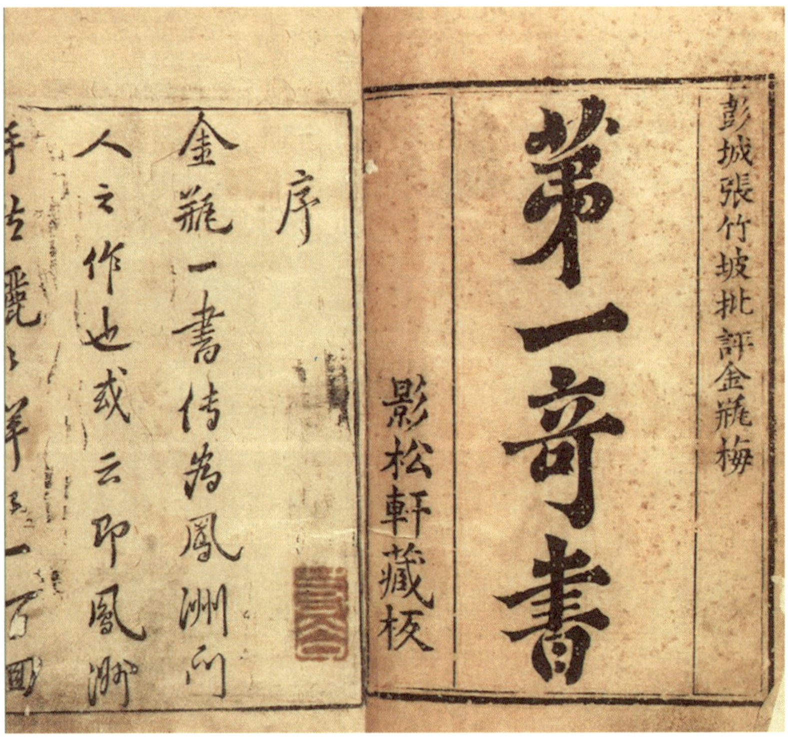

影松轩本 线装六函三十六册[2]

---

[1] 王汝梅：《张竹坡批评第一奇书金瓶梅·前言》，济南：齐鲁书社，2014 年版，第 5 页。

[2] 大连图书馆收藏，内封书影换用网络图片。金瓶梅 [2016-05-24]. http://pmgs.kongfz.com/detail/177_459657/。

4. 四大奇书第四种本

扉页上端题“金圣叹批点”，框内右上方“彭城张竹坡原本”，左上方“丁卯初刻”，左下方“本衙藏版”，中间“奇书第四种”。谢颐序署“乾隆岁次丁卯清明上浣秦中觉天者谢颐题于皋鹤书舍”。插图每回两幅，装两册。分卷，第一回前卷题：“四大奇书第四种卷之一，彭城张竹坡评点。”无眉批，有旁批，有回前评语。正文半叶十一行，行二十四字。[1]

见《日本所藏中文古籍数据库》著录：四大奇书第四种 即金瓶梅五十卷一百回 坿图簪响一卷 明 笑笑生 撰 清 张竹坡 评 乾隆十二年序 刊本（东大总藏）。

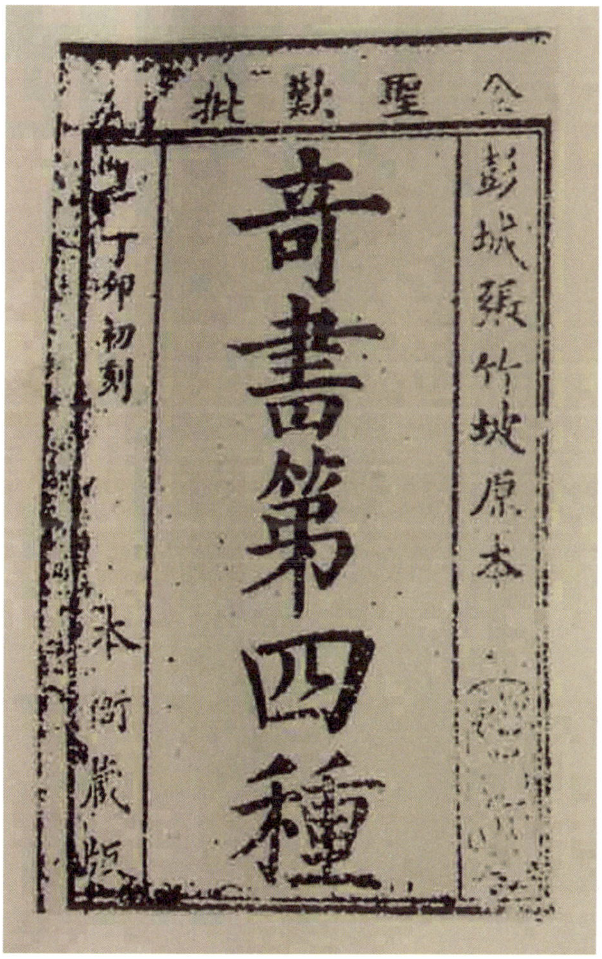
金聖歎批
彭城張竹坡原本
奇書第四種
丁卯初刻
本衙藏版

四大奇书第四种本（一）[2]

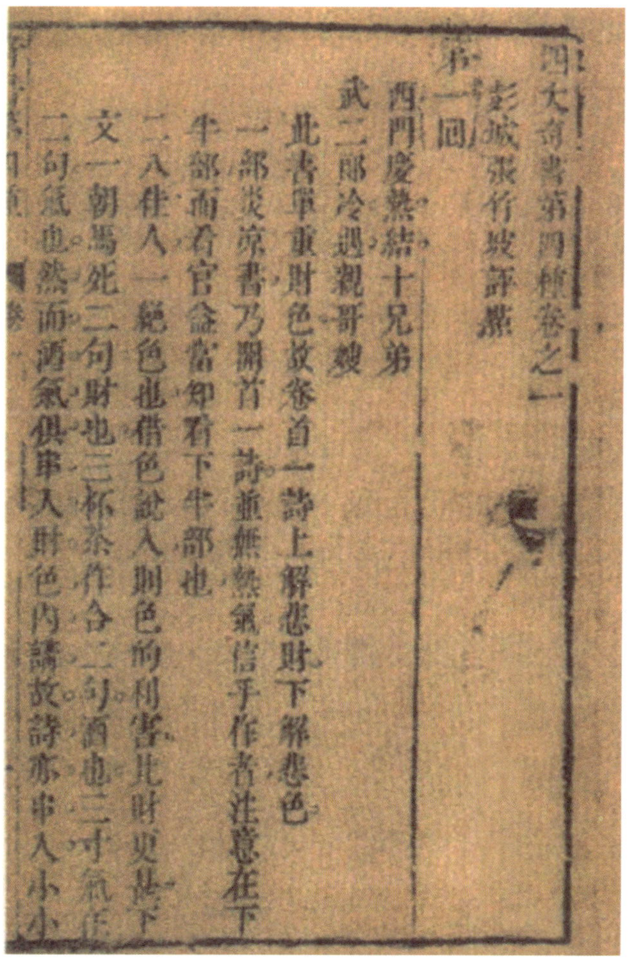
四大奇書第四種卷之一
彭城張竹坡評點
第一回
西門慶熱結十兄弟
武二郎冷遇親哥嫂
此書單重財色故卷首一詩上解悲財下解悲色
一部炎涼書乃開首一詩並無熱氣信乎作者注意在下
半部而看官益當知看下半部也
二八佳人一絕色也借色說入則色的利害比財更甚下
文一朝馬死二句財也三杯茶作合二句酒也三寸氣在
二句氣也然而酒氣俱串入財色內講故詩亦串入小小

四大奇书第四种本（二）[3]

---

❶ 王汝梅：《张竹坡批评第一奇书金瓶梅·前言》，济南：齐鲁书社，2014 年版，第 5 页。

❷ 《张竹坡批评第一奇书金瓶梅》，济南：齐鲁书社，2014 年版，卷首插图。

❸ 梅节校勘：《〈金瓶梅词话〉校读记》，北京：北京图书馆出版社，2004 年版，卷首插图。

5. 袖珍本

本衙藏板本、玩花书屋藏板本、崇经堂板本，均有回前评语，可能为道光间刊本。[1]

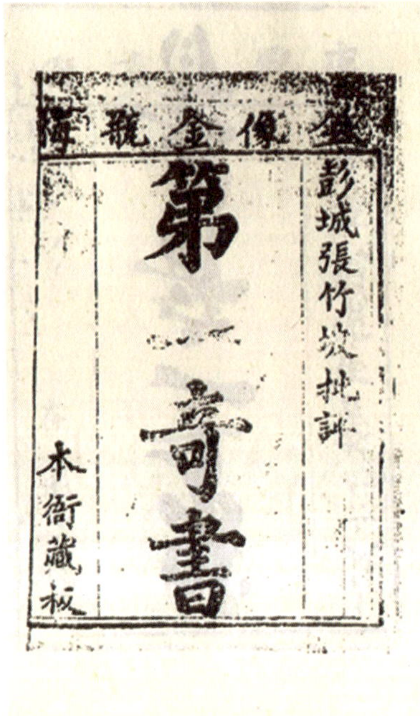

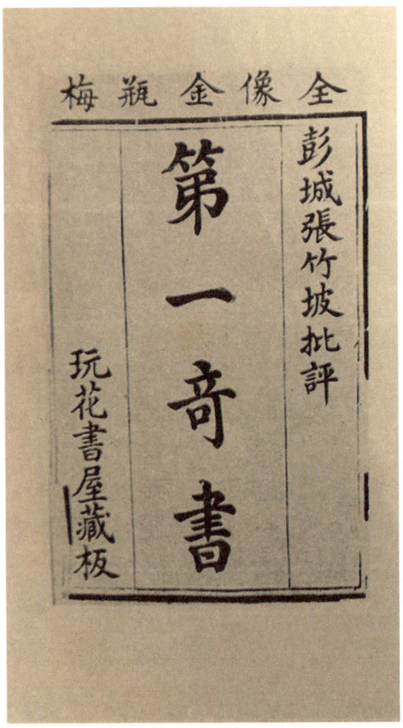

本衙藏板本、玩花书屋藏板本[2]

[1] 王汝梅：《张竹坡批评第一奇书金瓶梅·前言》，济南：齐鲁书社，2014年版，第5页。
[2] 长春：吉林大学出版社，排印本1994年版，卷首插图。

6. 高丽大学图书馆和首尔大学奎章阁藏本

韩国高丽大学图书馆、首尔大学奎章阁和中央图书馆、延世大学图书馆和东亚大学图书馆中各收藏着一种木刻本的第一奇书本。除梨花女大图书馆所藏本以外，其他这些第一奇书本都是收录有回评的版本。

高丽大学图书馆和首尔大学奎章阁收藏的第一奇书本是本衙藏板，两函二十册，半叶十一行，行二十五字。有回前评语。扉页上端无"全像金瓶梅"。两个版本版郭的大小和册子的大小有略微的差异，第一册中收录的附录的排列顺序也不一样，章回的分册情况也不同，但内容是完全一致的同一版本。第一册载有 20 名左右的登场人物的插图和对他们简单的说明，这是它们的特征。[1]

高丽大学图书馆藏本[2]

[1] 宋真荣：《论韩国梨花女子大学所藏的〈皋鹤堂批评第一奇书金瓶梅〉》，《徐州工程学院学报（社会科学版）》，2010 年第 5 期，第 50 页。

[2] 宋真荣：《论韩国梨花女子大学所藏的〈皋鹤堂批评第一奇书金瓶梅〉》，《徐州工程学院学报（社会科学版）》，2010 年第 5 期，第 50 页。

7. 延世大学图书馆藏本

韩国延世大学的第一奇书本全一百卷二十册，残存九十三卷十八册。半叶十行二十二字，无界行。标题是“金瓶梅”，卷头题“皋鹤堂批评第一奇书金瓶梅”，版心题“第一奇书”，右侧上端“彭城张竹坡批评金瓶梅”，中央“第一奇书”，藏板记已经完全破裂，已不得而知。跟梨花女大图书馆所藏的第一奇书本的序文和书体相当类似，但并不完全一致。[1]

延世大学图书馆藏本[2]

---

1. 宋真荣：《论韩国梨花女子大学所藏的〈皋鹤堂批评第一奇书金瓶梅〉》，《徐州工程学院学报（社会科学版）》，2010年第5期，第50页。
2. 宋真荣：《论韩国梨花女子大学所藏的〈皋鹤堂批评第一奇书金瓶梅〉》，《徐州工程学院学报（社会科学版）》，2010年第5期，第51页。

8. 首尔大学中央图书馆藏本

韩国首尔大学中央图书馆古文献资料室收藏的第一奇书本共二十八册，现有目录一册，插图一册，从第一回到四十九回的十二册，一种保有十四册。版郭 12.1 × 9.0 cm，半叶十一行，行二十五字，上下向黑鱼尾，标题“金瓶梅”，卷头题“皋鹤堂批评第一奇书金瓶梅”，版心题“第一奇书”，标题面下端 1/2 已毁损。上端横排“全像金瓶梅”，右侧上端“彭城张竹坡批□”，中央“第一奇书”，左侧下端“玩花□□”。推定应该是玩花书屋本。封面标记着各册收录的回目，这是该书的特征。收有 40 叶 80 张插图，封面和标题面虽标记着“金瓶梅”，但因为收录有附录和回评，所以说应是第一奇书本。[1]

首尔大学中央图书馆藏本[2]

[1] 宋真荣：《论韩国梨花女子大学所藏的〈皋鹤堂批评第一奇书金瓶梅〉》，《徐州工程学院学报（社会科学版）》，2010 年第 5 期，第 50–51 页。

[2] 宋真荣：《论韩国梨花女子大学所藏的〈皋鹤堂批评第一奇书金瓶梅〉》，《徐州工程学院学报（社会科学版）》，2010 年第 5 期，第 50–51 页。

张评康熙本乙种（无回前评）

1. 苹华堂本

台北：学生书局影印本2014年12月初版

题名："皋鹤堂批评第一奇书金瓶梅"。三函二十二册。本书限印三百部，每部编号销售。

最近，社会上又发现了《第一奇书》系统中的一种新的版本，即苹华堂刊《皋鹤堂批评第一奇书金瓶梅》，以前从未著录，系存世孤本。据初步研究，此本确为《第一奇书》的早期的刻本，目前流传较多的在兹堂本、康熙乙亥本、皋鹤草堂本，可能都源出于此，故很有研究价值，意义重大。

今台湾学生书局继影印东京大学东洋文化研究所藏《新刻绣像批评金瓶梅》之后，又承印此苹华堂本《第一奇书》，给《金瓶梅》研究者提供了极大的方便。……与此同时，大家也一定会由衷地感谢提供该本版权予以付印的藏书家张青松先生，没有他的努力，也许这套书会继续湮没了。是为序。[1]

该书200幅图像与首都图书馆藏"本衙藏板翻刻必究"本图像完全是同版。全书刻印清晰精美，当为初刻初印，在第一奇书众多版本中属于佼佼者。

在兹堂本、康熙乙亥本及皋鹤草堂梓行本三种版本其实是用同一刻版在不同时期的刷印而已，从版本学上讲只能算做一种版本，尽管三种版本的封面有所不同，但内容完全一致，而且它们存在很多相同的特点，我们暂称其为"在兹堂系"版本，而新发现的"苹华堂本"是他们的祖本。……从刷印顺序上讲，苹华堂本最早，在兹堂本次之，康熙乙亥本又次之，最后是皋鹤草堂本，这是确定无疑的。

苹华堂本也基本保持崇祯本的版刻形态，只是改半叶十行为十一行……但苹华堂本却保留了部分不见于大连本和吉林、首图本的批语……在苹华堂本出现之前，此系统版本我们所能见到的是在兹堂本、乙亥本和皋鹤草堂本，尽管三个版本用的就是苹华堂本的原刻版，但因为经过无数次的刷印，刻板已经严重损坏，版面也模糊不清，从而造成内容缺失，给研究带来极大的困难。而苹华堂本版面文字非常清晰，内容也很完整，无论是阅读还是研究都无文字上的障碍，亦可校订它本之失。更重要的是，它的出现彻底解决了在兹堂本、乙亥本和皋鹤草堂本三个版本的关系问题，也使在兹堂本或乙亥本为《第一奇书》初刻本的观点遭到了彻底的否定，这就是苹华堂本最大的价值所在。[2]

---

❶ 卷首黄霖：《苹华堂第一奇书金瓶梅序》，2012年7月20日。

❷ 卷末李金泉：《苹华堂刊〈皋鹤堂批评第一奇书金瓶梅〉版本考——代后序》，台湾《书目季刊》，2012年3月号。

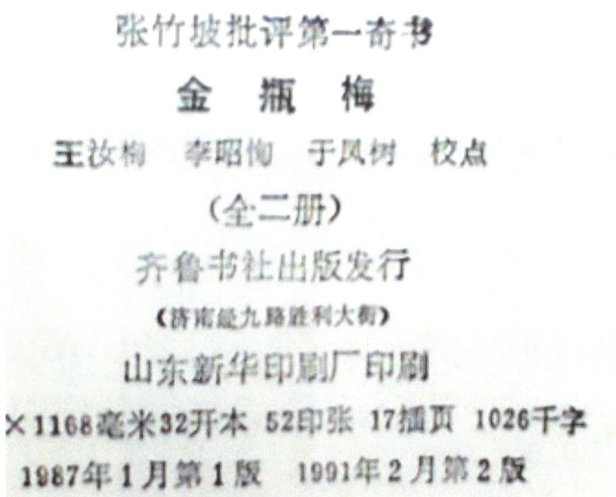
张竹坡批评第一奇书
金　瓶　梅
王汝梅　李昭恂　于凤树　校点
（全二册）
齐鲁书社出版发行
（济南经九路胜利大街）
山东新华印刷厂印刷
×1168毫米32开本　52印张　17插页　1026千字
1987年1月第1版　1991年2月第2版

苹华堂本 台北：学生书局影印本 2014 年 12 月初版 三函二十二册[1]

---

[1] 黄霖：《苹华堂第一奇书金瓶梅序》，[2016-05-25]. http://www.wtoutiao.com/p/143bnF0.html。

2. 在兹堂本

扉页上端题“康熙乙亥年”，框内右上方“李笠翁先生著”，左下方“在兹堂"，中间“第一奇书”。正文半叶十一行，行二十二字。有总评各篇、眉批、旁批，无回前评。在本衙藏板甲本为眉批者，在兹堂本为旁批。在兹堂本谢颐序：“今天下知一《金瓶梅》，添一《艳异编》，岂不大奇！”误“失”为“知”。张评康熙本均作“失”。“失一《金瓶梅》”，意即经张竹坡一批，“无复有前此之《金瓶》矣”（《第一奇书非淫书论》）。序为手写体，在原刻本中不可能误“失"为“知”。[1]

> 张竹坡之评本（姑名之曰竹坡本），首有谢颐序文，时为清康熙乙亥（三十四年）清明，易其名曰《第一奇书》，且确认为王凤洲门人所作，或云即出凤洲手。……予曾另见有四川木刻小本，苏州木刻大本，暨日本铅字排印本，题名为《多妻鉴》者，细核皆竹坡本所从出也。川本有批注，模糊若麻沙版。苏本仅载正文，字体殊清晰。《多妻鉴》有批有注，惟多讹字，或因原本不精耳。[2]

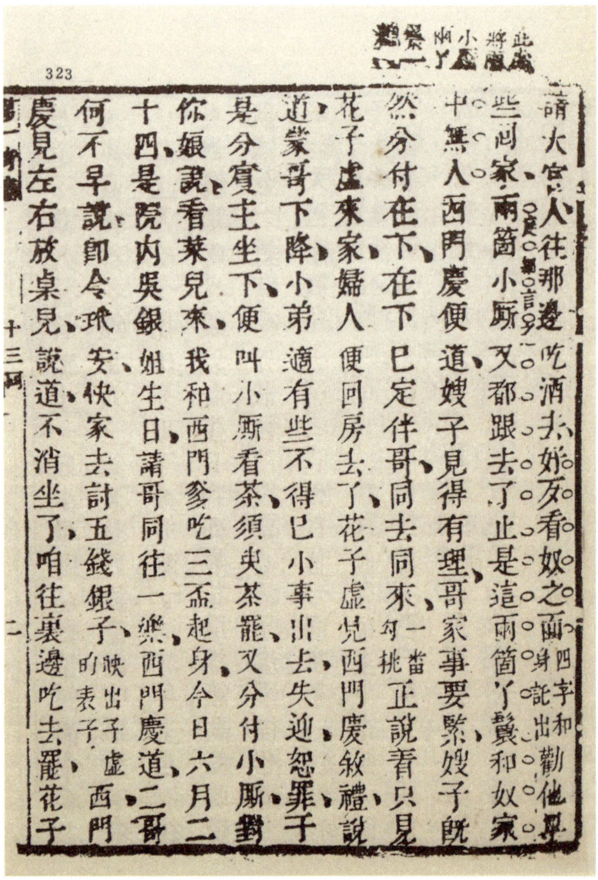

323

第一奇書 第十三回 二

請大官人往那邊吃酒去姐夫看奴之面勸他早
些回家兩箇小廝又都跟去了止是這兩箇丫鬟和奴家
中無人西門慶便道嫂子見得有理哥家事要緊嫂子既
然分付在下在下已定伴哥同去同來 正說着只見
花子虛來家婦人便回房去了花子虛兒西門慶敘禮說
道蒙哥下降小弟適有些不得已小事出去失迎恕罪子
是分賓主坐下便叫小廝看茶須臾茶罷又分付小廝對
你娘說看菜兒來我和西門爹吃三盃起身今日六月二
十四是院內吳銀姐生日請哥同往一樂西門慶道二哥
何不早說即令玳安快家去討五錢銀子 西門
慶見左右放桌兒說道不消坐了咱往裏邊吃去罷花子

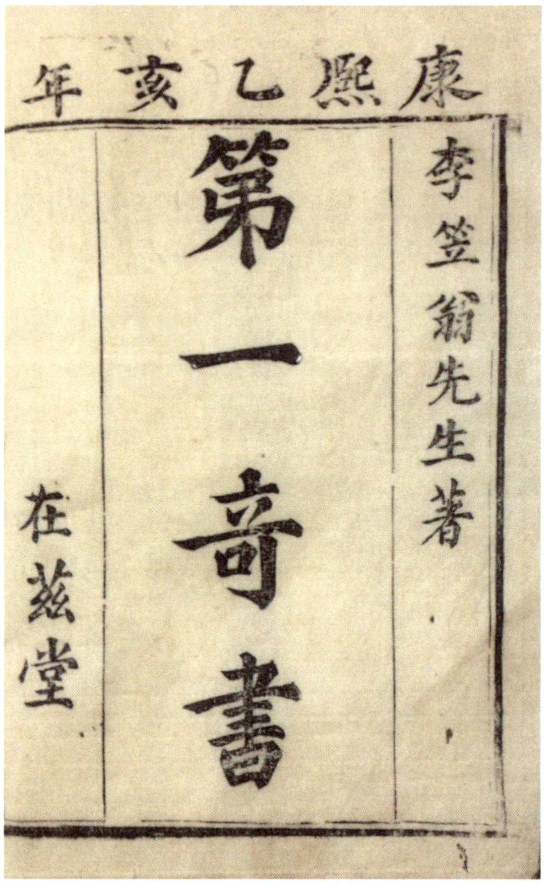

康熙乙亥年

李笠翁先生著

第一奇書

在茲堂

在兹堂本[3]

---

[1] 王汝梅：《论张竹坡批评〈金瓶梅〉康熙本》，《吉林大学社会科学学报》，1987年第1期，第70页。

[2] 佚名：《金瓶梅版本之异同》，姚灵犀，《瓶外卮言》，天津：天津古籍书店，1989年版，第62-63页。

[3] 李金泉：《苹华堂刊〈皋鹤堂批评第一奇书金瓶梅〉版本考》，[2016-07-14]. http://blog.sina.com.cn/s/blog_511184000102wkki.html。

3. 康熙乙亥本

全二十四册。半叶十一行，行二十二字，小字双行同，白口，无鱼尾，四周单边。

书名页四周双边。天头“康熙乙亥年”。框分三栏：右栏“李笠翁先生著”中栏“第一奇书”左栏被挖空。书口“第一奇书”。

卷首有：叙（康熙岁次乙亥清明中浣秦中觉天者谢顺叙于皋鹤堂）、西门庆家人名数（书口题：杂录）、西门庆家人媳妇（书口题：杂录）、西门庆淫过妇女（书口题：杂录）、潘金莲淫过人目（书口题：杂录）、西门庆房屋（书口题：房屋回）、金瓶梅寓意说、冷热金针、皋鹤堂批评第一奇书金瓶梅竹坡闲话（书口题大略，装订有颠倒错乱）、第一奇书金瓶梅趣谈、第一奇书目、凡例、苦孝说、杂录小引、第一奇书非淫书论、批评第一奇书金瓶梅读法。

扉页框内左下无“在兹堂”三字，有漶漫痕迹，其余各款同在兹堂本。此为在兹堂板的后印本，挖去了牌记。错字同在兹堂本。[1]

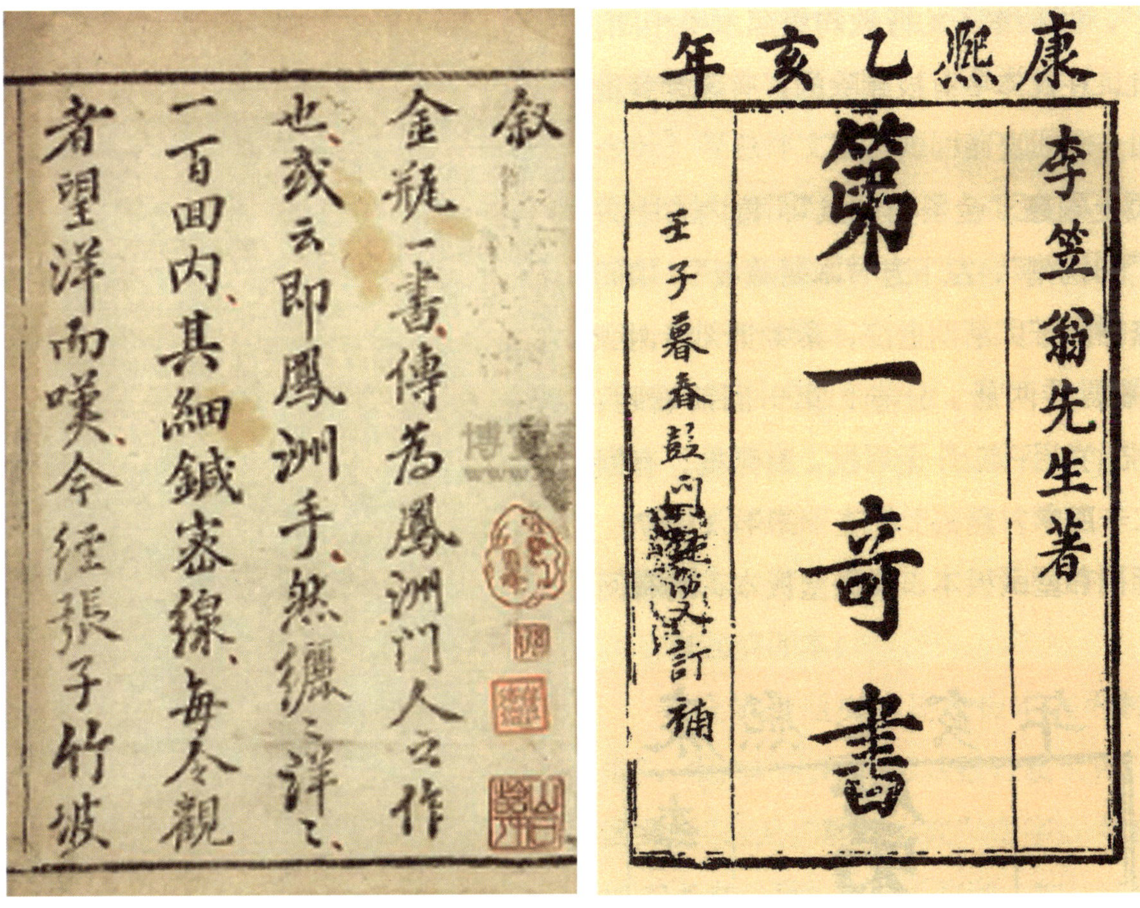
敘
金瓶一書傳為鳳洲門人之作
也或云即鳳洲手然纖纖詳之
一百回內其細鍼密線每令觀
者望洋而嘆今經張子竹坡

康熙乙亥年
李笠翁先生著
第一奇書

康熙乙亥本[2]

[1] 王汝梅：《论张竹坡批评〈金瓶梅〉康熙本》，《吉林大学社会科学学报》，1987年第1期，第71页。
[2] 暨南大学图书馆藏本。

4. 皋鹤堂本

扉页上端无题，框内右上方“彭城张竹坡批点”，左下方“皋鹤草堂梓行”，中间“第一奇书/金瓶梅”（双行），“梅”字下“姑苏原板”（小字）。正文半叶十一行，行二十二字。“无回前评语，正文错字较多，系在兹堂之翻刻本。”❶

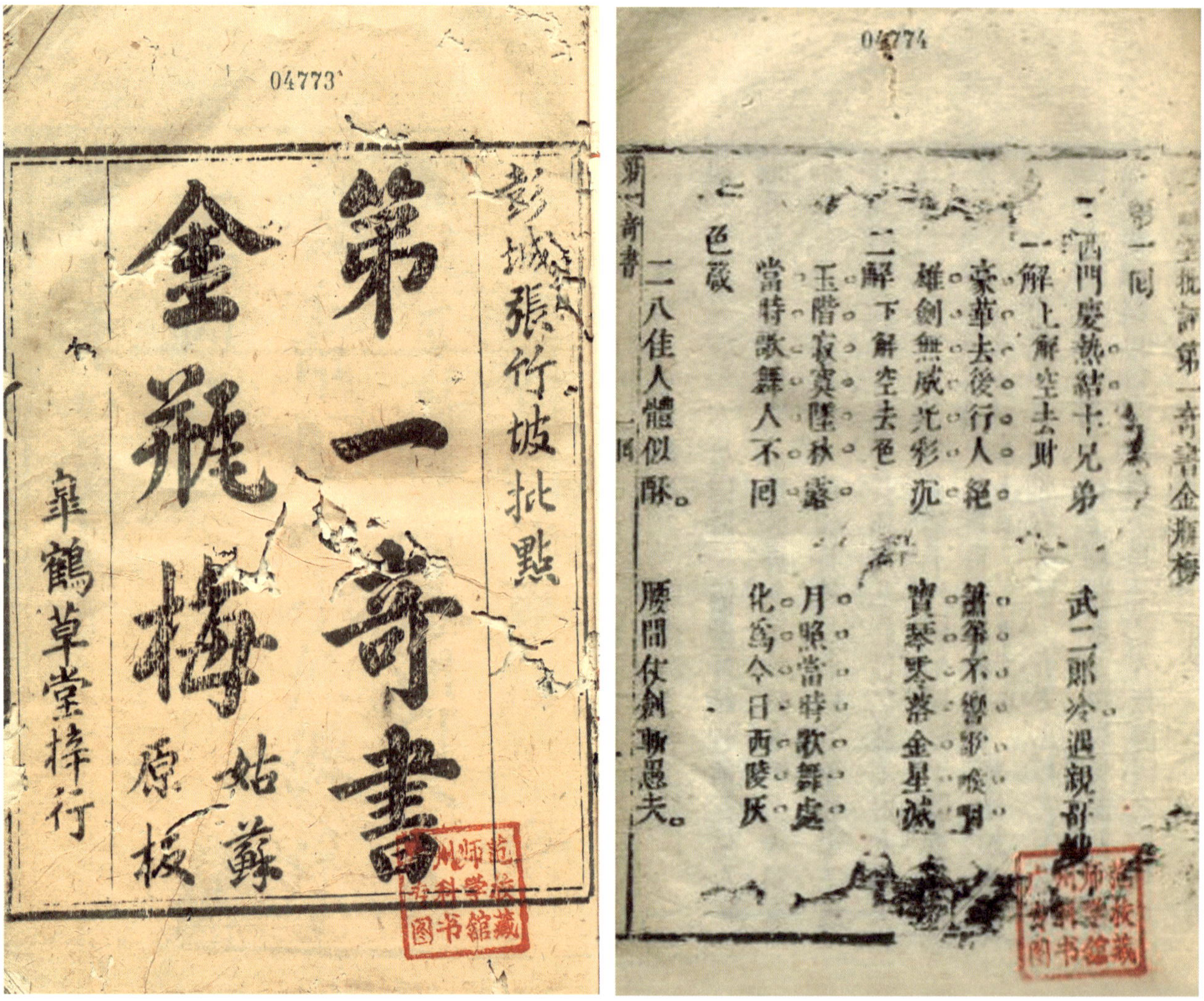

皋鹤堂本

---

❶ 王汝梅：《论张竹坡批评〈金瓶梅〉康熙本》，《吉林大学社会科学学报》，1987年第1期，第71页。

5. 韩国梨花女子大学图书馆藏本

韩国梨花女子大学图书馆所藏总装订十二册，蓝色封面，左侧上端用墨写着“金瓶梅”。版心题“第一奇书”。正文半叶十行，行二十二字，白口，四周单边，无界行。正文前有谢颐的序，收录有以《竹坡闲话》为首的 11 种附录，是具有典型意义的第一奇书本的形式。1993 年，王汝梅等第一次发现大连图书馆藏本《寓意说》末尾的 227 字为他本所无，梨花女大图书馆所藏的第一奇书本的《寓意说》和张评甲本的大连图书馆本一致，这一点值得关注。和中国流传下来的大部分的第一奇书本二十多册不同，该书为五针眼装订，可能是在中国刊行以后流传到韩国，又在韩国重新装订的。

> 仔细察看梨花女大图书馆收藏的第一奇书本，跟时期最早的第一奇书本的张评甲本，即大连图书馆所藏的第一奇书本基本一致，可断定是和大连图书馆收藏的本衙藏板翻刻必究本是同一版本翻刻的，或是以此版本为基础继承下来，后世又翻刻的版本。但又从跟大连图书馆本附录排列顺序不同，以及没有回评部分这一点来说，分明不是原样按照大连图书馆本翻刻的，我们推测可能是为了节省出版费用，把回评和插图省略掉而又重新分册刊行的，这种可能性很高。[1]

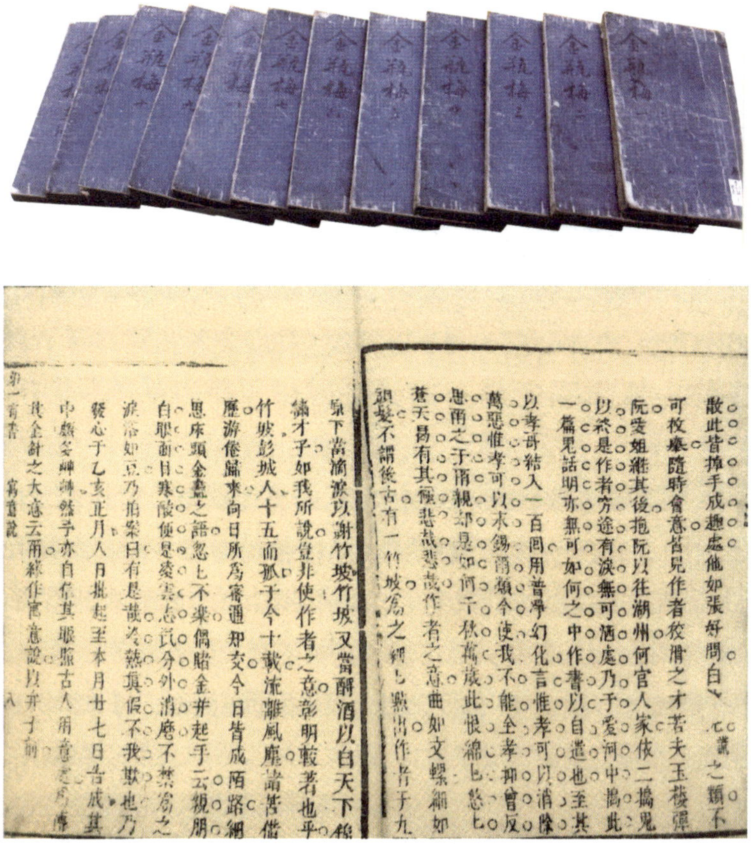

韩国梨花女子大学图书馆藏本[2]

---

[1] 宋真荣：《论韩国梨花女子大学所藏的〈皋鹤堂批评第一奇书金瓶梅〉》，《徐州工程学院学报（社会科学版）》，2010 年第 5 期，第 45 页。

[2] 王汝梅：《〈金瓶梅〉版本史》，济南：齐鲁书社，2015 年版，卷首插图。

6. 法兰西学院汉学研究所图书馆藏本

书题“醒世奇书正续合编”。木刻，线装，小本，元亨利贞四函，二十三卷二十四册（首册未编卷），一百回。白口。每半叶十一行，行二十五字，封面书题“广升堂第一奇书”；扉页书题“醒世奇书正续合编”，双行，右五左三，右一栏上题“彭城张竹坡批评”，左下双行署“本衙藏板”；书鼻、目录书题“第一奇书”；大略书题“臬（皋？）鹤堂批评第一奇书金瓶梅”；读法书题“批评第一奇书金瓶梅”。首谢颐序，非手写体；次大略；次读法；次目录；次图像；次正文。

敢按此一版本国内无藏，系《金瓶梅》版本中张评本的一个新版本。其“读法”虽错装，然完整无缺。其图像凡20幅，为西门庆、吴月娘、应伯爵、花子虚、潘金莲、李瓶儿、春梅、武大郎、王婆、武松、哪哥、孟玉楼、李娇儿、孙雪娥、爱月儿、陈敬济、吴神仙、奶子如意儿、书童、普净禅师之像判，每人1叶，前半叶像，后半叶判，判词或诗或联或句，字体或隶或行或草。其书题虽云“醒世奇书正续合编”，此本却仅有正编而无续编。[1]

[1] 吴敢：《〈金瓶梅〉版本拾遗》，《东南大学学报（哲学社会科学版）》，2001年第1期，第114-118页。

影印再版

1. 清嘉庆济水太素轩刻本

目录、卷端题名“新刻金瓶梅奇书”。书名叶分三栏，右栏“第一奇书”、中栏“金瓶梅”、左栏“济水太素轩梓”。半叶十五行三十字，白口，单黑鱼尾，四周单边，无行格。卷首序署“嘉庆岁次丙子清明上浣秦中觉天者谢颐题于皋鹤书舍”。回目作四言文，前后二部分目。全书十二卷一百回。前部六卷第一回至第四十六回，后部六卷第四十七回至一百回。版心刻“金瓶梅前/后、卷数、页数”，通篇白文，无图无批。

吴敢《<金瓶梅奇书>版本考评》见徐州朱玉玲女士藏济水太素轩刻本，卷数作八卷，牌记、序文俱与此书同，但行款有异，为“半叶十五行，行三十二字”。文内引日本学者鸟居久晴《<金瓶梅>版本考·异本》所载天理大学、东洋文化研究院藏二本，称三本俱是嘉庆年间刻本。此十二卷本与吴敢所述三本均有细微差异，不见著录。

> 在《金瓶梅》版本系统中，《新刻金瓶梅奇书》是目前所知《金瓶梅》所有改写本（《金瓶梅》抄本、词话本、绣像本、第一奇书本以外的第五类版本）中刊刻最早的一个本子，在《金瓶梅》版本研究与传播研究中，具有重要作用。因为刘复、李家瑞《宋元以来俗字谱》所引《金瓶梅奇书》版本下落不明，而日本所藏两个版本互不相同，徐州朱玉玲女士藏本在此类版本中便显得格外珍贵。[1]

[1] 宋真荣：《论韩国梨花女子大学所藏的<皋鹤堂批评第一奇书金瓶梅>》，《徐州工程学院学报（社会科学版）》，2010年第5期，第45页。

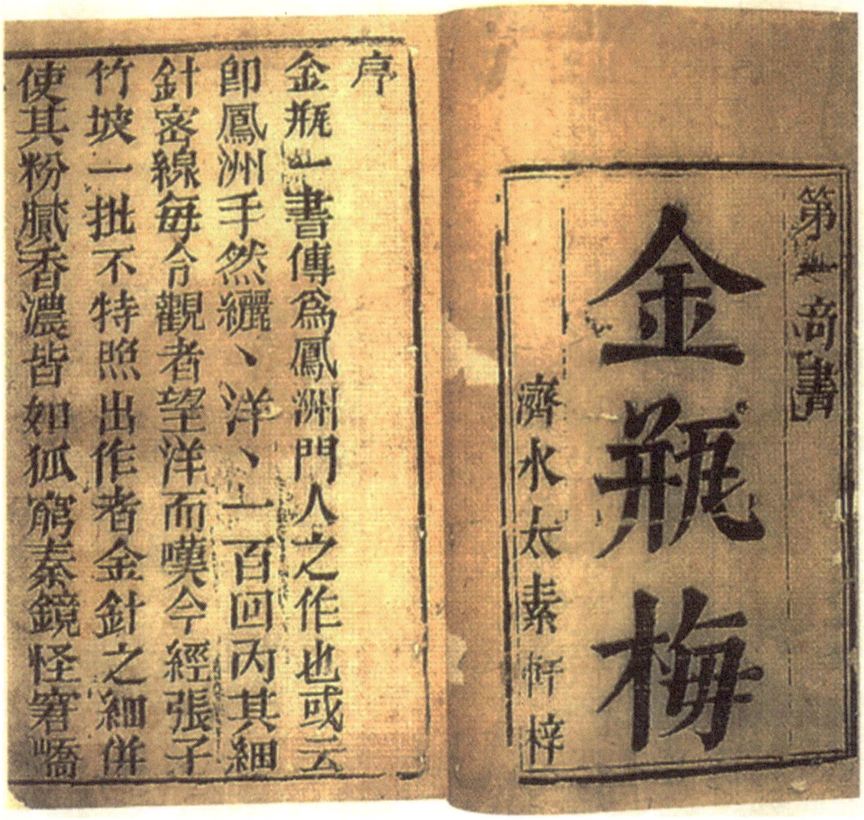

第一奇書
金瓶梅
濟水太素軒梓

序
金瓶一書傳爲鳳洲門人之作也或云
即鳳洲手然纖、洋、一百回內其細
針密線每令觀者望洋而嘆今經張子
竹坡一批不特照出作者金針之細併
使其粉膩香濃皆如狐腐秦鏡怪窘嚙

新刊金瓶梅奇书十二卷本（一）[1]

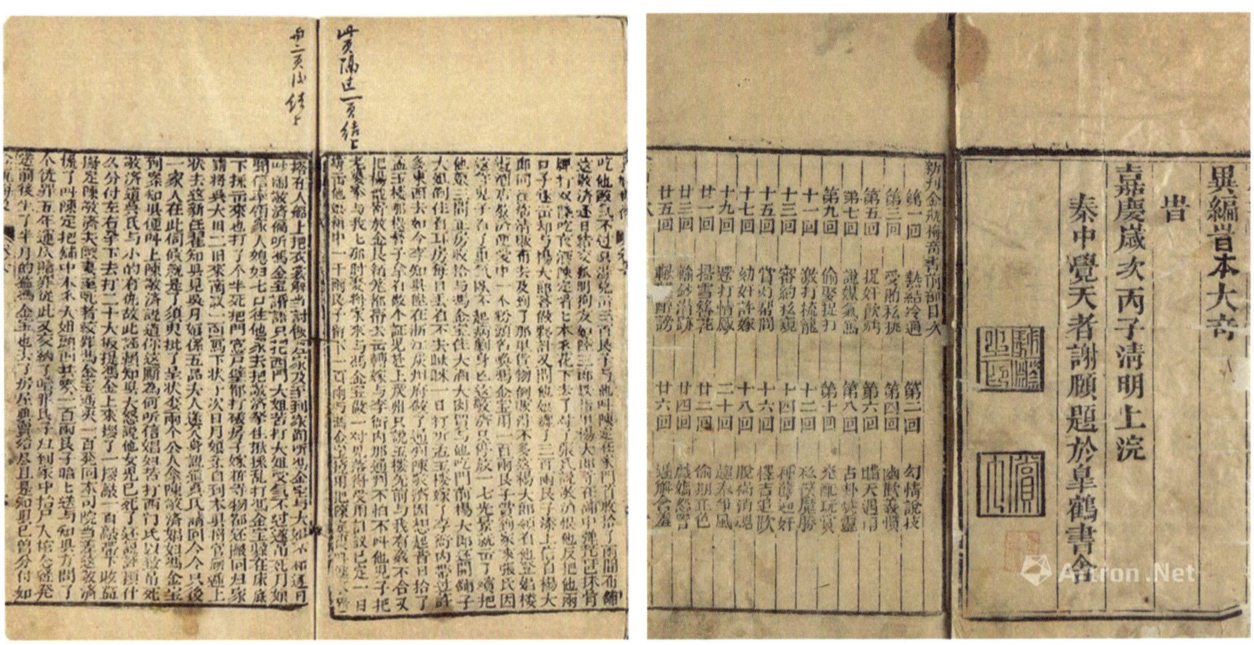

異編首本大奇
嘉慶歲次丙子清明上浣
秦中覺天者謝頤題於皐鶴書舍

新刊金瓶梅奇书十二卷本（二）

[1] 梅节校勘：《〈金瓶梅词话〉校读记》，北京：北京图书馆出版社，2004 年版，卷首插图 / 新刻金瓶梅奇书十二卷一百回，[2016-06-14]. http://3g.zhuokearts.com/m/auction/art/detail/28960187。

2. 日本东京爱田书室石印本

书签题“增图像足本金瓶梅”；内封题“增图像皋鹤草堂奇书全集”；牌记题“日本东京廿八番/地三町目/爱田书室印刷所/定价洋五圆”。第一册除序、凡例、目录及西门庆淫过妇女、潘金莲淫过人目外，全册均为绘图，共收双人绣像三十幅。

“日本所藏中文古籍数据库”著录有“改过劝善新书十六卷一百回 即增图像足本·金瓶梅（题签） 即增图像·皋鹤草堂奇书全集（扉） 坿图一册 明笑笑生（撰） 清光绪石印本 立命馆大学”，与上书十分相似。

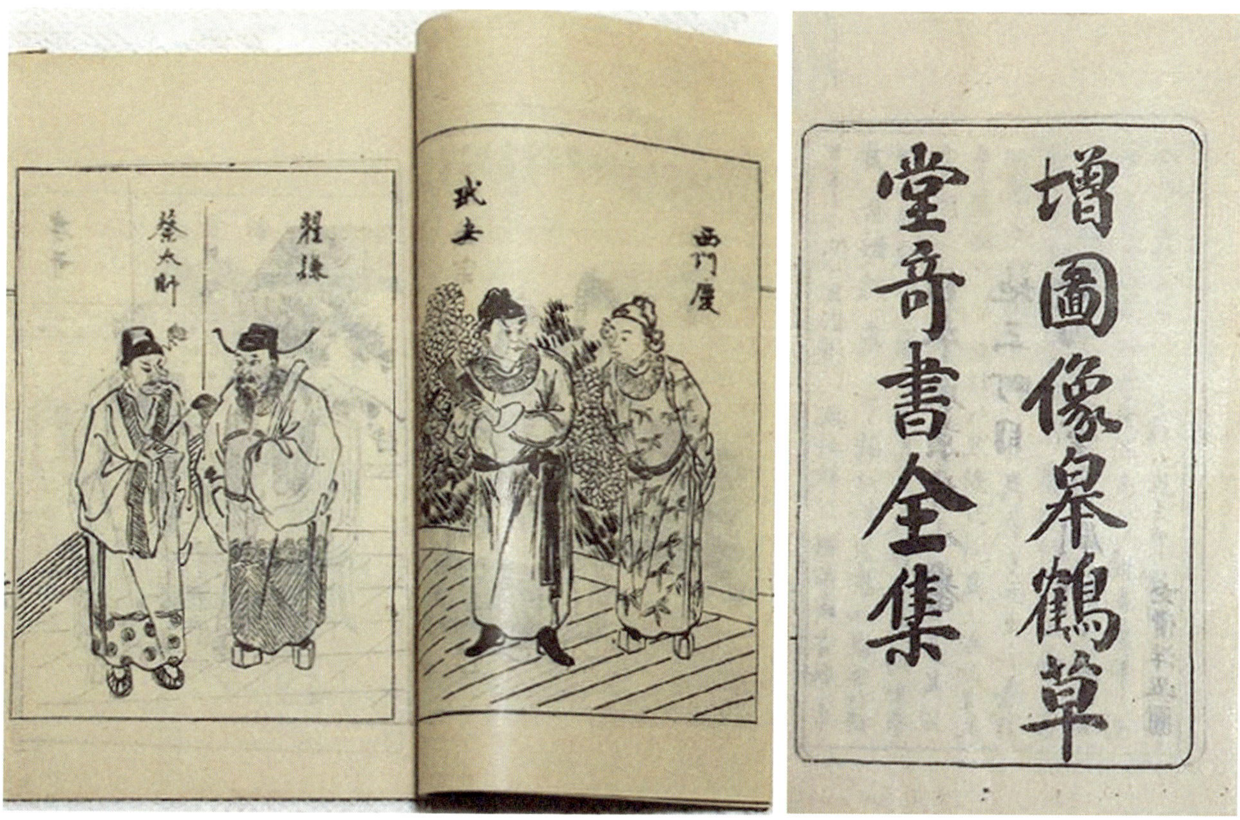

日本东京爱田书室石印本[1]

[1] 吴敢：《〈金瓶梅奇书〉版本考评》，《明清小说研究》，2011年第2期，第139页。

3. 民国石印本

一百回，无删节。书签题“□□□□多妻鉴全集”；目录页题“第一奇书目”；卷一为版画四十八幅；卷二首叶“竹坡闲话”题“皋鹤堂第一奇书”；卷端题“改过劝善新书”。

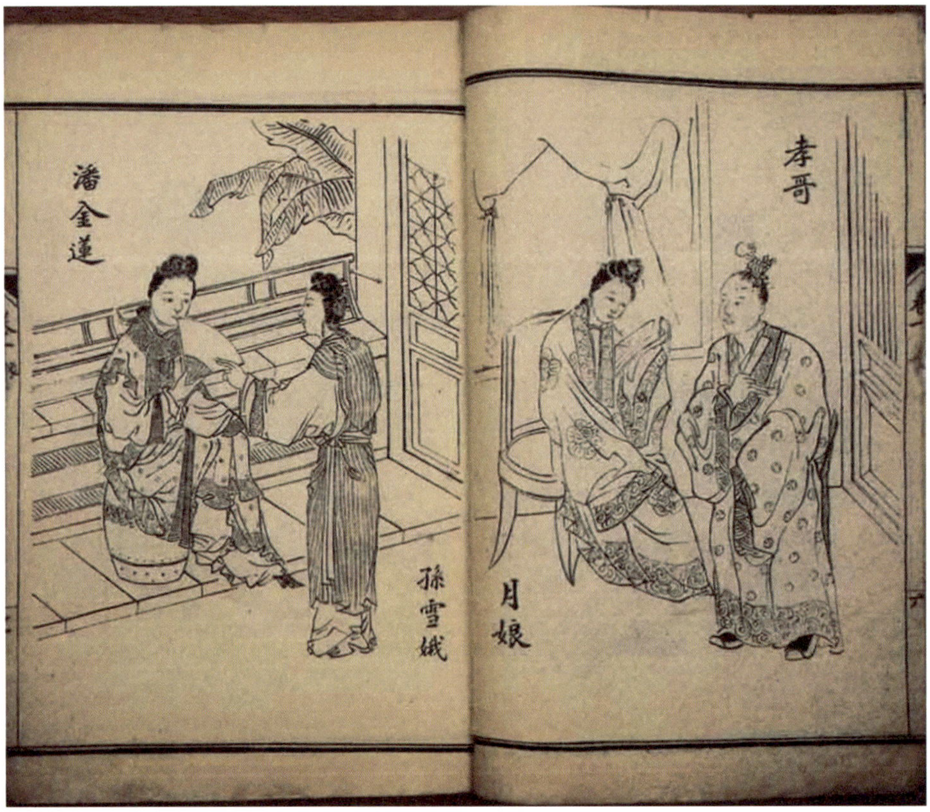

民国石印本 一函十六册[1]

[1] 清光绪印本《金瓶梅》，一函原装十六册 一百回全，[2016-07-19]. http://www.kongfz.cn/21892360/pic/。

4. 民国香港旧小说社石印本

一百回。半叶十九行，行四十四字，白口，双黑鱼尾，四周双边。书签题"校正 / 全图足本金瓶梅全集"；书名页上端"依康熙年原书影印"，框分三栏，右"校正加批足本大字 定价洋五元"；中"绘 / 图 第一奇书"；左"香 / 港 旧小说社印行"；卷端题名"绘图足本大字金瓶梅"。

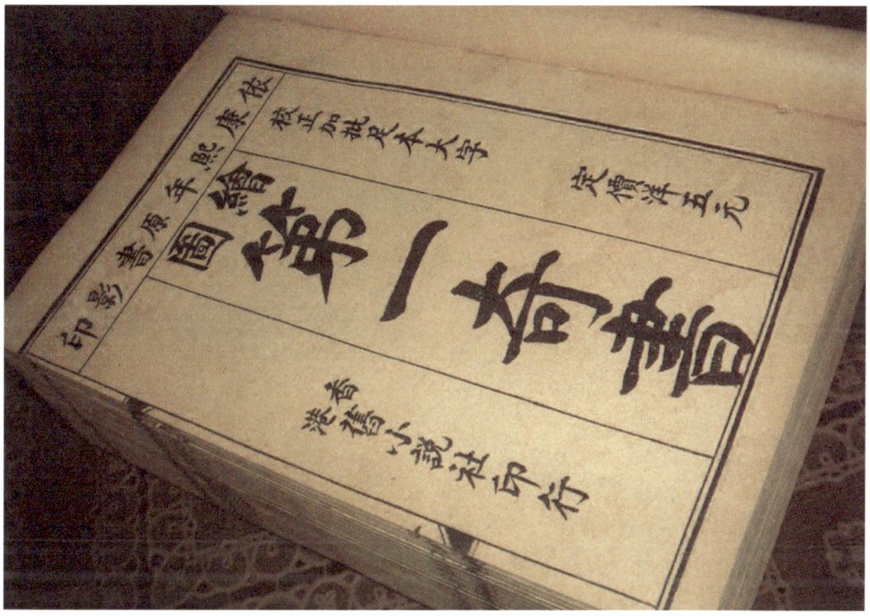

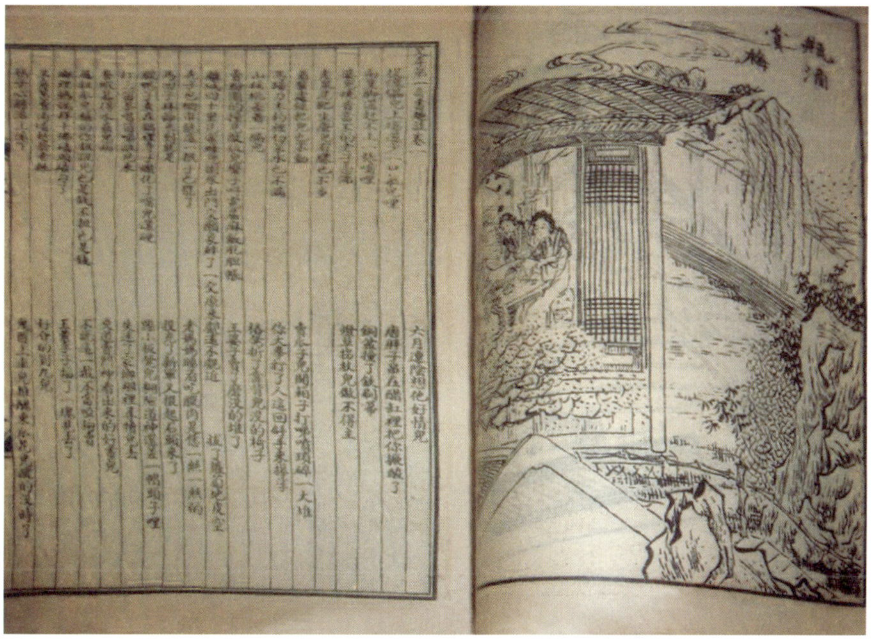

香港：旧小说社石印本 1912–1949 年 线装二函二十册[1]

[1] 至精收藏级古籍善本《第一奇书金瓶梅张竹坡评本》（2013-10-23 21:19）[2016-05-25]. http://bbs.sssc.cn/viewthread.php?tid=2967811。

5. 民国香港旧小说社石印本

书签题“校正 / 全图足本多妻鉴全集”；书名页上端“依康熙年原书影印”，框分三栏，右“校正加批足本 定价洋五元”；中“绘 / 图 第一奇书”；左“香 / 港 旧小说社印行”。内文墨色，书签、内封朱色。

《第一奇书》本之一。今存有苏州刻本、四川刻本及香港旧小说社石印本等。系《第一奇书》本的翻刻本，间有删节。

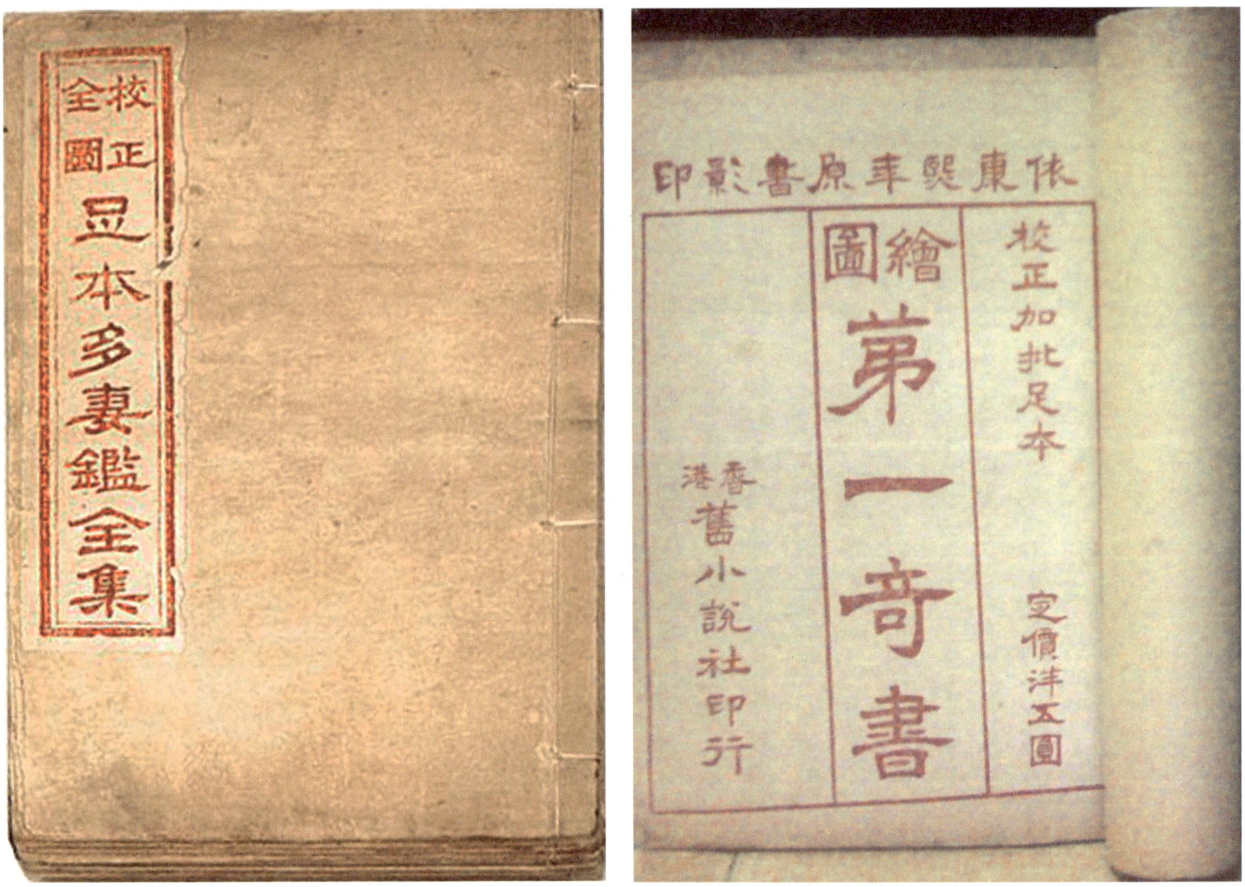

香港：旧小说社石印本 1912–1949 年 线装全八册

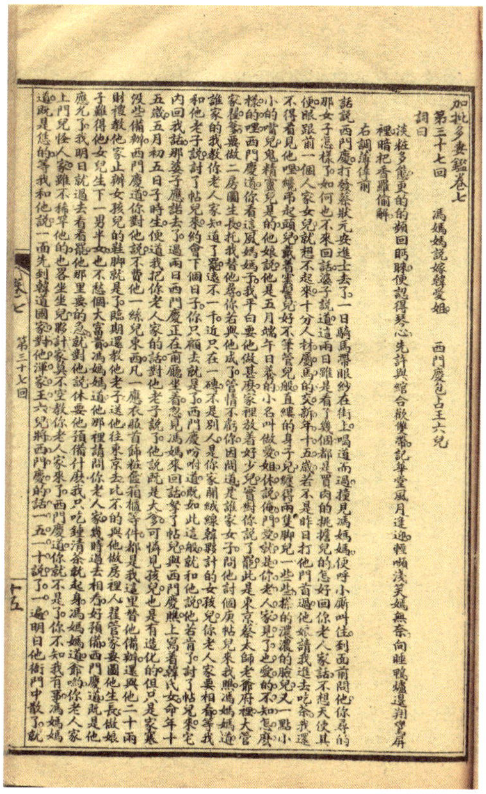

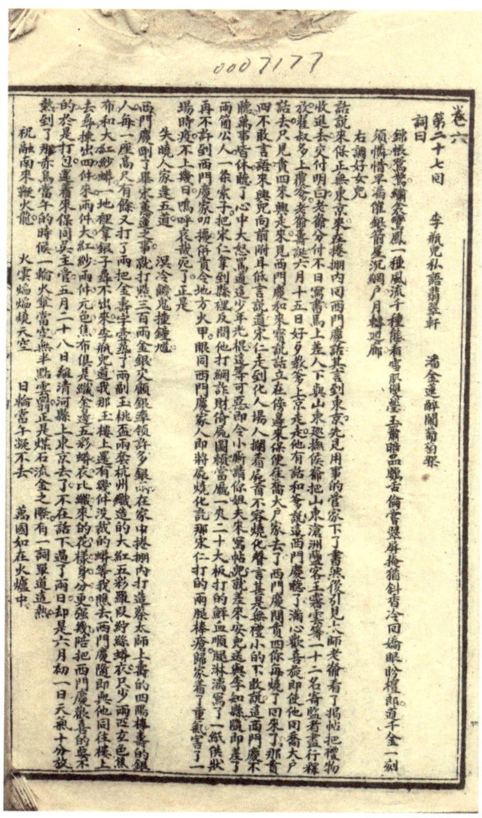

6. 民国石印本

残存三册，存卷六至十六，共十一卷；存第二十七回至第一百回，共七十四回。每册扉叶钤“广州西湖路 / 文光馆承印”。[1] 半叶二十三行，行四十八字，白口，单黑鱼尾，四周双边。卷六、卷十五、卷十六卷端刻有卷次数。各卷端不刻书名，只有卷七第三十七回卷端刻“加批多妻鉴卷七”。所存各回正文内容与张评康熙乙亥本、皋鹤堂本大体一致，有注，无回前评。据《中国古籍总目》定为民国石印本。

予曾另见有四川木刻小本，苏州木刻大本，暨日本铅字排印本，题名为《多妻鉴》者，细核皆竹坡本所从出也。川本有批注，模糊若麻沙版。苏本仅载正文，字体殊清晰。《多妻鉴》有批有注，惟多讹字，或因原本不精耳。[2]

民国石印本

[1] 香港文光书局于民国二十三年（1934）三月出版《古本金瓶梅》，全四册。与广州文光馆的关系待考。

[2] 佚名：《金瓶梅版本之异同》，姚灵犀，《瓶外卮言》，天津：天津古籍书店，1989 年版，第 63 页。

7. 民国五年（1916）上海存宝斋排印本

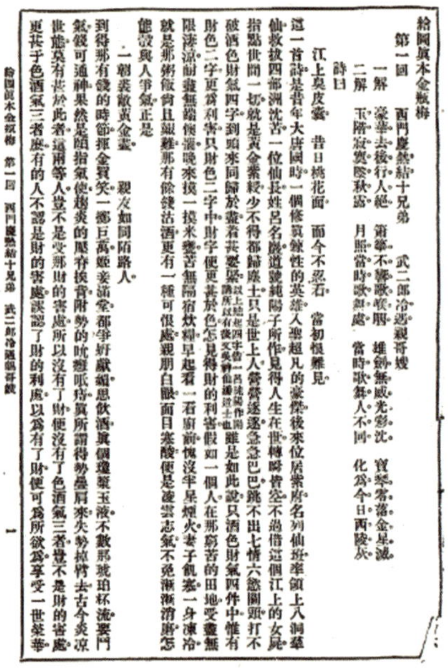

题名：绘图真本金瓶梅。（明）王元美著。精装全二册，每册五十回。以张评本为底本，删去秽笔，首次以“洁本”面世。书前有：绘图真本金瓶梅提要，同治三年二月蒋敦良序，乾隆五十九年十月王昙金瓶梅考证。

此与列禁书之俗本全异，系扬州马氏小玲珑山馆藏本。秀水王仲瞿有考证四则，其妻金云门有注，简首有蒋剑人序，以西门庆影射东楼，一生贪欲淫侈，元美目击，纪载极为详尽，按诸正野各史，事事皆可指，实口诛笔伐，劝善惩恶，于是乎在得此而知俗本之伪托，洵无价值之可言矣。向列禁书，以俗本之多秽语，今雅驯微妙，乃尔始见元美之本来面目矣。特从吴兴藏书家某氏借抄付印，以公同好。[1]

民国初年，上海相继出现几个洁本的排印本。上海存宝斋《绘图真本金瓶梅》，一百回，1916年出版。无秽语，改写了二、三、四回。托名王元美，不可信。不仅正文、回目沿袭竹坡本，文中夹评亦竹坡评。郑振铎指为蒋剑人辈“乱改乱删”，黄霖谓可能出于王文濡手，似嫌武断。也许蒋、王辈改写了前三回，但删秽语绝非出自他们之手。此本1920年曾再版。[2]

1916年5月存宝斋铅印出版有一种《绘图真本金瓶梅》，一百回，精装2册。系据第一奇书本删改而成，上册有蒋敦良同治三年二月序，并附录有《金瓶梅提要》与所谓王昙乾隆五九年十月撰《金瓶梅考证》。以此本为肇始，所谓“真本”、“古本”《金瓶梅》竟泛滥了一段时间。[3]

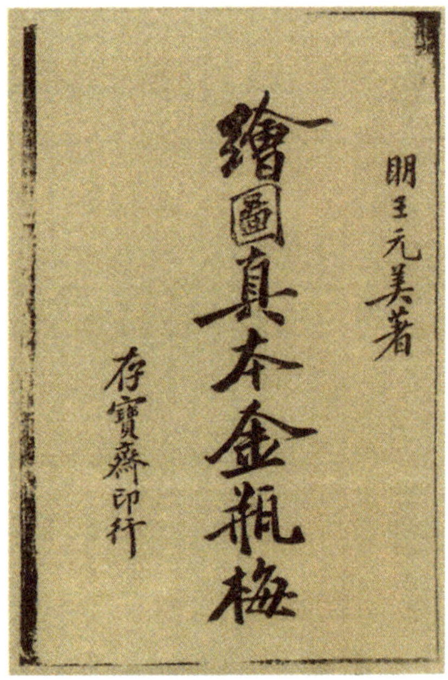

存宝斋排印本[4]

---

[1] 卷首《绘图真本金瓶梅提要》。
[2] 梅节：《〈金瓶梅词话〉的版本与文本——〈金瓶梅词话校读记〉序》，《明清小说研究》，2004年第1期，第45页。
[3] 吴敢：《20世纪〈金瓶梅〉研究的回顾与思考》，《徐州师范大学学报》，2001年第2期，第14–38页。
[4] 王汝梅：《〈金瓶梅〉版本史》，济南：齐鲁书社，2015年版，第181页。

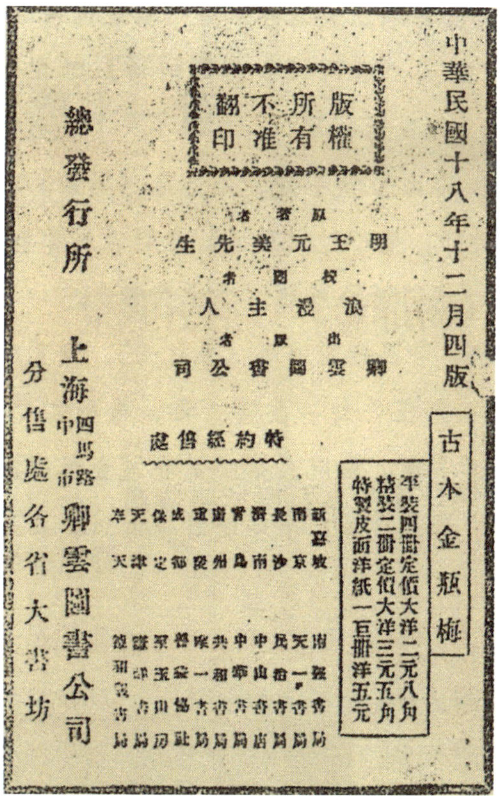

中華民國十八年十二月四版

版權所有 不准翻印

古本金瓶梅

平裝四冊定價大洋二元八角
精裝二冊定價大洋三元五角
特製皮面洋紙一巨冊洋五元

原著者 明王元美先生
校閲者 浪漫主人
出版者 卿雲圖書公司

特約經售處

總發行所 上海四馬路中市 卿雲圖書公司

分售處 各省大書坊

上海卿云图书公司 1929 年 12 月四版 平装四册❸

8. 民国上海卿云图书公司排印本

1926 年至 1929 年每年一版，1934 年 4 月印至二十版。

题名：古本金瓶梅。（明）王元美著，浪漫主人标点。平装全四册，精装全二册，皮面洋纸装全一册。卷首附提要、原序、考证。书末印“原著者 明王元美 / 标点者 浪漫主人”。改名《真本金瓶梅》，后又有多种翻印本。

曩游郡，见书肆架中，有《古本金瓶梅》抄本一书，取而读之，乃与俗本迥异，盖翠微山房所珍藏，后为大兴舒铁云所得，因以赠其妻甥王仲瞿者。有仲瞿考证四则，其妻金氏加以旁注，而元美作书之本旨，乃揭之以出。……此书久在例禁之中，儒林羞道之，不知其微妙雅驯乃尔！（按此书原本大约有二本，除此翠微山房本外，惟有随园本，曾询诸仓山旧主，据云：幼时犹及见之，洪杨之劫，园既被毁，书亦不知所在云）……此意曾与应观察道及之，拟集众力，付诸剞劂。应观察以蒙禁书之嫌，故迟回而未有以应。……吾将完此书以待之。同治三年甲子二月，蒋敦艮剑人识。❶

此序及卷首《提要》内容与存宝斋本大致相同，仅所据藏本及底本不同，一系“扬州马氏小玲珑山馆藏本”，一系“翠微山房珍藏抄本”。一系“从藏书家蒋剑人后人，以重价得此抄本”，一系“从吴兴藏书家某氏借抄付印”。

《古本金瓶梅》，卿云图书公司 1926 年出版，删去《真本》之评注，引首诗词，文中韵文、赞词及联语亦多删除，结联偶有保留，文字作了润饰加工，洁净流畅，可读性较高。可以说，《金瓶梅》的去水浒化，去词话化和洁净化至此完成。❷

❶ 卷首蒋敦艮（剑人）：《古本金瓶梅·原序》。

❷ 梅节：《〈金瓶梅词话〉的版本与文本——〈金瓶梅词话校读记〉序》，《明清小说研究》，2004 年第 1 期，第 45 页。

❸ 古本金瓶梅，四册全，王凤洲著，卿云图书公司 1934 年 4 月二十版，[2016-07-16]. http://book.kongfz.com/item_pic_102636_217602973/。

9. 民国二十五年（1936）上海中央书店排印本

封面题“绘图潘金莲全传 / 古本全图金瓶梅”；版权页题“古本金瓶梅”。沈亚公校订，襟霞阁主人印行。

《古本金瓶梅》又有襟霞阁主重编本，上海中央书局印行。因见卿云本畅销，四年印了四版，乃因《真本》之王昙《考证》曾说赵翼于袁枚处见一原本，假造袁枚跋及明嘉靖观海道人序，以掩饰对卿云本的盗版。回目统改八字联，文字间有改动。此本出版后即爆发抗战，继之内战。中华人民共和国建国后，此类书都移到香港、台湾出版，国内已非常罕见了。[1]

上海中央书店排印本 1936 年 平装全四册

[1] 梅节：《<金瓶梅词话>的版本与文本——<金瓶梅词话校读记>序》，《明清小说研究》，2004 年第 1 期，第 45 页。

10. 襟霞阁主重编 襟霞阁主校阅 上海襟霞阁发行本

封面题名：古本金瓶梅；书脊题名：新式标点古本金瓶梅。卷首有《原本金瓶梅袁跋》。

全书竖排，五号字。标点符号、书名、人名、地名号一应俱全。上海中央印局印刷，南方书店、中央书店总经售。从中央印局、中央书店看，为民国初年刊行无疑。

皋鹤堂版本（张评康熙本 / 吉林大学图书馆藏）在清代是流传最广、影响最大的本子，后来的《古本金瓶梅》和《真本金瓶梅》，都是皋鹤堂版本的“删改本”；满文译本也是以此为底本的。

本书是张评本的“删改本”，齐鲁本也以张评本为底本，同出一个范本，内容却大不相同。如齐鲁本第三回中的“潘驴邓小闲”之计，却在第五回，文字描述也完全不一样。齐鲁本第四回第 84 页下注：①下删 121 字，②下删 105 字；而“古本”第四回的内容完全不一样，根本没有新删削的内容。“古本”第二十八回“……潘金莲醉闹葡萄架”，齐鲁本排在第二十七回，标题文字相同，但内容叙述完全不一样（上海、首都图书馆存第三、四册）。

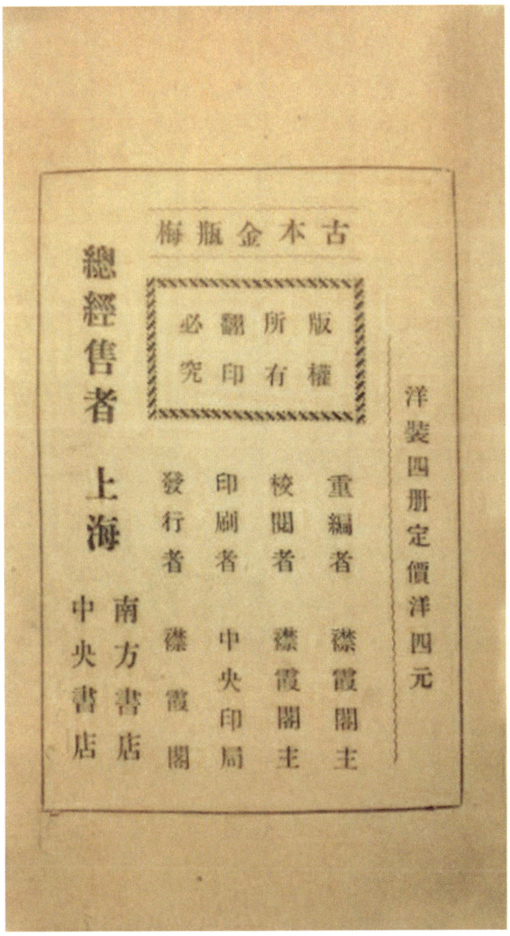
古本金瓶梅

版權所有 翻印必究

洋裝四冊定價洋四元

重編者 襟霞閣主
校閱者 襟霞閣主
印刷者 中央印局
發行者 襟霞閣
總經售者 上海 南方書店 中央書店

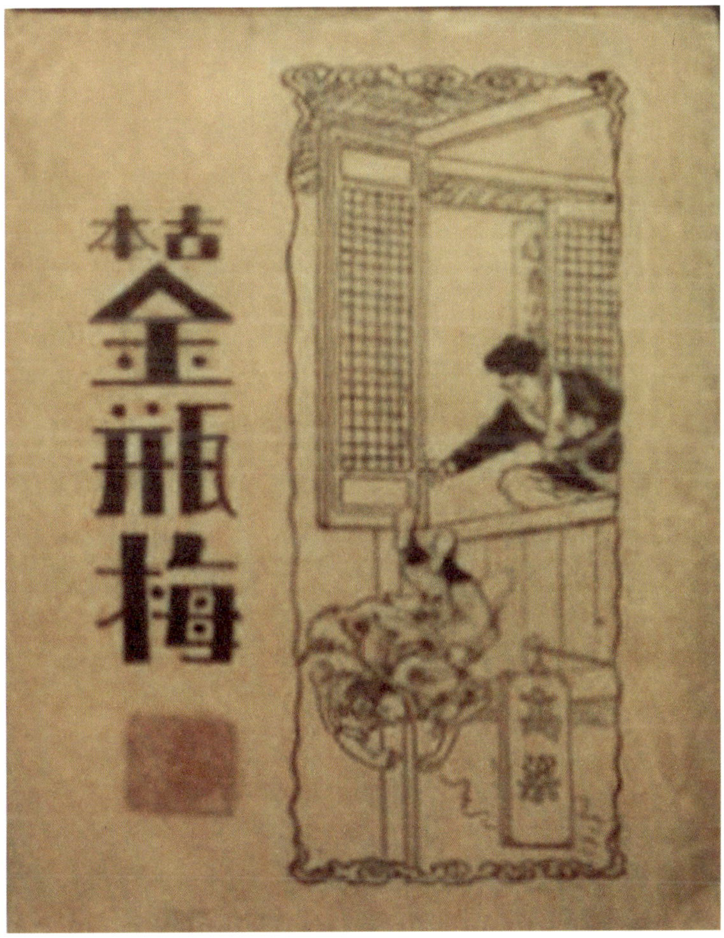

上海襟霞阁发行 [1911–1949] 本 平装四册❶

❶ 民国旧书《古本金瓶梅》，一套四册全，上海中央书店印行，[2016-06-16]. http://www.kongfz.cn/18253283/pic/。

11. 香港文乐出版社影印本 1975 年版

题名：两种竹坡评点本合刊天下第一奇书（附图）金瓶梅。附录崇经堂小字残本一卷、金瓶梅插图丛录一卷。为康熙乙亥本（又称“大字张本”）和崇经堂巾箱本（又称“小字张本”）之合刊。一百回。精装全八册，最后一册为各种版本的插图，包括清宫珍宝百美图 200 幅，部分崇祯本、张评本的插图。

第一至六册据清康熙乙亥本影印，正文每半叶十一行，行二十二字；第七册据崇经堂小字本（残）题印；第八册据崇经堂小字本附图，实为“崇祯本”所附图。[1]

香港文乐出版社 1975 年影印本（一）[2]

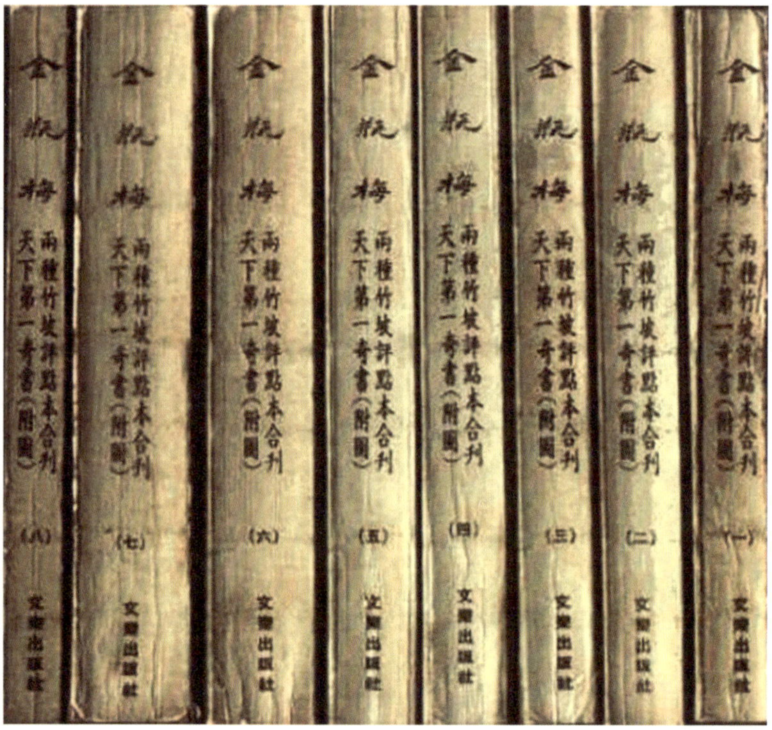

香港文乐出版社 1975 年影印本（二）[3]

---

[1] 胡文彬编著：《金瓶梅书录》，沈阳：辽宁人民出版社，1986 年版，第 81 页。

[2] 壬辰龙年话《金瓶》，[2016-06-13]. http://jxgzg123.blog.163.com/blog/static/12202740120121376375543/。

[3] 梅节校勘：《〈金瓶梅词话〉校读记》，北京：北京图书馆出版社，2004 年版，卷首插图。

12. 王汝梅 李昭恂 于凤树校点 齐鲁书社"明代四大奇书"本 1987 年版

精装全二册。封面题名：金瓶梅；版权页题名：张竹坡批评第一奇书金瓶梅。

以张评康熙本甲种为底本。注明所删字数 10385 字。

这一评点本，是清代流传最广的版本，后来的《真本金瓶梅》和《古本金瓶梅》，都是此书的删改本，满文译本也是以它为底本的。……基于上述原因，我社出版本书，供文学、史学、民俗学和语言学等工作者研究和参考。整理中对书中淫秽描写曾酌情删削，特此说明。[1]

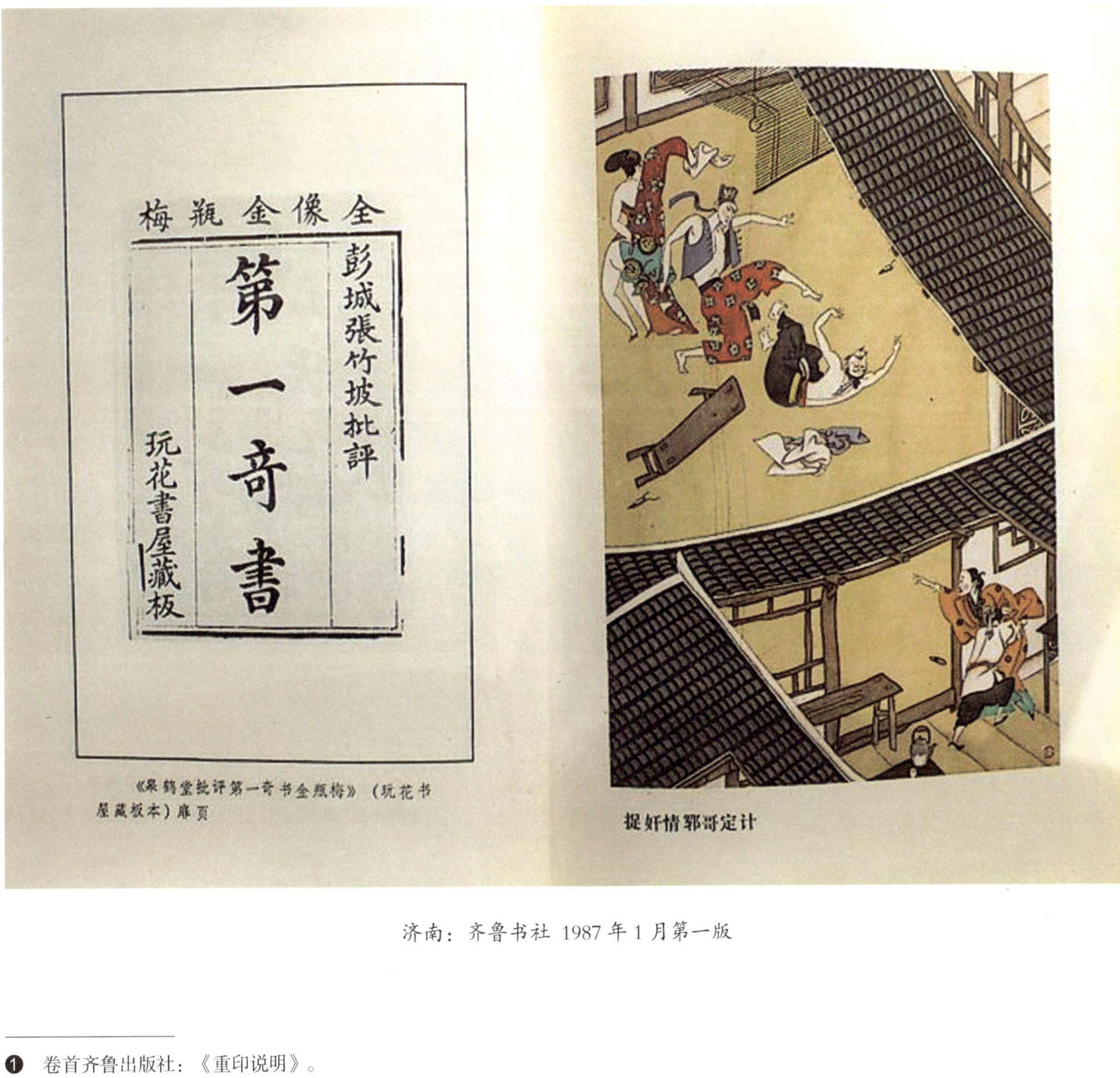

济南：齐鲁书社 1987 年 1 月第一版

[1] 卷首齐鲁出版社：《重印说明》。

13. 王汝梅 李昭恂 于凤树校点 齐鲁书社“明代四大奇书”本 1991 年版

封面题名：金瓶梅；书脊题名：张竹坡批评金瓶梅；版权页题名：张竹坡批评第一奇书金瓶梅。

这套丛书精装全八册，每种各二册。另三种为《金圣叹批评水浒传》《毛宗岗批评三国演义》《李卓吾批评西游记》。“全部采用名家批评本，评点璧合原著，使用善本校勘，并增以彩色插图，配套出版。”[1]

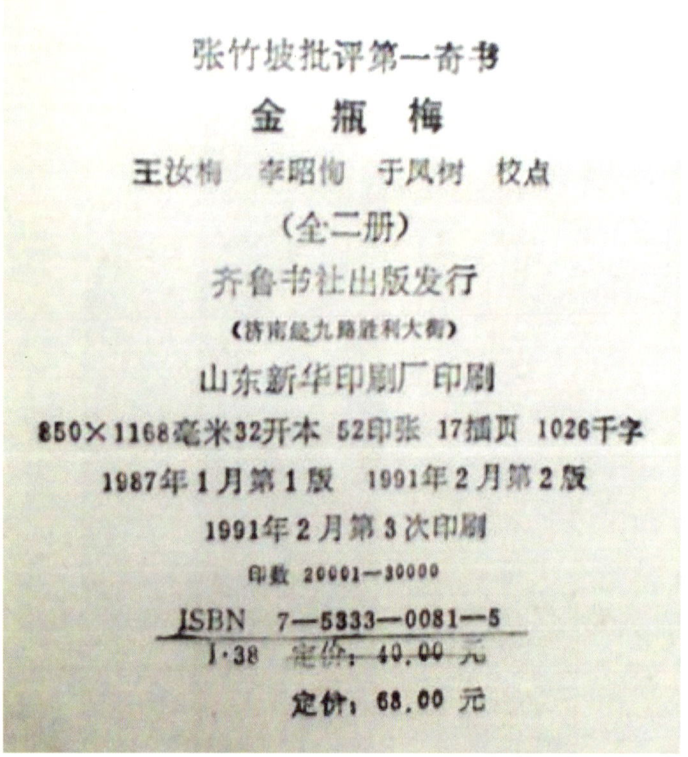
张竹坡批评第一奇书
金　瓶　梅
王汝梅　李昭恂　于凤树　校点
（全二册）
齐鲁书社出版发行
（济南经九路胜利大街）
山东新华印刷厂印刷
850×1168毫米32开本　52印张　17插页　1026千字
1987年1月第1版　1991年2月第2版
1991年2月第3次印刷
印数 20001—30000
ISBN　7—5333—0081—5
I·38　定价：40.00 元
定价：68.00 元

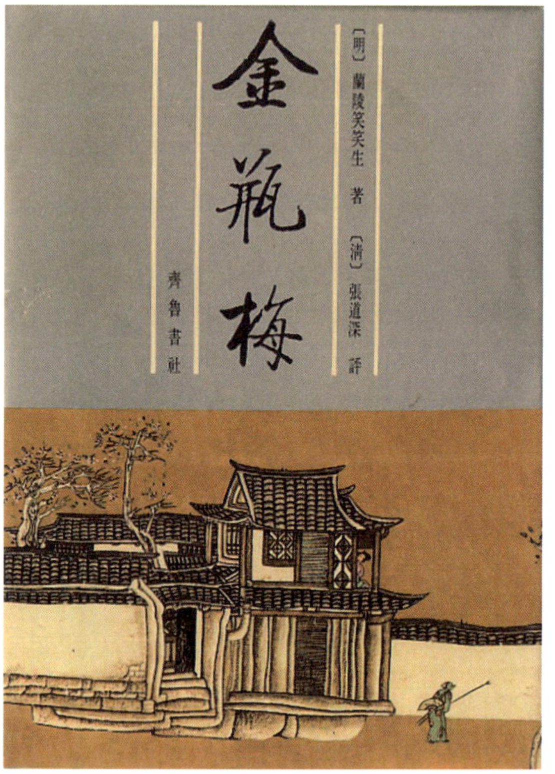

济南：齐鲁书社“明代四大奇书”本 1991 年 2 月第 2 版 精装全二册

[1] 卷首“四大奇书”《出版说明》。

14. 王汝梅校点 齐鲁书社“明代四大奇书”本 2014 年版

上世纪 80 年代末，我社启动了“明代四大奇书”的整理出版工作。从项目的启动到 1991 年初正式出版，历时两年余。……2014 年是齐鲁书社建社 35 周年，在这样一个值得纪念的年度，将可作为本社最有影响出版物之一的该书加以重印，自然就有着一定的纪念意义。

本次重印，主要做了以下两方面工作：一是借改版之际对原书重加审校。《张竹坡批评金瓶梅》由原整理者王汝梅先生再加审读。二是改换了书中插图。本次重印，我们将书中原请今人绘制的彩色插图改为古代版画。插图从明崇祯本《新刻绣像批评金瓶梅》择取。[1]

图书在版编目（CIP）数据

张竹坡批评金瓶梅／（明）兰陵笑笑生著；（清）张竹坡批评；王汝梅校点．—济南：齐鲁书社，2014. 12
ISBN 978-7-5333-3150-4

Ⅰ. ①张…　Ⅱ. ①兰… ②张… ③王…　Ⅲ. ①章回小说—中国—明代　Ⅳ. ①I242. 4

中国版本图书馆 CIP 数据核字（2014）第 063527 号

张竹坡批评
金 瓶 梅
〔明〕兰陵笑笑生 著
〔清〕张竹坡 批评　王汝梅 校点

主管单位	山东出版传媒股份有限公司
出版发行	齊魯書社
社　址	济南市英雄山路 189 号
邮　编	250002
网　址	www. qlss. com. cn
电子邮箱	qilupress@ 126. com
营销中心	（0531）82098521　82098519
印　刷	山东新华印务有限责任公司
开　本	720mm × 1020mm　1/16
印　张	86. 5
插　页	22
字　数	1123 千
版　次	2014 年 12 月第 1 版
印　次	2014 年 12 月第 1 次印刷
标准书号	ISBN 978-7-5333-3150-4
定　价	228. 00 元（全二册）

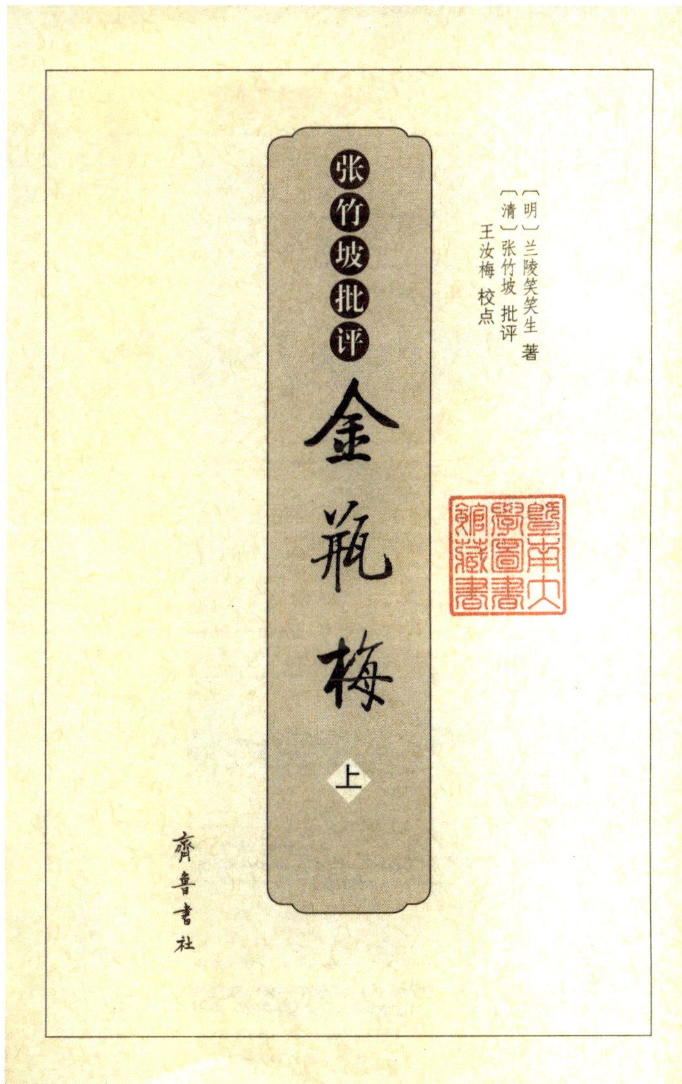

济南：齐鲁书社“明代四大奇书”本 2014 年 12 月第一版 精装全二册

[1] 卷首齐鲁书社：《重印说明》。

15. 郝明翰 吴世轩 徐铎校点 三秦古籍书社 1991 年版

无删减，内部发行。

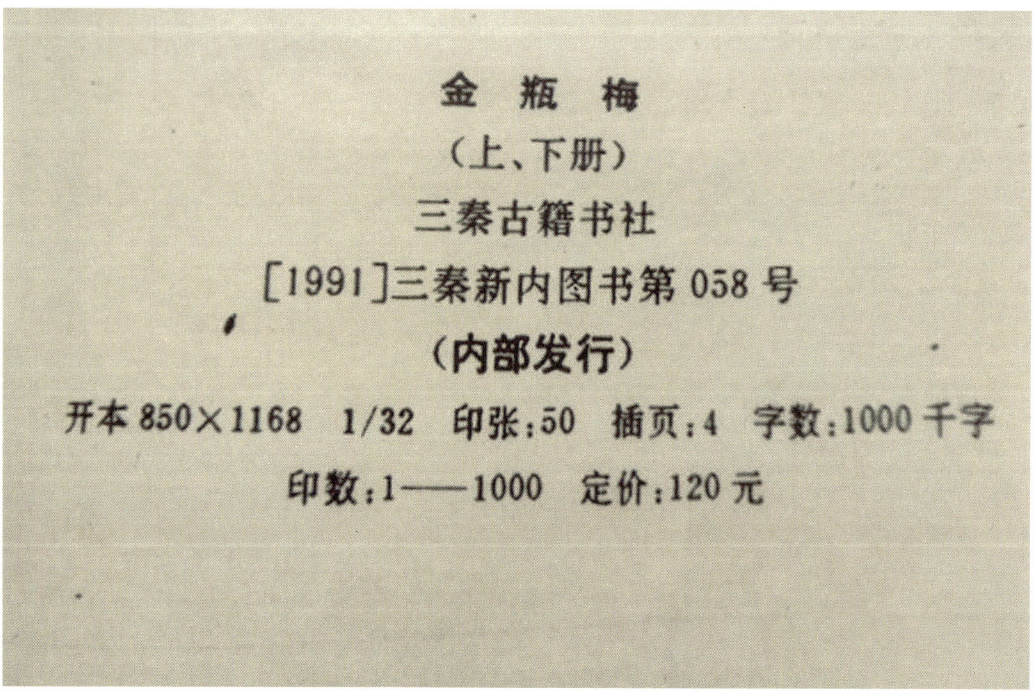

金 瓶 梅

（上、下册）

三秦古籍书社

[1991]三秦新内图书第 058 号

（内部发行）

开本 850×1168 1/32 印张:50 插页:4 字数:1000 千字

印数:1——1000 定价:120 元

西安：三秦古籍书社 1991 年版 精装全二册

16. 王汝梅校注 吉林大学出版社 1994 年版

全称《皋鹤堂批评第一奇书金瓶梅校注本》，以吉林大学图书馆藏《皋鹤堂批评第一奇书金瓶梅》（简称张评乙本）为底本。主要参校本有五：

（一）《皋鹤堂批评第一奇书金瓶梅》“本衙藏板翻刻必究”本（简称张评甲本），大连图书馆藏。

（二）《新镌绣像批评原本金瓶梅》（简称内阁藏崇祯本），日本内阁文库藏。

（三）《新刻绣像批评金瓶梅》（简称北大藏崇祯本），北京大学图书馆藏。

（四）《新刻绣像批评金瓶梅》（简称吴藏抄本），吴晓玲藏抄本。

（五）《新刻金瓶梅词话》（简称词话本），日本日光山轮王寺慈眼堂藏。[1]

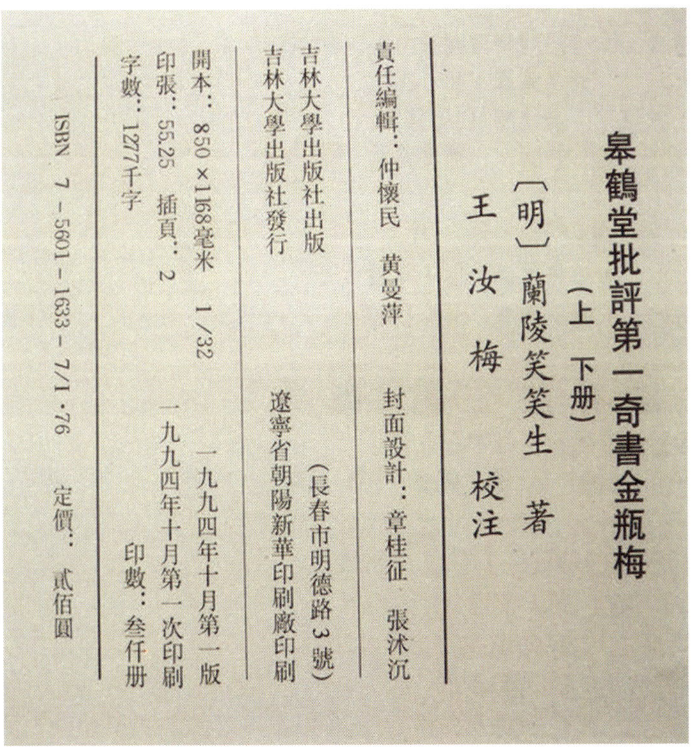

皋鶴堂批評第一奇書金瓶梅
（上 下册）
〔明〕蘭陵笑笑生 著
王汝梅 校注
責任編輯：仲懷民 黄曼萍 封面設計：章桂征 張沭沉
吉林大學出版社出版 （長春市明德路3號）
吉林大學出版社發行 遼寧省朝陽新華印刷廠印刷
開本：850×1168毫米 1/32 一九九四年十月第一版
印張：55.25 插頁：2 一九九四年十月第一次印刷
字數：1277千字 印數：叁仟册
ISBN 7-5601-1633-7/I·76 定價：貳佰圓

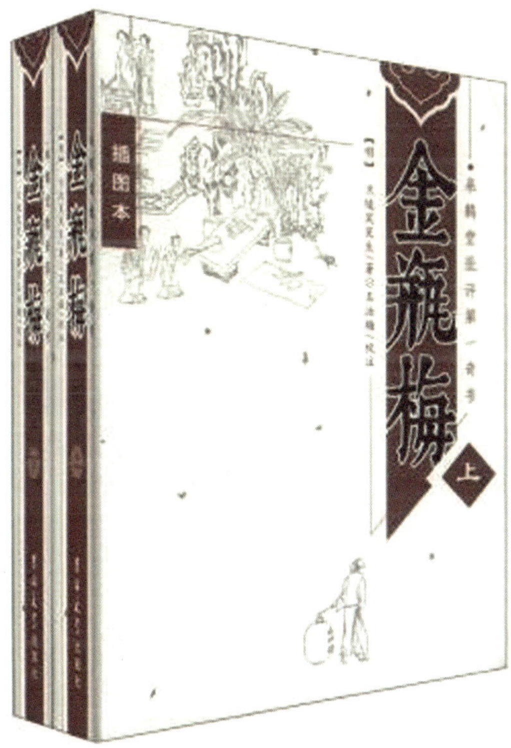

长春：吉林大学出版社排印本 1994 年 10 月第一版

[1] 卷首《校注说明》。

17. 刘辉 吴敢辑校 香港天地图书有限公司 2010 年修订本

题名：会评会校金瓶梅（修订本）。底本为北京首都图书馆藏《皋鹤堂批评第一奇书金瓶梅》康熙乙亥本（本衙藏板翻刻必究）。

1994 年初版，1998 年二版，均由刘辉教授主持其事。兹因刘辉教授逝世，后由吴敢教授增辑广订，2010 年 5 月修订本，2012 年 9 月修订本第二版。

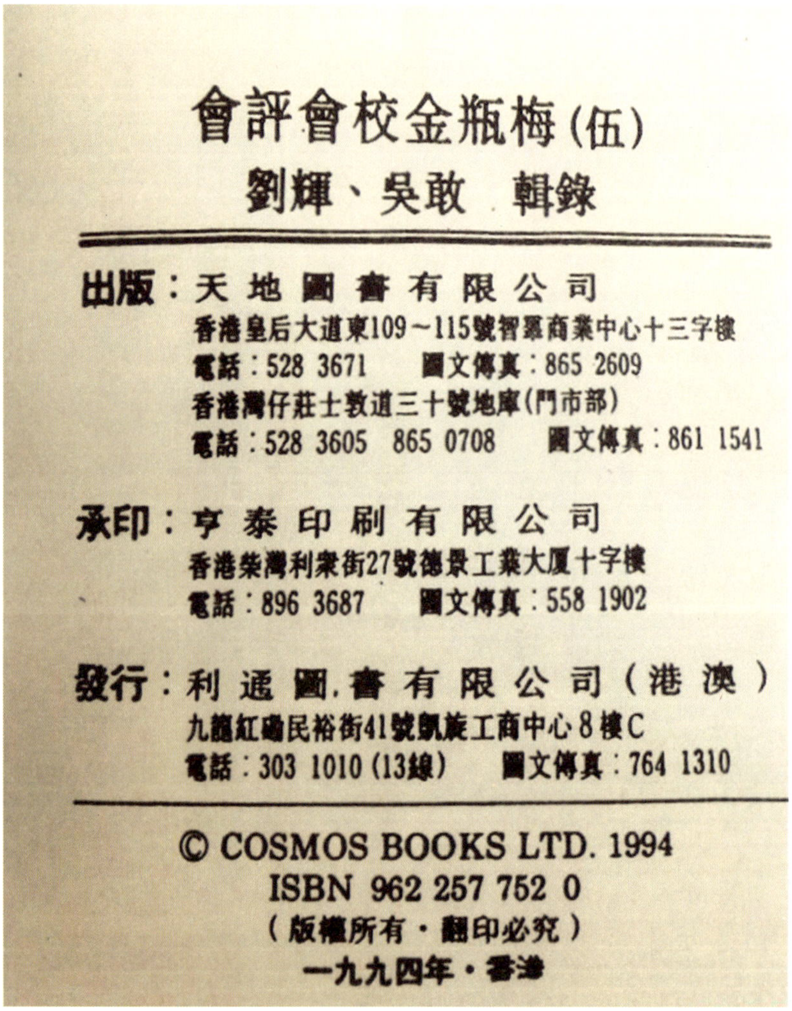

會評會校金瓶梅(伍)
劉輝、吳敢 輯錄

出版：天地圖書有限公司
香港皇后大道東109～115號智群商業中心十三字樓
電話：528 3671 圖文傳真：865 2609
香港灣仔莊士敦道三十號地庫(門市部)
電話：528 3605 865 0708 圖文傳真：861 1541

承印：亨泰印刷有限公司
香港柴灣利眾街27號德景工業大廈十字樓
電話：896 3687 圖文傳真：558 1902

發行：利通圖書有限公司（港澳）
九龍紅磡民裕街41號凱旋工商中心8樓C
電話：303 1010 (13線) 圖文傳真：764 1310

© COSMOS BOOKS LTD. 1994
ISBN 962 257 752 0
（版權所有・翻印必究）
一九九四年・香港

香港：天地图书有限公司 1994 年香港初版 平装全五册[1]

❶ 会评会校金瓶梅（全五册）.[2016-06-23]. http://book.kongfz.com/item_pic_27911_510344425/

校本有八：

（一）《新刻绣像批评金瓶梅》北京首都图书馆藏本，简称“绣甲本”；

（二）《新刻绣像批评金瓶梅》北京大学图书馆藏本，简称“绣乙本”；

（三）《新刻绣像批评原本金瓶梅》日本内阁文库藏本，简称“绣丙本”；

（四）《皋鹤堂批评第一奇书金瓶梅》康熙乙亥本，今藏北京中华书局图书馆，简称“乙亥本”；

（五）《皋鹤堂批评第一奇书金瓶梅》在兹堂本，简称“在兹堂本”；

（六）《第一奇书绣像金瓶梅》影松轩藏板本，简称“影松轩本”；

（七）《皋鹤堂批评第一奇书金瓶梅》崇经堂本，简称“崇经堂本”；

（八）《皋鹤堂批评第一奇书金瓶梅》本衙藏板本，简称“本衙本”。

收录评语有七：

（一）《新刻绣像批评金瓶梅》北京首都图书馆藏本评语，简称“绣甲本评”；

（二）《新刻绣像批评金瓶梅》北京大学图书馆藏本评语及少量墨批，简称“绣乙本评”和“绣乙本墨评”；

（三）《新刻绣像批评原本金瓶梅》日本内阁文库藏本评语，简称“绣丙本评”；

（四）《新刻绣像批评原本金瓶梅》上海图书馆藏本评语，简称“绣丁本评”；

（五）《皋鹤堂批评第一奇书金瓶梅》张竹坡评语，简称“张评”；

（六）《皋鹤堂批评第一奇书金瓶梅》文龙评语，简称“文评”；

（七）《皋鹤堂批评第一奇书金瓶梅》张竹坡后人家藏本墨评，简称“张本墨评”。[1]

香港：天地图书有限公司 1998 年香港二版 平装全五册

[1] 卷首《凡例》。

这次再版，对本书有以下几处调整：

一、将错讹尽可能予以更正。计勘误30处，系会评部分，其位置主要在张评、眉评、文评。

二、将附录三调整为附录三与附录四。附录三仅保留刘辉的两篇论文《论＜新刻绣像批评金瓶梅＞》《文龙及其批评＜金瓶梅＞》。附录四新增四篇拙文《张竹坡传略》《张竹坡年谱》《张竹坡＜金瓶梅＞评点概论》《张竹坡研究综述》。

三、其它几处些微更动与相关调整。[1]

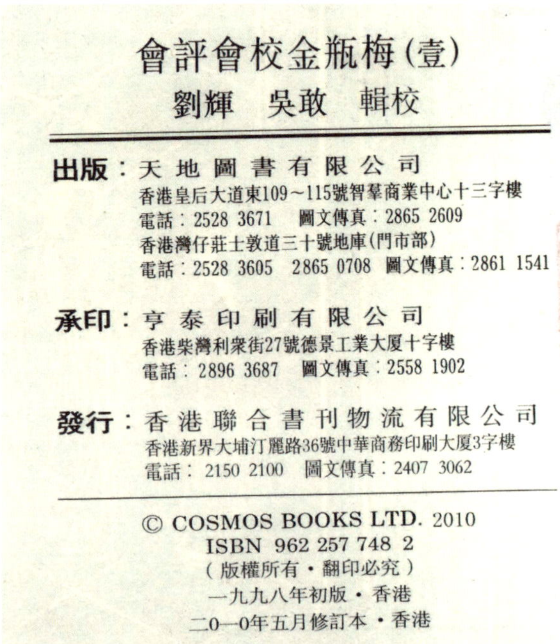

會評會校金瓶梅（壹）
劉輝　吳敢　輯校

出版：天地圖書有限公司
香港皇后大道東109～115號智群商業中心十三字樓
電話：2528 3671　圖文傳真：2865 2609
香港灣仔莊士敦道三十號地庫（門市部）
電話：2528 3605　2865 0708　圖文傳真：2861 1541

承印：亨泰印刷有限公司
香港柴灣利衆街27號德景工業大厦十字樓
電話：2896 3687　圖文傳真：2558 1902

發行：香港聯合書刊物流有限公司
香港新界大埔汀麗路36號中華商務印刷大厦3字樓
電話：2150 2100　圖文傳真：2407 3062

© COSMOS BOOKS LTD. 2010
ISBN 962 257 748 2
（版權所有・翻印必究）
一九九八年初版・香港
二〇一〇年五月修訂本・香港

香港：天地图书有限公司2010年5月香港修订本

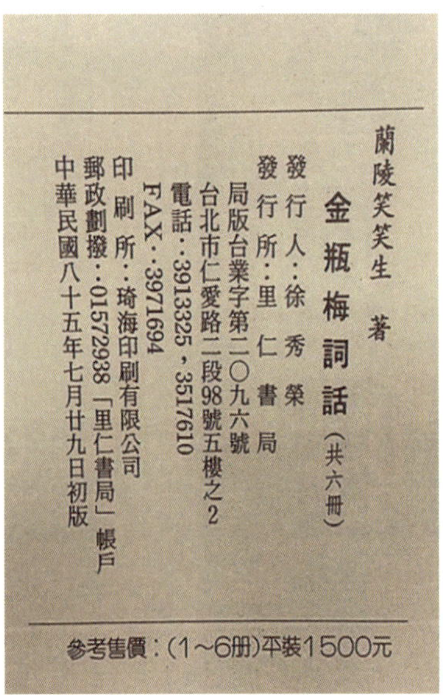

蘭陵笑笑生 著
金瓶梅詞話（共六冊）
發行人：徐秀榮
發行所：里仁書局
局版台業字第二〇九六號
台北市仁愛路二段98號五樓之2
電話：3913325・3517610
FAX：3971694
印刷所：琦海印刷有限公司
郵政劃撥：01572938「里仁書局」帳戶
中華民國八十五年七月廿九日初版
參考售價：（1～6冊）平裝1500元

香港：天地图书有限公司2012年9月香港修订本第二版

[1] 吴敢：《会评会校金瓶梅》三版《后记》。

18. 秦修容整理 中华书局 1998 年版

是为会评会校本。以《第一奇书金瓶梅》（简称“张本”，中华书局藏清张竹坡批评本）为底本，以《金瓶梅词话》（简称“词本”，文学古籍刊行社影印明万历间刊本）、《新镌绣像批评原本金瓶梅》（简称“崇本”，日本内阁文库藏明刊本）为校本，进行会评会校工作。本书将“崇本”评语和“张本”评语会辑一处，插入正文之中，是为会评。《金瓶梅》中多有淫秽文字，本书整理时予以删节，于当页注明所删文字若干字及相关的“崇本”评、“张本”评若干条，并于校记中出校说明。

1、崇祯本评语在原本中或批于书眉，或批于正文旁边，本书则一并置于所评正文之后，以“崇眉评”或“崇旁评”注明。

2、张本评语在原本中或批于每回之前，或批于书眉，或批于正文行间，或批于正文旁边。本书对回前评一仍其旧，置于各回之首，不另作标注；对后三种情况，本书皆置于所评正文之后，以“矣眉评”“张行评”“张旁评”分别注明。

3、今存数种崇本中，刊入的评语虽绝大部分相同，但仍存在一些数量和文字上的差异。张书的情况也与之类似。本书会评以内阁文库藏本和中华书局藏本为主，凡此本阙而它本存的评语也一并收录；此本评语中文字阙衍讹误处，则径据它本校正，不再一一说明。[1]

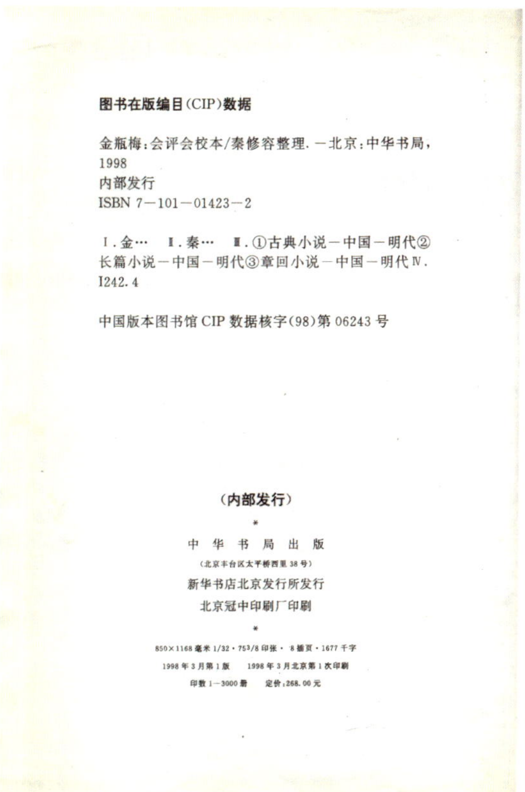

图书在版编目(CIP)数据

金瓶梅：会评会校本/秦修容整理. —北京：中华书局，1998
内部发行
ISBN 7—101—01423—2

Ⅰ.金… Ⅱ.秦… Ⅲ.①古典小说—中国—明代②长篇小说—中国—明代③章回小说—中国—明代Ⅳ.I242.4

中国版本图书馆 CIP 数据核字(98)第 06243 号

（内部发行）

中华书局出版
（北京丰台区太平桥西里 38 号）
新华书店北京发行所发行
北京冠中印刷厂印刷

850×1168 毫米 1/32・75 3/8 印张・8 插页・1677 千字
1998 年 3 月第 1 版　1998 年 3 月北京第 1 次印刷
印数 1—3000 册　定价：268.00 元

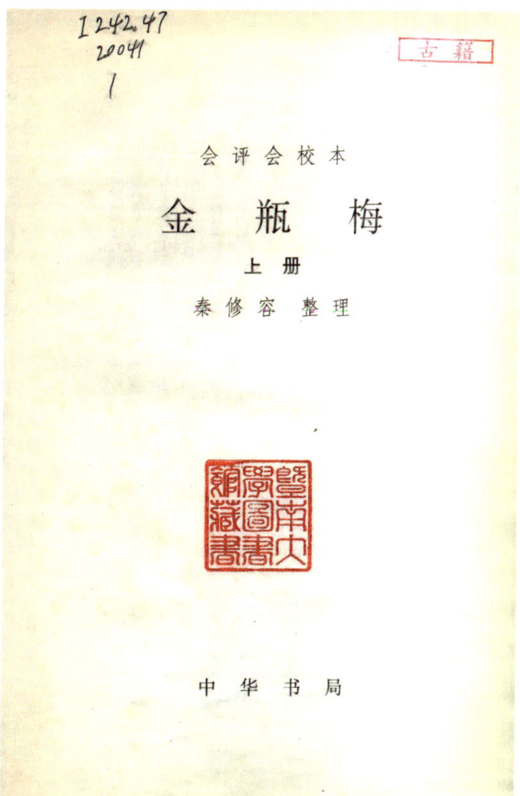

会评会校本
金瓶梅
上册
秦修容 整理
中华书局

北京：中华书局 1998 年 3 月第一版

[1] 卷首《整理说明》。

四、翻译本

将《金瓶梅》翻译成少数民族文字与外文，最早的是满文翻译。有康熙四十七年（1708）刻本《满文本金瓶梅》等，系据《第一奇书》本译出。

满文译本的《金瓶梅》现存者不下十种，其中北京图书馆藏刻本二种，首都图书馆藏四种。另外，北京民族研究所、民族文化宫、中央民族学院图书馆均有收藏。辽宁大连图书馆藏一部名为《世态炎凉》的书，其实也是满文本的《金瓶梅》。另外，日本东洋文库亦藏有一部满文译本的《金瓶梅》。[1]加拿大多伦多大学东亚图书馆藏影印满文译本《金瓶梅》，即美国亚洲文化研究中心影印（可能据普林斯顿葛思德东方图书馆藏满文本影印）。吉林大学图书馆藏精抄本，残存五回。据泽田瑞穗《增修金瓶梅研究资料要览》著录：天理图书馆藏《满文金瓶梅》。又据早田辉洋译注《满文金瓶梅译注（序至第10回）》引用《满文金瓶梅》主要是静嘉堂文库藏《满文金瓶梅》，应有一种是晚清民国年间传入日本。[2]英国或德国也藏有满文本（见维利《〈金瓶梅〉英译本序》）。[3]

《金瓶梅》的外文译本有英、法、德、意、拉丁、瑞典、芬兰、匈牙利、捷、南斯拉夫、日、朝、越、蒙等文种。《金瓶梅》的外文译文也和《三国演义》《水浒传》等的译文一样．分为两种情况：一种是片段译文。发表在一些书刊中；一种是对全书的节译或全译．由出版社正式出书。[4]

翻译本目录

满文译本

1. 满文抄本
2. 翻译世态炎凉（即金瓶梅）满文抄本
3. 和素译 清康熙四十七年（1708）刻本

❶ 周双利：《闲话金瓶梅》，内蒙古人民出版社，1990年版，第78页。
❷ 王汝梅：《满文译本〈金瓶梅〉叙录》（上篇），《现代语文（学术综合版）》，2013年第2期，第20页。
❸ 滋阳：《满文〈金瓶梅〉》，《吉林大学社会科学学报》，1985年第5期，第96页。
❹ 中华文化通志编委会编：《中华文化通志》96，上海：上海人民出版社，2010年版，第206–207页。

日文译本

1. 荷塘一主译 高阶正巽训注本
2. 尾坂德司译本
3. 小野忍 千田九一合译本
4. 冈本隆三译本
5. 村上知行译本

朝鲜文译本

1. 金龙济译本
2. 金东成译本
3. 赵诚出译本
4. 李周洪译本
5. 朴秀镇译本
6. 朴正阳译本

越南文译本

1. 阮国雄译本

德文译本

1. 康农·加布伦兹等译 马丁·嵇穆整理本
2. 奥托·祁拔阿尔图尔·祁拔合译本

英文译本

1. 克莱门特·埃杰顿译本
2. 芮效卫译本

法文译本

1. 雷威安译本

满文译本

1. 满文抄本

凡十六册。首都图书馆藏。[1]

吉林大学图书馆藏精抄本，残存五回：第十七卷第四十八回“弄私情戏赠一枝桃 走捷径探归七件事”，第四十九回“请巡按屈体求荣 遇梵僧现身施药”，第二十卷第五十五回“西门庆两番庆寿旦 苗员外一诺送歌童”，第五十六回“西门庆捐金助朋友 常峙节得钞仿（傲）妻儿”，第五十七回“缘簿募千金喜舍 雕栏戏一笑回嗔”。大约抄于乾隆年间，抄写精良，装订考究。[2]

吉林大学图书馆藏满文译本《金瓶梅》抄本书影

满文抄本[3]

---

[1] 黄润华、屈六生主编：《全国满文图书资料联合目录（第0560号）》，北京：书目文献出版社，1991年版。
[2] 王汝梅：《满文译本〈金瓶梅〉叙录》（上篇），《现代语文（学术综合版）》，2013年第2期，第20页。
[3] 王汝梅：《〈金瓶梅〉版本史》，济南：齐鲁书社，2015年版，卷首插图。

2. 翻译世态炎凉（即金瓶梅）满文抄本

一百回，凡三十二册。大连市图书馆藏。❶

内容与康熙刻本同，其中诗词多附汉文，封面题“莫作宿柳眠花淫情看，当为世态炎凉演义观”两句诗。❷

《世态炎凉》即《金瓶梅》的满文译本，手抄本，属国善级，此书末册有满铁图书馆的日本人松崎鹤雄于 1930 年作的跋，跋前有北平阚铎信的《〈金瓶梅〉序》的汉译篇。❸

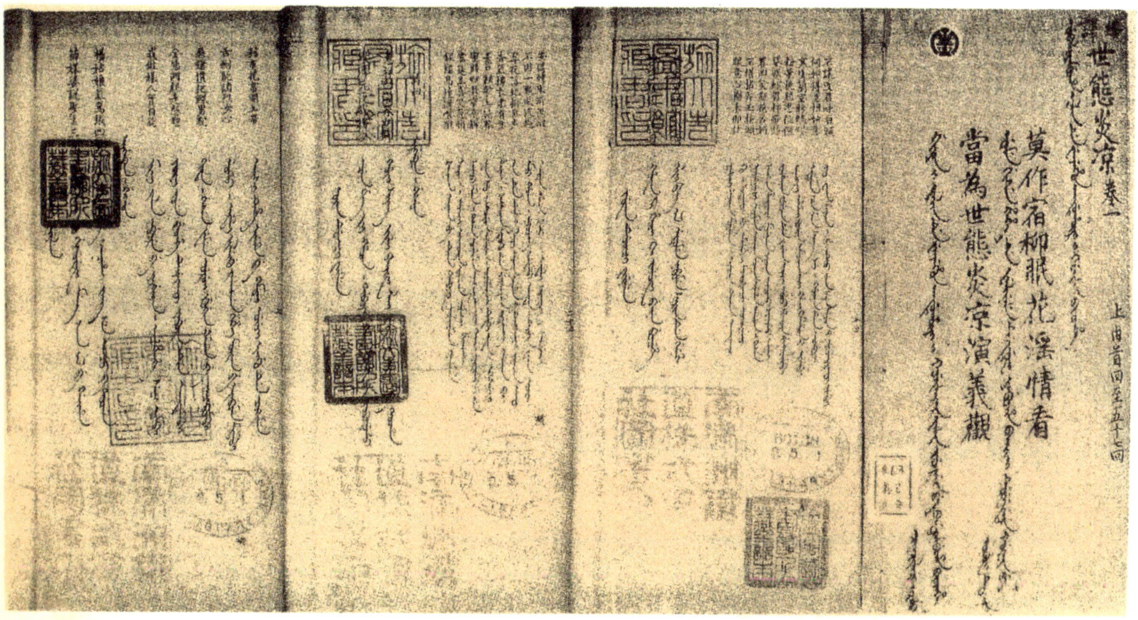

大连图书馆藏满文译本《翻译世态炎凉》清抄本书影

❶ 黄润华、屈六生主编：《全国满文图书资料联合目录（第 0578 号）》，北京：书目文献出版社，1991 年版。

❷ 《国际及各民族〈金瓶梅〉译本索引》，王利器主编，《国际金瓶梅研究集刊》（第一集），成都：成都出版社，1991 年版，第 314 页。

❸ 阎立新：《大连图书馆馆藏满文文献概述》，《满语研究》，2004 年第 1 期，第 86–91 页。

3. 和素译 清康熙四十七年（1708）刻本

一百回，六函四十册，中央民族大学图书馆藏。框高 18.5cm，宽 14cm，白口，单鱼尾，上下双边。半叶九行，每行字数不等，竹纸印。序署“康熙四十七年五月榖旦序”。

满文竖排，自左往右读。专用名词、特殊词语旁标注汉字，如：三国演义、水浒传、西游记、严嵩、严世蕃、酒色财气等。

卷首译序署：康熙四十七年五月榖旦序。不署序作者姓名，满文本无插图，序与正文每页均为九行，竖刻，从左至右读。满文本甚罕见，已知国内现存完整的四十卷本两部，残本三部，精抄本一部，残存五回。❶

据张评本译小说正文。康熙四十七年（1708），有户曹郎中和素译（据昭琏《啸亭续录》，一说徐蝶园译，见《批本随园诗话》）。国内现存完整的四十卷本两部，残本三部。精抄本一部，精抄残存五回本一部。美国普林斯顿大学葛思德图书馆藏一部。❷

满文本《金瓶梅》是根据康熙三十四年（1695）刊行的张批本翻译的。译本删去每回前的总评、文中的眉批、旁批、读法、闲话、张颐的序言，以及 200 幅插图。译书前有一篇满文序言。全书四十卷一百回，每卷多则三回，少则一、二回，其回目未采用张评本的简目．而是基本上采用明崇祯本的回目。全书为满文，只是在满族人不甚清楚的人名、地名、官名以及成语、熟语、曲文名等旁附有汉文。❸

这个满文译本是张评第一奇书的全译本，无插图，译文在人名及专名的旁边附注汉文。这个满文译本近年很少有人注意，以为它已经遗失了。其实北京图书馆和中央民族学院均藏有完整的四十卷本，中国社会科学院民族研究所和北京民族文化宫均藏有残本。❹

又见赵则诚先生藏本，版式同上，仅半部。加拿大多伦多大学东亚图书馆藏影印满文译本《金瓶梅》，美国亚洲文化研究中心影印（可能据普林斯顿葛思德东方图书馆藏满文本影印）。❺

据“全国古籍普查登记基本数据库”，首都图书馆另藏有《汉文注释满文金瓶梅》，不著注释者姓氏，清刻本，凡五册。又据《全国满文图书资料联合目录（第 0560 号）》：凡四十册。国家图书馆、中国社会科学院民族研究所、中国社会科学院近代史研究所、中央民族学院内蒙古社会科学院藏。❻

本刻本有 1975 年美国旧金山中国资料中心翻印本。精装全十册。

---

❶ 王汝梅：《谈满文本〈金瓶梅序〉》，徐朔方，刘辉编，《金瓶梅论集》，北京：人民文学出版社，1986 年版，第 216 页。
❷ 王汝梅：《〈金瓶梅〉与艳情小说研究》，时代文艺出版社，2003 年版，第 333 页。
❸ 季永海：《满文本〈金瓶梅〉及其序言》，《民族文学研究》，2007 年，No.10704，第 65-67 页。
❹ 王丽娜：《〈金瓶梅〉在国外》，《河北大学学报（哲学社会科学版）》，1980 年第 2 期，第 63-70 页。
❺ 王汝梅：《满文译本〈金瓶梅〉叙录》（上篇），《现代语文（学术综合版）》，2013 年第 2 期，第 20 页。
❻ 黄润华，屈六生主编：《全国满文图书资料联合目录（第 0560 号）》，北京：书目文献出版社，1991 年版。

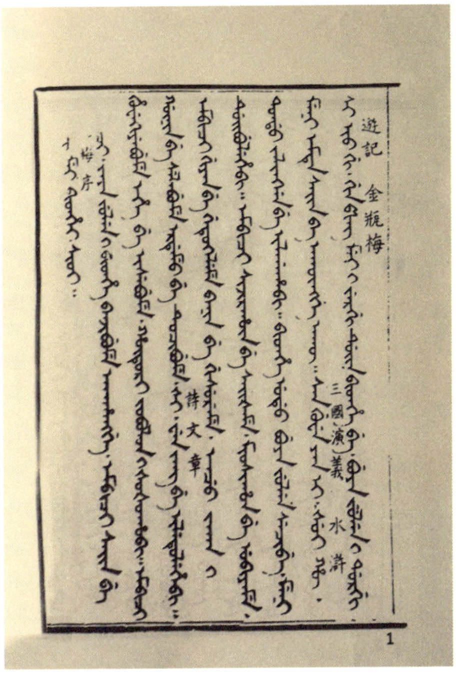

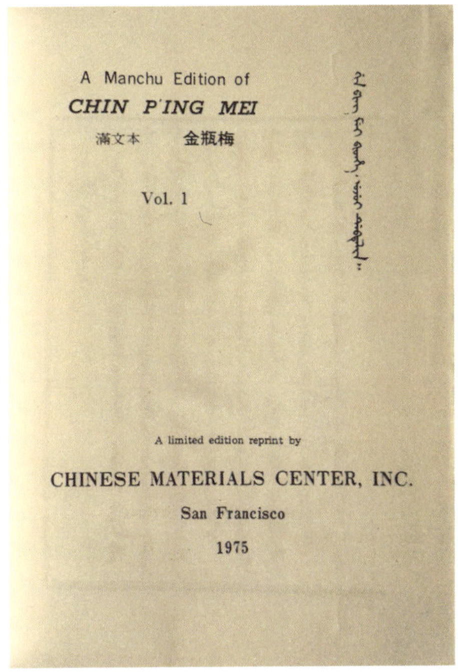

A Manchu Edition of
CHIN P'ING MEI
满文本 金瓶梅

Vol. 1

A limited edition reprint by

CHINESE MATERIALS CENTER, INC.

San Francisco

1975

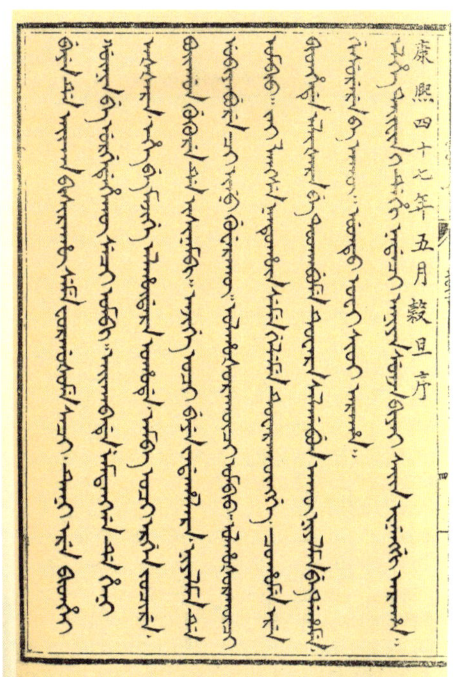

满文译本《金瓶梅》刊本序文末半叶书影

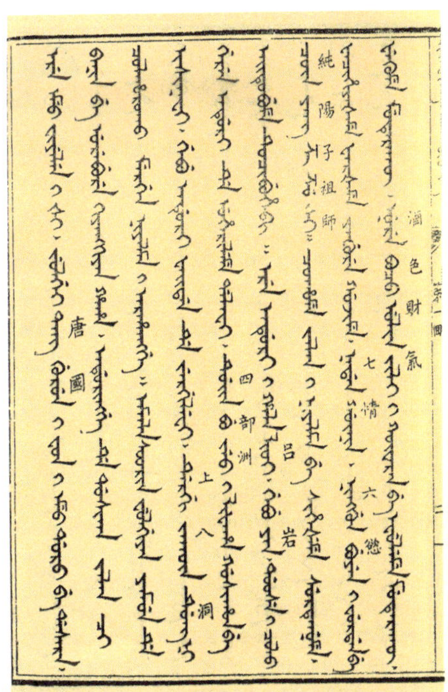

满文译本《金瓶梅》刊本第一回书影

满文刻本[1]

[1] 王汝梅：《〈金瓶梅〉版本史》，济南：齐鲁书社，2015 年第 135-136 页。

日文译本

1. 荷塘一圭译 高阶正巽训注本

有1827–1832年手抄本。题名：皋鹤堂批评第一奇书金瓶梅。日本鹿儿岛大学附属图书馆玉里文库藏。

江户时期唯一的一部全译本《金瓶梅》。❶第一册内题“皋鹤堂批评第一奇书金瓶梅”，卷中有日文释文，句点等。第二回注明抄写年月“文政十一戊子稔正月二十九天”，第一百回注明抄写年月“天保三壬辰年四月十三日”，即起自1828年终于1832年。其写书者第二十六回末尾署“荷塘一圭门人铅汞轩陈人高階正巽译”，第三十二回末尾署“铅汞轩主人，姓高階，名正巽，字子止，俗号原田端太夫，又原田书颇罢墮，号铅汞轩，生于江户麻布长坂太田原侯藩城隍庙西久保八幡宫是也。”此“荷塘一圭”系长崎荣福寺高僧，深谙汉文，抄书者即其门生。❷

荷塘一圭，字远山，名圆佗，号一圭，又称荷塘道人。他以出家人的身份云游四方，与当时在长崎的中国人江艺阁、李少白、朱柳桥等人交往甚密，因此对中国古典文学知识十分熟悉。该手抄本历时五年方完成，书中注释举一反三、旁征博引，十分有利于读者对《金瓶梅》文本内容的理解，可惜其流传的范围十分有限。❸

此书是一位名为高阶正巽的年轻文人于1827年至1832年之间抄写而成的。现有涉及这一抄本的研究，主要有德田武《远山荷塘与〈金瓶梅〉》及井上泰山《高阶正巽译〈金瓶梅〉觉书》二文。其中又以德田论文对玉里本的概括比较详细。兹将德田先生的结论归纳整理于下：（1）此本为一百回张竹坡批评本全本抄录本，全文施入句读、训点，并对张竹坡评语予以了节录。本文栏间时有附注及和训，栏上多有眉批，全书抄注为同一笔迹。（2）根据第二十三回卷末跋语可知，此本抄写者为高阶正巽。高阶正巽，字子止，号铅汞轩，俗称原田（颇罗堕）端太夫。生于江户（按，今东京）麻布长坂，文政十年（1827年）时二十二岁。（3）此本抄注工作始于文政十年，终于天保三年（1832年）。不过，此书并非按原文章节顺序予以抄写训读，时有后面的章节先被注写的现象。❹

---

❶ 王丽娜：《〈金瓶梅〉在国外》，《河北大学学报（哲学社会科学版）》，1980年第2期，第63–70页。

❷ 严绍璗编著：《日藏汉籍善本书录》，北京：中华书局，2007年版，第1999页。

❸ 张义宏：《日本〈金瓶梅〉译介述评》，《日本研究》，2012年，No.14304，第117–121页。

❹ ［日］川岛优子：《关于高阶正巽〈金瓶梅〉训注本考——兼论江户时代〈金瓶梅〉之接受》，《中国文学研究（辑刊）》，2013年第2期，第148–165页。

2. 尾坂德司译本

题名：全译金瓶梅。知见版本有：

东京：东西出版社 1948 年刊本。全四卷，分春の卷、夏の卷、秋の卷、冬の卷。

东京：东西出版社 1948–1949 年刊本。全一百回，全四册。第一卷：第一至十九回（昭和 23 年，1948 年 9 月），第二卷：第二十至四十六回（昭和 23 年，1948 年 11 月），第三卷：第四十七至七十三回（昭和 24 年，1949 年 3 月），第四卷：第七十四至一百回（昭和 24 年，1949 年 3 月）。

东京：苍空社 1953 年刊本。全四册。

东京：金铃社 1967–1968 年改译本。全四卷，分春の卷、夏の卷、秋の卷、冬の卷。

在东方书局出版小野忍二人译本的同时，东西出版社出版了法政大学教授尾坂德司（1920 年— ）根据第一奇书本译的《全译金瓶梅》。书分一百回，共四册。[1]

据"第一奇书"翻译的《全译金瓶梅》，由东京东西出版社刊行，共四卷，第一卷包括第一至十九回（1948 年 9 月），第二卷包括二十至四十六回（1948 年 11 月），第三卷包括第四十七至七十三回（1949 年 3 月），第四卷包括第七十四至一百回（1949 年 3 月）。二十年后，尾坂德司的译本又分《春之卷》《夏之卷》《秋之卷》《冬之卷》等四卷由金铃社修订再版。小野忍译本出现后，该译本被逐渐淘汰。[2]

东京：东西出版社 昭和二十三年（1948）版 平装四册[3]

[1] 马兴国：《中国古典小说与日本文学》，辽宁教育出版社，1993 年版，第 243 页。

[2] 张义宏：《日本〈金瓶梅〉译介述评》，《日本研究》，2012 年，No.14304，第 117–121 页。

[3] 孤本日版金瓶梅，[2016-06-30]. http://book.kongfz.com/item_pic_181471_458390316/。

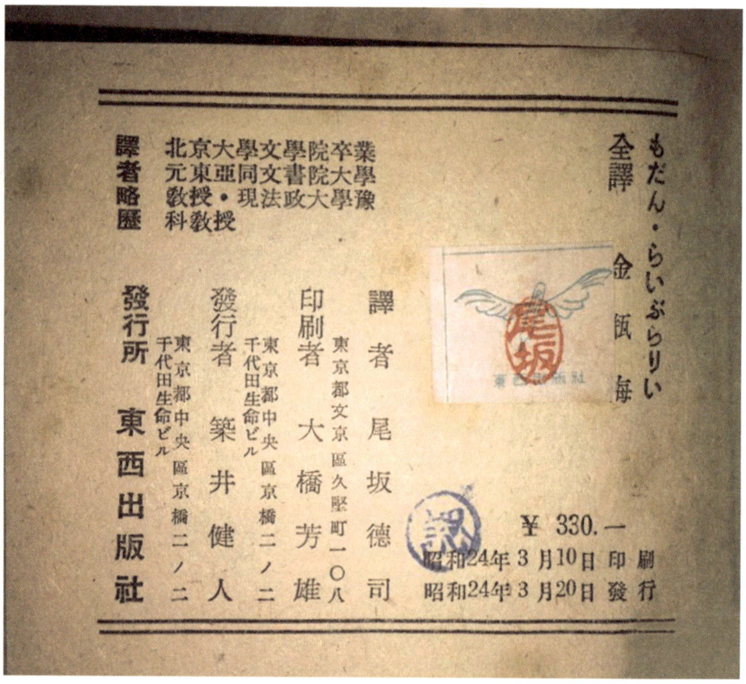

もだん・らいぶらりい
全譯 金瓶梅
¥ 330.—
昭和24年3月10日 印刷
昭和24年3月20日 發行
譯者 尾坂德司
印刷者 大橋芳雄 東京都文京區久堅町一〇八
發行者 築井健人 東京都中央區京橋二ノ二 千代田生命ビル
發行所 東西出版社 東京都中央區京橋二ノ二 千代田生命ビル
譯者略歷 北京大學文學院卒業 元東亞同文書院大學教授・現法政大學豫科教授

东京：东西出版社 昭和二十四年（1949）三月版[1]

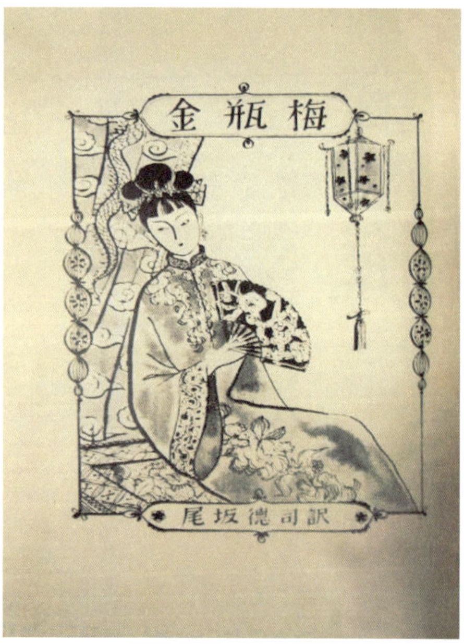

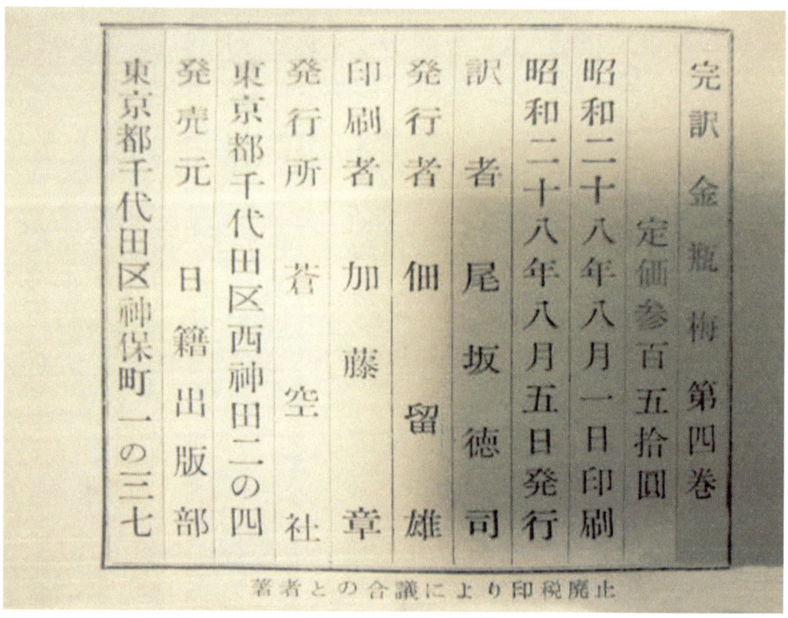

完訳 金瓶梅 第四巻
定価参百五拾圓
昭和二十八年八月一日印刷
昭和二十八年八月五日発行
訳者 尾坂徳司
発行者 佃留雄
印刷者 加藤章
発行所 蒼空社
東京都千代田区西神田二の四
発売元 日籍出版部
東京都千代田区神保町一の三七
著者との合議により印税廃止

东京：苍空社 昭和二十八年（1953）八月刊本[2]

[1] 1948年《全译金瓶梅》，尾坂德司第一奇书全译本 .[2016-06-23]. http://book.kongfz.com/item_pic_36863_498879295/。

[2] 日本尾坂德司《全译金瓶梅》，[2016-05-18]. http://book.kongfz.com/item_pic_196831_465521141/?ref=baidu。

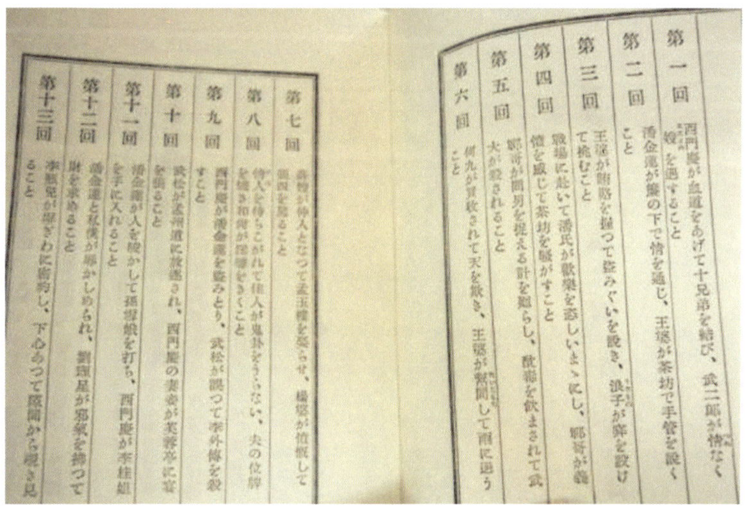

第一回 西門慶が血盟をあげて十兄弟を結び、武二郎が情なく嫂を避けること
第二回 潘金蓮が簾の下で情を通じ、王婆が茶坊で手管を説くこと
第三回 王婆が賄賂を操って盗みぐいを説き、浪子が穽を設けて挑むこと
第四回 戦場に赴いて潘氏が歓楽を恣しいまゝにし、鄆哥が義憤を感じて茶坊を騒がすこと
第五回 鄆哥が間男を捉える計を知らし、酖毒を飲まされて武大が殺されること
第六回 何九が買収されて天を欺き、王婆が幇間して雨に遇うこと
第七回 薛嫂が仲人となって孟玉楼を娶らせ、楊姑娘が憤慨して張四を罵ること
第八回 仲人を待ちこがれて佳人が鬼卦をうらない、夫の位牌を焼き和尚が淫声をきくこと
第九回 西門慶が潘金蓮を盗みとり、武松が誤って李外伝を殺すこと
第十回 武松が孟州道に放逐され、西門慶の妻妾が芙蓉亭に宴を張ること
第十一回 潘金蓮が人を唆かして孫雪娥を打ち、西門慶が李桂姐を手に入れること
第十二回 潘金蓮と私僕が辱かしめられ、劉理星が邪気を払って財を求めること
第十三回 李瓶児が塀ぎわに密約し、下心あって隙間から覗き見ること

东京：金铃社 1967–1968 年版[1]

[1] 《金瓶梅》，全四巻完结，尾崎徳司訳，金鈴社 春の巻、夏の巻、秋の巻，[2016-05-18]. http://www.rigouwang.com/index.php/BidView/m103744679.html。

3. 小野忍 千田九一合译本

以《金瓶梅词话》为底本。题名：金瓶梅。知见版本有：

东京：东方书局 1948-1949 年刊本。拟分十册，仅出四册。第一册：第一至十回（昭和 23 年，1948 年 9 月）；第二册：第十一至二十回（昭和 23 年，1948 年 11 月）；第三册：二十一至三十回（昭和 24 年，1949 年 1 月）；第四册：第三十一至四十回（昭和 24 年，1949 年 5 月）。

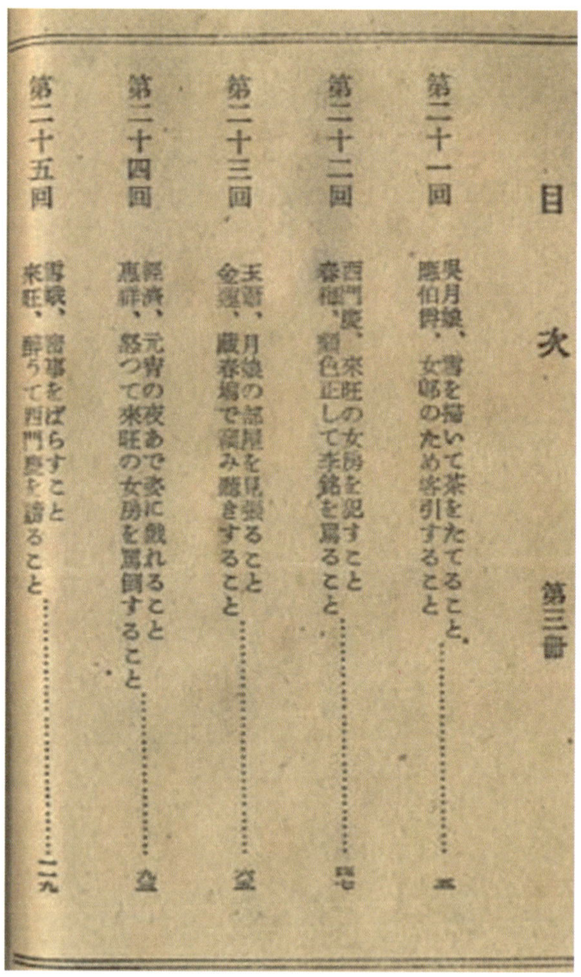

目次　　第三冊

金瓶梅 第 3 集 东京：东方书局 1948-1949 年刊[1]

[1] 《金瓶梅》3 小野忍、千田九一 昭和 24 年 1 月 30 日 别紙付，[2016-06-10]. http://www.myday.cn/yahoo-m117495220.html。

东京：三笠书房1951年刊《世界文学丛书》本。拟分五册，仅出三册。列为《世界文学丛书》第73种。第1卷——昭和26年（1951）3月。

东京：河出书房1956年刊《世界风流文学全集》本。仅译到全书的第三十四回 列为《世界风流文学全集》第十卷《中国篇》（一）。昭和31年（1956）11月出版。

东京：河出书房《世界风流文学全集》本1956年刊[1]

❶ 《世界风流文学全集》10　中国篇（一）金瓶梅　小野忍・千田九一訳 .[2016-06-10]. http://www.myday.cn/yahoo-g147515839.html。

东京：平凡社 1959-1960 年刊《中国古典文学全集》本。全三册，列为《中国古典文学全集》第十五至十七卷。第一册：第一至十回（昭和 23 年，1948 年 9 月）；第二册：第十一至二十回（昭和 23 年，1948 年 11 月）；第三册：二十一至三十回（昭和 24 年，1949 年 1 月）；第四册：第三十一至四十回（昭和 24 年，1949 年 5 月）。

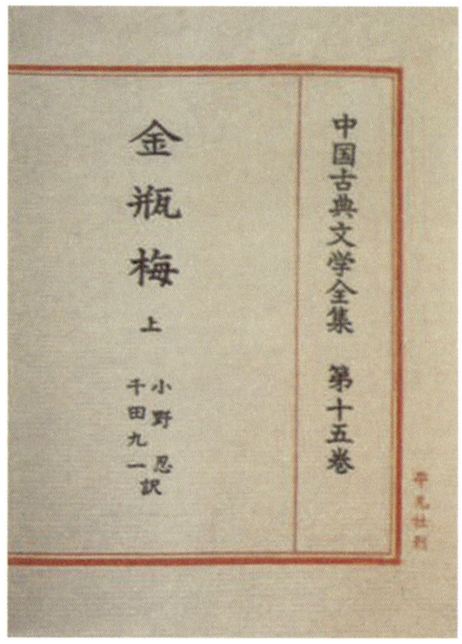

东京：平凡社《中国古典文学全集》第 15-17 卷本 1959 年初版 1962 年第 4 版

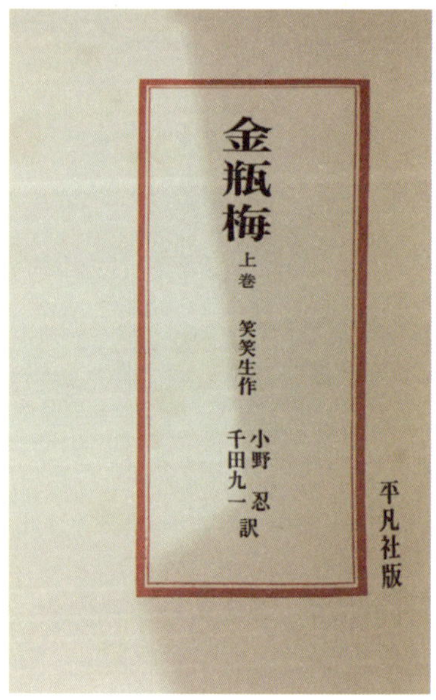

东京：平凡社《完译四大奇书》本 1962 年初版 1967 年第 13 版[1]

[1] 日文版平凡社《金瓶梅》.[2016-05-18] http://book.kongfz.com/item_pic_199262_466417366/。

东京：平凡社 1967–1969 年刊《中国古典文学大系》本。修订本全三册，列为《中国古典文学大系》第三十三至三十五卷。第一册：第一至十回（昭和 23 年，1948 年 9 月）；第二册：第十一至二十回（昭和 23 年，1948 年 11 月）；第三册：第二十一至三十回（昭和 24 年，1949 年 1 月）；第四册：第三十一至四十回（昭和 24 年，1949 年 5 月）。

东京：平凡社《中国古典文学大系》第 33–35 卷本 1967–1969 年版[1]

[1] 东京：平凡社，《中国古典 文学大系》，《金瓶梅》上 / 中 / 下 セット .[2016-06-10]. http://www.myday.cn/yahoo-g166493299.html。

东京：岩波书店 1973–1974 年刊《岩城文库》本。全十册，列为《岩城文库》。第一册：第一至十回（昭和 23 年，1948 年 9 月）；第二册：第十一至二十回（昭和 23 年，1948 年 11 月）；第三册：第二十一至三十回（昭和 24 年，1949 年 1 月）；第四册：第三十一至四十回（昭和 24 年，1949 年 5 月）。[1]

小野忍《金瓶梅》译本最初由东京东方书局出版，从 1948 年 8 月至 1949 年 5 月，共译出原书四十回内容。第一册包括第一至十回（1948 年 9 月），第二册包括第十一至二十回（1948 年 11 月），第三册包括第二十一至三十回（1949 年 1 月），第四册包括第三十一至四十回（1949 年 5 月）；1951 年 3 月，东京三笠书房出版译本第一卷，列为《世界文学丛书》第 73 种；1956 年 11 月，东京河山书房出版《世界风流文学全集》第十卷，中国篇（一），至第三十四回；1959 年，东京平凡社以《中国古典文学全集》名义出版了全译本，共三卷，上卷包括第一至三十一回（1959 年 7 月），中卷包括三十二至六十四回（1960 年 4 月），下卷包括第六十五至一百回（1960 年 12 月）。1973 年 6 月至 1974 年 12 月，东京岩波书店对该书修订再版，共十册，每册十回。[2]

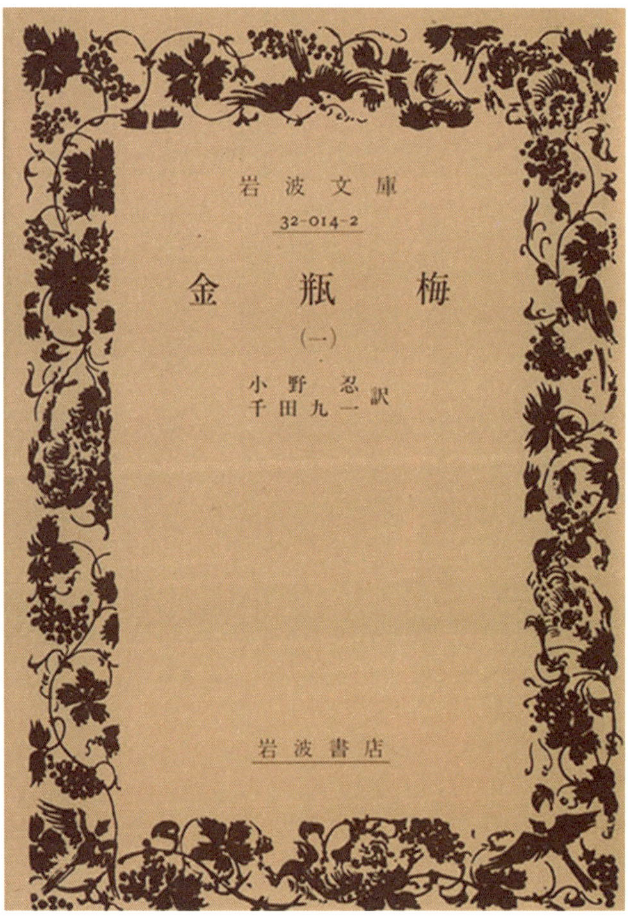

东京：岩波书店《岩波文库》本 1973–1974 年版（一）[3]

[1] 以上参见泽田瑞穗：《增修〈金瓶梅〉研究资料要览》，载黄霖、王国安编译，《日本研究〈金瓶梅〉论文集》，济南：齐鲁书社，1989 年版，第 315–316 页。

[2] 张义宏：《日本〈金瓶梅〉译介述评》，《日本研究》，2012 年，No.14304，第 117–121 页。

[3] 金瓶梅（2）岩波文库 / 小野忍（著者），[2016-06-10]. http://www.myday.cn/yahoo-l335840441.html。

从二十世纪四十年代始迄今，日本译本《金瓶梅》（包括节译本和全译本）有近 20 种，译者均为《金瓶梅》研究者、著名汉学家，诸如井上江梅、小野忍、千田九一、尾坂德司、上田学而、冈本隆三、矶村谦、村上知行等，其中小野忍与千田九一合作翻译的全译本《金瓶梅》，影响最大。[1]

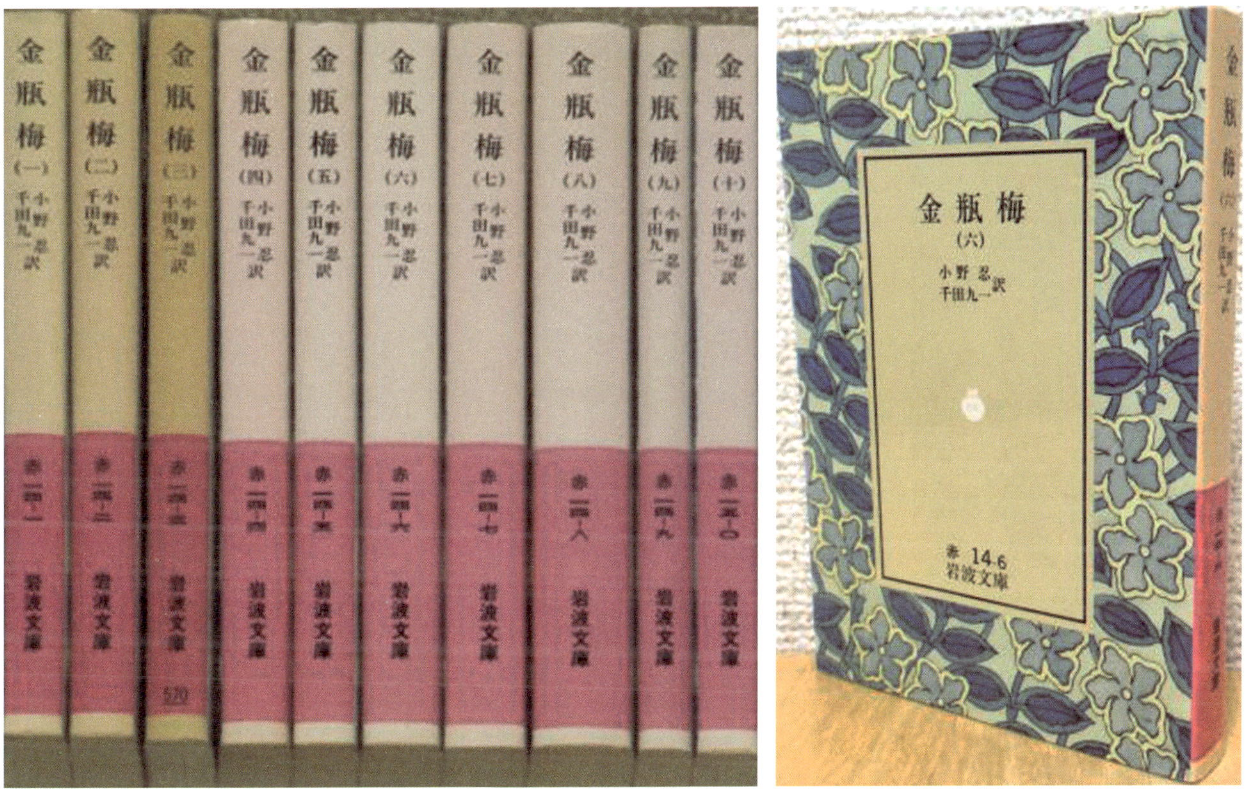

东京：岩波书店《岩波文库》本 1973—1974 年版（二）[2]

---

[1] 王丽娜：《〈金瓶梅〉在国外》，《河北大学学报（哲学社会科学版）》，1980 年第 2 期，第 63-70 页。

[2] 岩波文库★金瓶梅　全 10 卷 .[2016-06-10]. http://www.myday.cn/yahoo-d197299875.html。

4. 冈本隆三译本

题名：完译金瓶梅。知见版本有：东京：讲谈社 1971 年刊本。共四册，各册另有小标题：1. 妖炎の卷，2. 拨乱の卷，3. 情怨の卷，4. 无情の卷。[1]

第一卷——昭和 46 年（1971）7 月。第二卷——昭和 46 年 8 月。第三卷——昭和 46 年 9 月。[2]

东京：讲谈社刊 1971 年版（一）[3]

---

❶ 冀振武：《＜金瓶梅＞在日本》，《社会科学辑刊》，1980 年第 3 期，第 143-144 页。

❷ ［日］泽田瑞穗：《增修＜金瓶梅＞研究资料要览》，载黄霖、王国安编译，《日本研究＜金瓶梅＞论文集》，济南：齐鲁书社，1989 年版，第 315 页。

❸ 日文版精装《完訳金瓶梅》，全四卷，[2016-06-01]. http://book.kongfz.com/item_pic_683_240700330/。

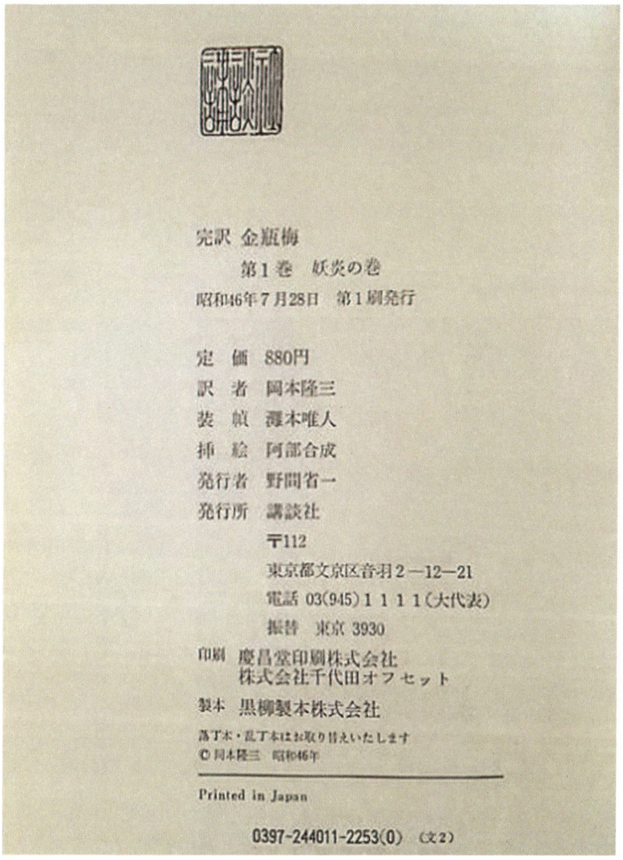

完訳 金瓶梅

第1巻 妖炎の巻

昭和46年7月28日 第1刷発行

定 価 880円
訳 者 岡本隆三
装 幀 澤木唯人
挿 絵 阿部合成
発行者 野間省一
発行所 講談社
〒112
東京都文京区音羽2—12—21
電話 03(945)1111(大代表)
振替 東京 3930
印刷 慶昌堂印刷株式会社
株式会社千代田オフセット
製本 黒柳製本株式会社

落丁本・乱丁本はお取り替えいたします
© 岡本隆三 昭和46年

Printed in Japan

0397-244011-2253(0) (文2)

东京：讲谈社刊 1971 年版（二）[1]

---

❶ 《完訳金瓶梅》（第 1 巻），妖炎の巻，講談社，[2016-06-10]. http://www.myday.cn/yahoo-s491606132.html。

5. 村上知行译本

题名：金瓶梅全译。知见版本有：

东京：角川书店 1973–1974 年刊本。共四卷。1973 年 10 月出版第一卷；11 月出版第二卷；12 月出版第三卷；1974 年 1 月出版第四卷。[1]

东京：第三书馆 1988 年刊本。全二十卷，一百回。

东京：社会思想社《教养文库》本。各册另有小标题：1. 奸妇潘金莲，2. 女の葛藤，3. 色道无残，4. 情炎の果てに。

出版最晚且有后来居上之势的是村上知行（1899 — 1976）翻译的《金瓶梅》，东京角川书店出版，全四卷。[2] 每卷各有一幅彩色画页和十幅插图。[3]

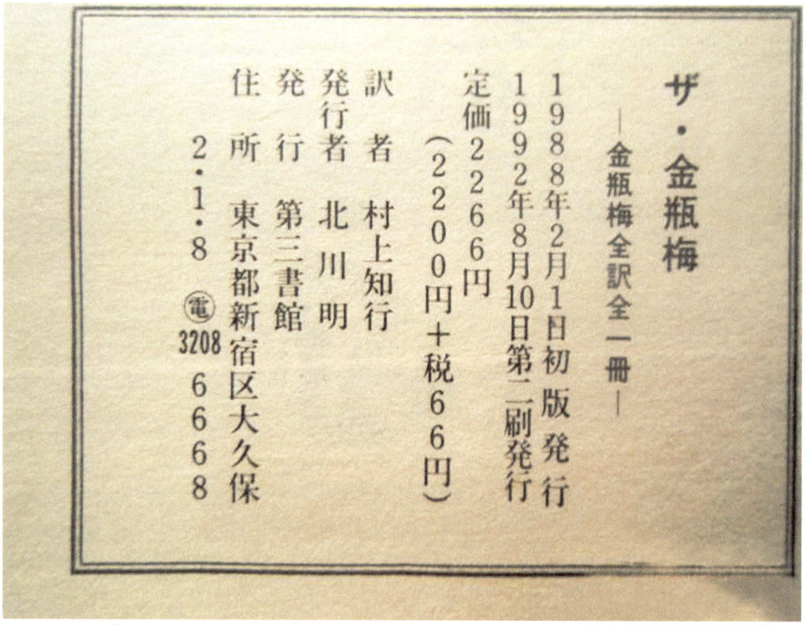
ザ・金瓶梅
―金瓶梅全訳全一冊―
1988年2月1日初版発行
1992年8月10日第二刷発行
定価2266円
(2200円+税66円)
訳者 村上知行
発行者 北川明
発行 第三書館
住所 東京都新宿区大久保
2・1・8 ㊂3208 6668

东京：第三书馆 1988 年刊 1992 年印刷本[4]

[1] [日]泽田瑞穗：《增修〈金瓶梅〉研究资料要览》，黄霖，王国安编译，《日本研究〈金瓶梅〉论文集》，济南：齐鲁书社，1989 年版，第 316 页。

[2] 张义宏：《日本〈金瓶梅〉译介述评》，《日本研究》，2012 年，No.14304，第 117–121 页。

[3] 冀振武：《〈金瓶梅〉在日本》，《社会科学辑刊》，1980 年第 3 期，第 143–144 页。

[4] 全译“崇祯本”《金瓶梅》，日本东京第三书馆刊行，全二十卷，一百回。[2016-05-19]. http://book.kongfz.com/item_pic_196831_469416013?ref=baidu。

朝鲜文译本

1. 金龙济译本

题名：金瓶梅。知见版本有：汉城：正音出版社 1956 年初版，1962 年再版。

此本据张竹坡评本第一奇书译出，回目按张评本简化回目译。第一卷：第一至十九回（结义兄弟—女子变心）；第二卷：第二十至四十三回（悖伦—约婚）；第三卷：第四十四至六十四回（花灯—佳人）；策四卷：第六十五至七十回（贪花—荡儿死哀）；第五卷：第八十至一百回（卖色—悉皆幻生）。[1]

最初的韩国译本由金龙济翻译完成。金译本是根据张竹坡批点本即第一奇书本翻译的。全书一百回，分五卷，附有插图，于 1956 年由汉城正音出版社出版。1962 年再分为上下两卷出版。其后，各种译本和改编本陆续问世，主要有金东成译本，分上中下三册，由乙酉文化史出版社 1969 年出版。赵成出译本，全五卷，由三省出版社 1971 年出版。另外还有李丙周译本，分上下两卷，由汉城名文堂出版；李周洪译本，由汉城语文阁出版。90 年代，由汉城青年社出版了《完译金瓶梅》，共六册，从 1991 年至 1993 年全部出完，译者朴秀镇。[2]

最早的韩国语翻译本《金瓶梅》是 1956 年在汉城正音社刊行的金龙济本， 这是以崇祯本为底本缩小而翻译的节译本。后来的译本大多数从此先例，在十余种译本中金东成本（乙酉文化社，1969）、赵诚出本（三省出版社，1971）、李周洪本（语文阁，1986）、李炳注本（明文堂，1991）等流行比较广泛。[3]

2. 金东成译本

题名：金瓶梅。有汉城乙酉文化史出版社 1969 年刊本。

全三册，一百二十回。据第一奇书本译出，未删节，对于性描写文字，只引录汉文，而翻译诗词曲歌时，先引录汉文，括号内加上韩文译文，正文需要时文中加双行小注。[4]

---

❶ 胡文彬编著：《金瓶梅书录》，沈阳：辽宁人民出版社，1986 年版，第 92 页。

❷ 金宰民：《〈金瓶梅〉在韩国的流播、研究及影响》，《明清小说研究》，2002 年第 4 期，第 130–134 页。

❸ ［韩］崔溶澈：《中国禁毁小说在韩国》，《东方丛刊》（1998 年第 3 辑 总第二十五辑），1998 年版，第 56 页。

❹ 吴敢：《〈金瓶梅〉翻译史略》，《华西语文学刊》，2015 年第 1 期，第 82 页。

3. 赵诚出译本

题名：金瓶梅。知见版本有：

汉城：三省出版社 1971 年刊本。据词话本译出，偶见译者率意删削原著，该书 1993 年再版。❶

北京：外文出版社 2015 年刊《大中华文库本》本。题名：汉韩对照金瓶梅。

到目前为止，中国国内尚未出版《金瓶梅》韩文译本，而在韩国先后出现了两个版本。一个是于 1977 年由明文堂翻译出版的《金瓶梅》（上下两卷，实为缩写本，由李炳注编译）。另一个是于 1993 年由三省出版社出版的《中国五大奇书》，其中包括了《金瓶梅》（共分六卷，全译本，由专业作家赵诚出先生翻译）。这次《大中华文库》出版《金瓶梅》汉韩对照版，选用了赵先生的译文。但是译者是以词话本为中文底本，而本书选择的是张竹坡本为中文底本，为了配合汉韩文字上大致对应，对译文不得不做了适当的补译和删减，比如第一回、第五十三回、第五十四回等只好重译，又如每回回目和大部分开头诗被删除等。从译文的整体来看，虽然基本上忠于原文，但难免对原文的理解和译文的处理上有不准确甚至错误的地方。这次在出版前，我们都对照中文尽可能地作了修改。本书的中文部分删除了有关色情描写的文字，对于所删除的字数，我们都用注释的方式作了说明。不过根据情节和刻画人物的需要，在译者已经翻译好的情况下，我们有意保留了部分色情描写的译文，特此说明。❷

1993 年版

❶ 吴敢：《〈金瓶梅〉翻译史略》，《华西语文学刊》，2015 年第 1 期，第 82 页。

❷ 《大中华文库》本，卷首周绚隆：《前言》。

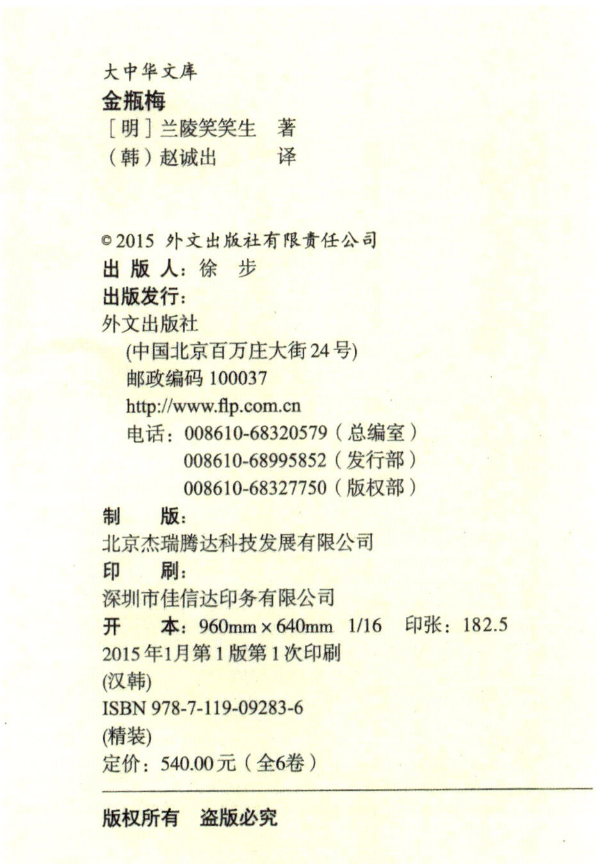

大中华文库
金瓶梅
［明］兰陵笑笑生　著
（韩）赵诚出　　　译

©2015 外文出版社有限责任公司
出 版 人：徐　步
出版发行：
外文出版社
(中国北京百万庄大街24号)
邮政编码 100037
http://www.flp.com.cn
电话：008610-68320579（总编室）
008610-68995852（发行部）
008610-68327750（版权部）
制　　版：
北京杰瑞腾达科技发展有限公司
印　　刷：
深圳市佳信达印务有限公司
开　　本：960mm×640mm　1/16　印张：182.5
2015年1月第1版第1次印刷
(汉韩)
ISBN 978-7-119-09283-6
(精装)
定价：540.00元（全6卷）

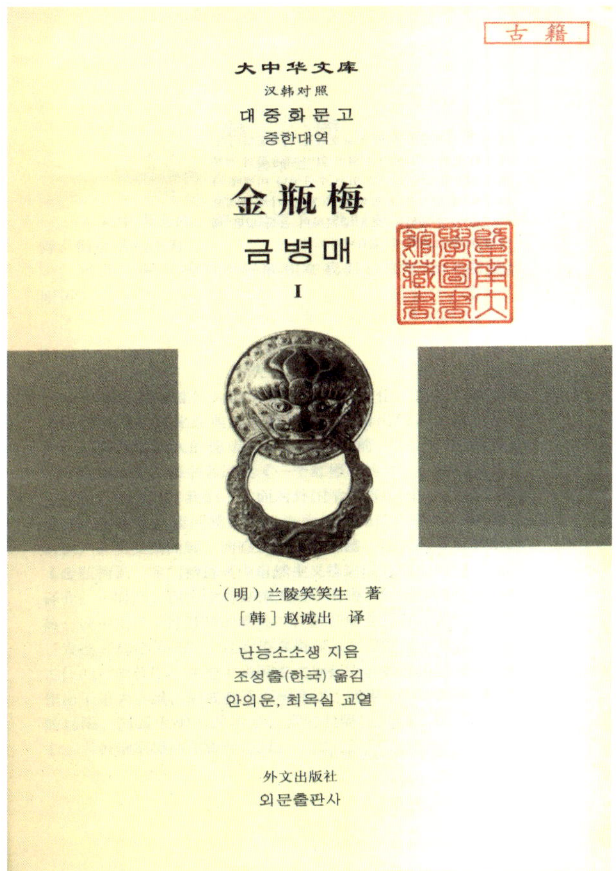

大中华文库
汉韩对照
대중화문고
중한대역

金瓶梅
금병매
I

（明）兰陵笑笑生　著
［韩］赵诚出　译

난능소소생 지음
조성출(한국) 옮김
안의윤, 최옥심 교열

外文出版社
외문출판사

北京：外文出版社《大中华文库》本 2015年1月第一版

4. 李周洪译本

题名：金瓶梅。根据张竹坡批点本翻译。知见版本有汉城：语文阁 1986 年版，1994 年再版。

汉城：语文阁 1986 年版 精装全四册[1]

[1] 韩文版：《金瓶梅》（四册全 精装有书衣），[2016-07-20]. http://book.kongfz.com/item_pic_73354_436313002/。

5. 朴秀镇译本

题名：다 번역 금병매 . 有汉城：青年社 1991—1993 年刊本。

《完译金瓶梅》全六册，后四册朴正阳参译。据词话本译出，偶有删节，卷末附录康泰权的《金瓶梅解说》。[1]

底本是无删节的香港太平书局影印的《全本金瓶梅词话》，并参照北京人民文学出版社的《金瓶梅词话》。其中注释及难解部分，又参照了日本平凡出版的小野忍、千田九一全译的《金瓶梅》。[2]

以第一回由景阳冈武松打虎为开始的万历词话本为底本的是，1991 年到 1993 年陆续出版的朴秀真本（共六册，青年社）和 1993 年的赵诚出本（共六册，三省出版社），其中朴秀真译本号称《完译金瓶梅》，虽然有一些小问题，但比较完整，对读者有一定的影响。[3]

---

❶ 吴敢：《〈金瓶梅〉翻译史略》，《华西语文学刊》，2015 年第 1 期，第 82 页。

❷ 金宰民：《〈金瓶梅〉在韩国的流播、研究及影响》，《明清小说研究》，2002 年第 4 期，第 130-134 页。

❸ ［韩］崔溶澈：《中国禁毁小说在韩国》，《东方丛刊》（1998 年第三辑 总第二十五辑），1998 年版，第 57 页。

6. 朴正阳译本

题名：금병매 . 有哈尔滨：黑龙江朝鲜民族出版社 2013 年排印本。译者朴正阳根据人民文学出版社 1985 年 5 月第一版翻译出版。

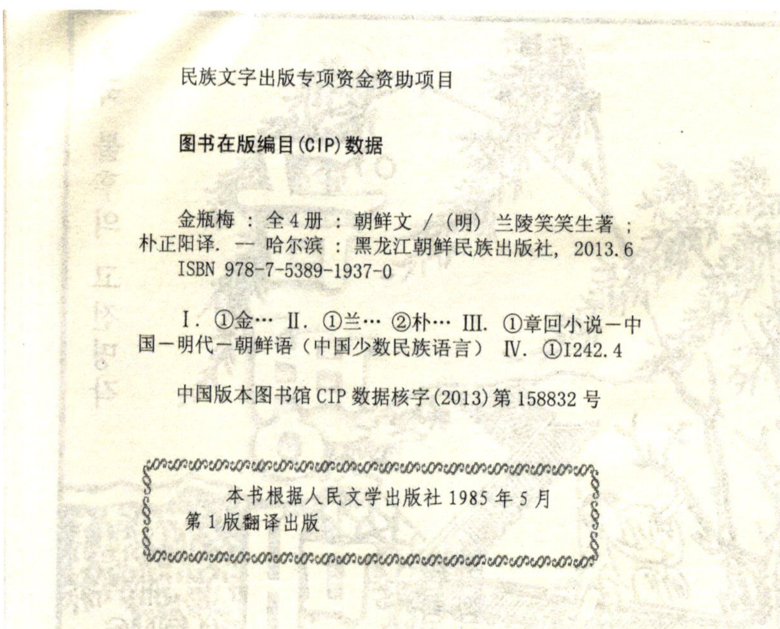

民族文字出版专项资金资助项目

图书在版编目(CIP)数据

金瓶梅 ： 全 4 册 ： 朝鲜文 / (明) 兰陵笑笑生著 ；
朴正阳译. — 哈尔滨 ： 黑龙江朝鲜民族出版社， 2013.6
ISBN 978-7-5389-1937-0

Ⅰ. ①金… Ⅱ. ①兰… ②朴… Ⅲ. ①章回小说—中国—明代—朝鲜语（中国少数民族语言） Ⅳ. ①I242.4

中国版本图书馆 CIP 数据核字(2013)第 158832 号

本书根据人民文学出版社 1985 年 5 月
第 1 版翻译出版

哈尔滨：黑龙江朝鲜民族出版社 2013 年 6 月第一版 平装全四册

越南文译本

1. 阮国雄译本

题名：金瓶梅。知见版本有：

河内：昭阳出版社 1969–1970 年第一版。

《金瓶梅》越南文译本，1969–1970 年由昭阳出版社出版，阮国雄翻译，全 12 集，2700 多页，据《古本金瓶梅》翻译。这个译本一直流传至今，未见再译。在东亚文化圈中，越南是最后一个翻译《金瓶梅》的国家；在东南亚文化圈中，越南是唯一一个翻译《金瓶梅》的国家。[1]

河内：社会科学出版社 1989 年 1 月第二版。

据昭阳出版社 1969–1970 年版再版。全书一套八册，凡一百回，近 2000 页。译文似未修订，仅在观海道人《序》前，增加了社会科学出版社的出版说明，以及河内师范大学黎德念教授撰述的《前言》。前者倾向采用李开先为《金瓶梅》作者的说法，后者则以 12 页的篇幅，对《金瓶梅》做了较为全面的介绍，并在《金瓶梅》惹人争议的话题上多有辩护。[2]

河内：昭阳出版社 1969–1970 年第一版[3]

---

1. 吴敢：《〈金瓶梅〉翻译史略》，《华西语文学刊》，2015 年第 1 期，第 82 页。
2. 陈益源：《〈金瓶梅〉在越南》，中国金瓶梅学会编，《金瓶梅研究》第 4 辑《第二届国际〈金瓶梅〉研讨会专辑》，南京：江苏古籍出版社，1993 年版，第 254 页。
3. 越南文《金瓶梅》，[2016-05-18].http://book.kongfz.com/item_pic_12790_198137460/。

河内：社会科学出版社 1989 年 1 月第二版[1]

[1] 《金瓶梅》（越南版，四本全），[2016-07-01].http://book.kongfz.com/item_pic_26974_211472673。

德文译本

1. 康农·加布伦兹等译 马丁·嵇穆整理本

题名：Jin Ping Mei. 知见版本有：阿腾堡：国家档案馆藏 1862–1869 年手稿本，柏林：国家图书馆 2005–2013 年刊本。

该译稿原稿为手写，写在一页页纸张上，未装订，外面用厚重的灰色纸张包裹。首页正中写有书名“Gin-Ping-Mei”，下面有一行题字：“由 H.C.v.d.Gabelentz（即康农·加布伦兹）根据满文翻译的中国小说”。第二页所题文字为“金瓶梅”“一部由满文翻译的中国小说，译者康农·加布伦兹，1862–1869”。明确记录了翻译者以及翻译的依据、时间。

手稿共 8 包，所用纸张每页 17cm×22cm，其中文字部分 11cm×21cm 见方，双面、黑色墨水书写，每页均标明页数，全书共 3842 页。

该译稿是根据满文本《金瓶梅》翻译而成，共百回。从第一回“西门庆热结十兄弟 武二郎冷遇亲哥嫂”和卷首三首诗开始，直接进入正文，以第一百回“韩爱姐路遇二捣鬼 普静师幻度孝哥儿”结束。可能是译稿完成后未能出版的缘故，该译本没有序跋，也没有后记。

该书的翻译者为康农·加布伦兹和他的两个儿子乔治·加布伦兹、阿尔伯特·加布伦兹，其中主体部分为康农·加布伦兹所译，他的两个儿子仅翻译了第十三至十六回。两个儿子曾跟随父亲学习汉语和满语，可能是出于让儿子练习的目的，康农·加布伦兹将其中的四回交给他们翻译。随后，康农·加布伦兹校正了儿子的译稿，并将其收入到署名译者康农·冯·德·加布伦兹（Hans Conon von der Gabelentz）的手稿中。

毫无疑问，这是目前所知欧洲乃至国外最早的《金瓶梅》全译本，也是欧洲最早的《金瓶梅》译本。最早发现这部译稿的人是嵇穆（Martin Gimm）教授。1998 年，他最早发现了该译稿的手稿，并一直进行手稿的整理和初步的研究。2005–2013 年，其整理稿陆续由柏林国家图书馆刊行。[1]

---

[1] 苗怀明，宋楠：《国外首部〈金瓶梅〉全译本的发现与探析》，《上海师范大学学报（哲学社会科学版）》，2015 年第 6 期，第 88–96 页。

Hans Conon von der Gabelentz (1807-1874)

Jin Ping Mei

Chinesischer Roman
erstmalig vollständig ins Deutsche übersetzt

Kapitel 1-10

Herausgegeben und bearbeitet von
Martin Gimm

Mit einer Vorbemerkung von
H. Walravens

Staatsbibliothek zu Berlin

2005

柏林：国家图书馆刊本 2005-2013 年版❷

2. 奥托·祁拔阿尔图尔·祁拔合译本

题名：Djin Ping Meh. 知见版本有：哥达：恩格哈德—莱赫出版社 1928–1932 年刊本（仅出二卷），汉堡：天平出版社 1967–1982 年刊本，苏黎世：第欧根尼出版社 1967–1989 年刊本。

以张竹坡评点第一奇书为底本。由奥托·祁拔（OttoKibat 1880–1956）及阿尔图尔·祁拔（ArthurKibat 1878–1961）兄弟二人合作翻译，全书耗尽了祁拔兄弟近 30 年的辛勤笔耕。瑞士天平出版社 1967 年出版第一卷，十五年后六卷本全部出齐。前有译者“传序”，居于慕尼黑的著名汉学家赫伯特·弗朗克为这部译本撰写了《前言》。祁拔兄弟的译本经乌尔施坦出版社再版后，每年都有重印本与读者见面。[1]

1928 年，第一卷（第一至第十回）在哥达由恩格哈德—莱赫出版社出版。四年后又出版了第二卷（第十一至二十三回）并预告翌年出版第三卷。到纳粹投降时，他们的翻译工程已完成百分之九十九，只剩下最后一章了。一年后他们便完成了全部翻译和注释工作。但由于种种原因没有及时出版，直到 50 年代末，才有一家重点介绍东亚文化的瑞士小出版社“天平出版社”接受了这部译稿。天平出版社从 50 年代计划出书，直到 1967 年才出了第一卷，又过了十五年，六卷本的《金瓶梅》德文全译本才全部出齐。慕尼黑的汉学家赫伯特·弗郎克为此书撰写了前言，德国之声的一位编辑逐字逐句地进行了校订。经过耐心细致的工作，这部八译文到印刷装帧都尽善尽美的长达 3155 页的《金瓶梅》德文全译本终于在原作问世四百周年前夕全部出齐了。[2]

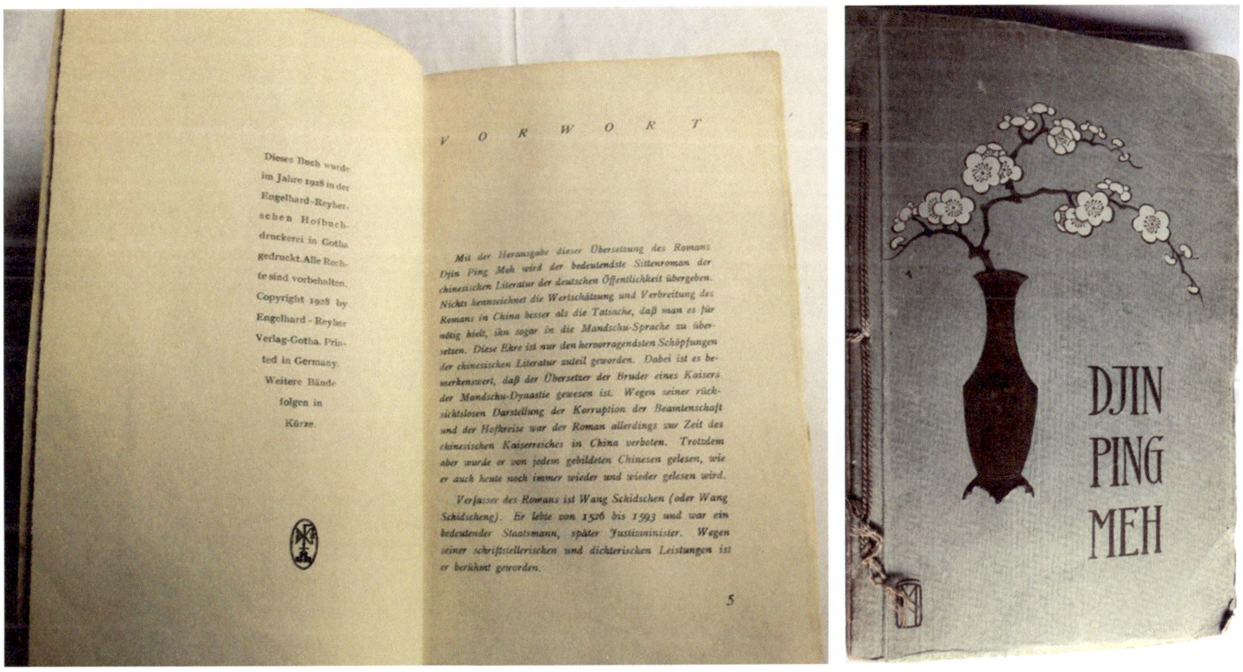

哥达：恩格哈德—莱赫出版社 1928–1932 年版[3]

[1] 王丽娜：《〈金瓶梅〉在国外》，《河北大学学报（哲学社会科学版）》，1980 年第 2 期，第 63–70 页。

[2] 李士勋：《关于〈金瓶梅〉德文全译本——译者祁拔兄弟及其它》，《徐州师范学院学报》，1992 年第 1 期，第 32–33 页。

[3] 《金瓶梅》1928 年版，祁拔兄弟译本第一卷（仿线装装帧）DJIN PING MEH.[2016-07-20]. http://book.kongfz.com/item_pic_125377_479093603/。

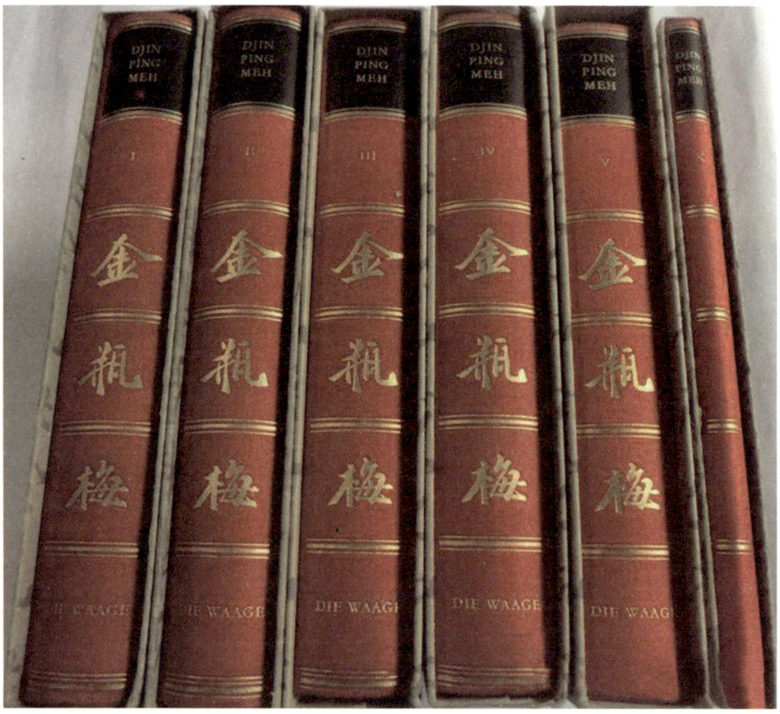

«Haltet noch etwas inne und laßt uns plaudern», sagte Simen Tjing.

Der neunte Ho folgte ihm um die Straßenecke in eine kleine Weinschenke, um dort auf dem Söller Platz zu nehmen. Simen Tjing bot Ho den Ehrenplatz an, doch dieser lehnte ab: Wer er denn sei, daß er es überhaupt wagen dürfe, mit dem Herrn Oberrat an einem Tische zu sitzen? Simen Tjing wehrte:

«Mein Freund, seht das doch nicht als etwas so Besonderes an! Nehmt doch, bitte, Platz!»

Nachdem man in dieser Weise sich gegenseitig noch einmal Höflichkeiten gesagt hatte, setzten sich beide. Simen Tjing bestellte beim Kellner eine Kanne vom besten Weine. Der Weinschenk stellte Speisen, Obst und dergleichen mehr zum Weine, wärmte dann den Wein an und setzte ihn vor. Ho war innerlich ziemlich verwundert und dachte bei sich: Simen Tjing hat doch bisher niemals mit mir gezecht, also sollen diese Becher, die wir jetzt trinken, mich sicherlich veranlassen, nicht zu scharf vorzugehn. Als sie eine Weile getrunken hatten, zog Simen Tjing aus dem Ärmel einen Schuh schneehellen Silbers, und legte ihn mit den Worten auf die Tischplatte:

«Mein Freund, verschmäht diese Kleinigkeit nicht! Morgen werde ich mich noch besonders erkenntlich zeigen.»

«Meine Wenigkeit hat sich doch noch nicht ein einziges Mal im allergeringsten für Euch bemüht», wehrte der neunte Ho mit einer Handbewegung ab, «wie könnte ich es da wagen, vom Herrn Oberrat irgendwelche Geschenke und gar Silber unzenweise anzunehmen? Sollte der Herr Oberrat Anweisungen zu geben haben, so dürfte ich es mir auch ohnedies gar nicht gestatten, meine Dienste zu versagen.»

«Ach, mein Freund», fiel Simen Tjing ein, «Ihr dürft das nicht als etwas Ungewöhnliches ansehen»

178

Simen Tjing bewirtet den neunten Ho in der Weinschenke.

汉堡：天平出版社 1983 年版 精装全六册（含注释一册）[1]

[1] 《金瓶梅》德文版 1967–1983 年版，全六卷，[2016-07-22]. http://book.kongfz.com/item_pic_125377_482532958/。

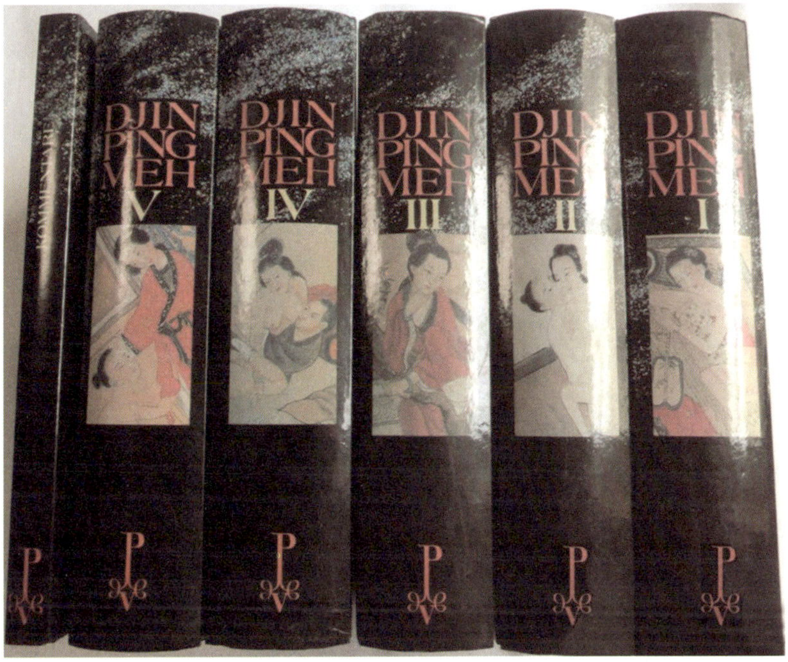

汉堡：天平出版社 1987 年版 精装全六册（含注释一册）[1]

---

[1] 《金瓶梅》德文版 1987 年版，全六卷，[2016-07-22]. http://book.kongfz.com/item_pic_125377_518883855/。

macht habe, ist mir das Riechbeutelchen mit dem Fläschchen verloren gegangen, als ich von der O[illegible] luzei-Laube herunterkam und mein Gürtel sich etwas gelockert hatte. Ich habe es überall gesucht, aber ich konnte doch nicht ahnen, daß der Junge es an sich genommen hatte. Ich habe es ihm wirklich nicht gegeben.»

Da dies mit der Aussage des Lautenjungen übereinstimmte, war beim Anblicke des am Boden knienden splitternackten, blütengleichen Frauenkörpers sein Zorn rasch bis nach Java verflogen, als er ihr leises Schluchzen und ihre glatten Worte hörte. Reue und Rührung hatten sein Herz bereits fast wieder erobert. Er rief Schlehenblüte heran, nahm sie auf den Schoß, umarmte sie und fragte:

«Natürlich hat das liederliche Weib mit dem Dienerjungen angebändelt! Oder etwa nicht? Aber wenn du sagst, daß ich ihr verzeihen soll, will ich es tun.»

Schlehenblüte lehnte sich zierend und ziemlich verlegen an Simen Tjing's Brust:

«Herr, wir sollten gar nicht über so etwas sprechen. Ich bin doch mit der Herrin den ganzen Tag unzertrennbar wie Lippen und Wangen zusammen. Wie könnte sich die Herrin da mit dem Diener eingelassen haben? Das haben nur andere, die uns hassen, ausgeheckt. Ihr solltet Euch zu raten wissen und die Schmach nicht auf Euch nehmen, damit es nicht womöglich nach außen dringt! Das würde sich doch schön anhören!»

Damit hatte sie Simen Tjing so weit, daß er schweigend die Reitpeitsche fallen ließ. Goldlotos durfte sich erheben und ankleiden. Herbstaster mußte nach dem Essen sehen und den Tisch zum Trinken zurechtrücken. Einen Becher voll Wein schenkte Goldlotos ein und reichte ihn ihm mit beiden Händen. Dabei kniete sie nieder und verharrte in dieser Stellung.

«Schlehenblüte! Wenn du sagst, daß ich ihr verzeihen soll, will ich es tun.»

苏黎世：第欧根尼出版社 1989 年版 精装全六册（含注释一册）

英文译本

1. 克莱门特·埃杰顿译本

题名：The Golden Lotus. 知见版本有：伦敦：G. 劳特莱基出版公司（G.Routledge）1939年第一版，1953年、1955年、1957年、1964年再版；纽约：格罗夫出版社（Grove Press）1954年修订再版；纽约：GrahamBrash出版公司1957–1979年刊本；纽约：帕拉根图书公司（Paragon Book Gallery）1972年第三版；纽约：约翰·威立出版社1995年刊本；北京：人民文学出版社2008年刊《大中华文库》本；美国：CreateSpace独立出版平台2015刊本。

> 英译本《金莲记》（The Golden Lotus）四册一百回（首册序文等16页，正文387页；二册376页：三册385页；四册375页）。译文甚佳，信、达、雅三质全具也。卷首有译者《绪言》《小引》及《姓氏表》。书中污秽之字，不译英文，而以拉丁语代之。吾国将来复印瓶书，其实不必缺文，可采用艾氏之法，而以篆书为替。[1]

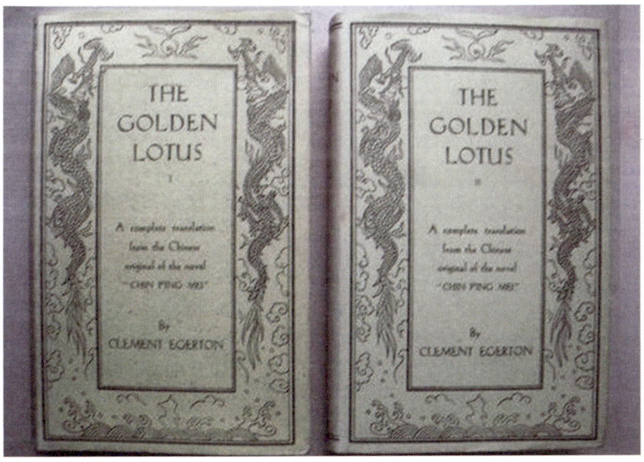

伦敦：G. 劳特莱基出版公司（G.Routledge）1939年第一版 平装全四册[2]

[1] 周越然：《瓶说》，《书与回忆》，沈阳：辽宁教育出版社，1996年版，第116页。
[2] 《金瓶梅》39年英文初版，[2016-07-01]. http://book.kongfz.com/item_pic_19993_211308157/。

早在二十世纪 30 年代就有克莱门特·埃杰顿（C.Eger-ton）的英文全译本，书名《金莲》。此全译本是根据张竹坡第一奇书本译出的，共四卷，共 1523 页。其中一些段落用拉丁文译出，译文曾得到老舍先生的指导。此全译本 1939 年于伦敦出版，1954 年纽约格罗夫出版社修订再版，将拉丁译文改为英译文，1972 年又由纽约出了修订本。西方研究者认为这个英文全译本的译文较完美，亦是一种颇便阅读的译本。[1]

该译本 2011 年重印，出版社是 Charles E. Tuttle。此版中，专有名词（人名等）改用汉语拼音，卷首有 Robert Hegel 新撰的“导言”，为读者简介与《金瓶梅》相关的基本知识，并描述了克莱门特·埃杰顿的生平事迹。[2]

《大中华文库》本精装全五册。中文不雅的文字有删节，对于所删节的字数用注释的方式予以说明。《金瓶梅》语言生动，塑造的人物性格鲜明，在世界文学中有其特殊的意义。它现在已被已成了日文、法文、德文、俄文和英文。到目前为止，英文先后出现了三个译本。本书的英文译本是 ClementEgerton 翻译的，它所依据的中文底本是张竹坡本（卷首内容简介）。

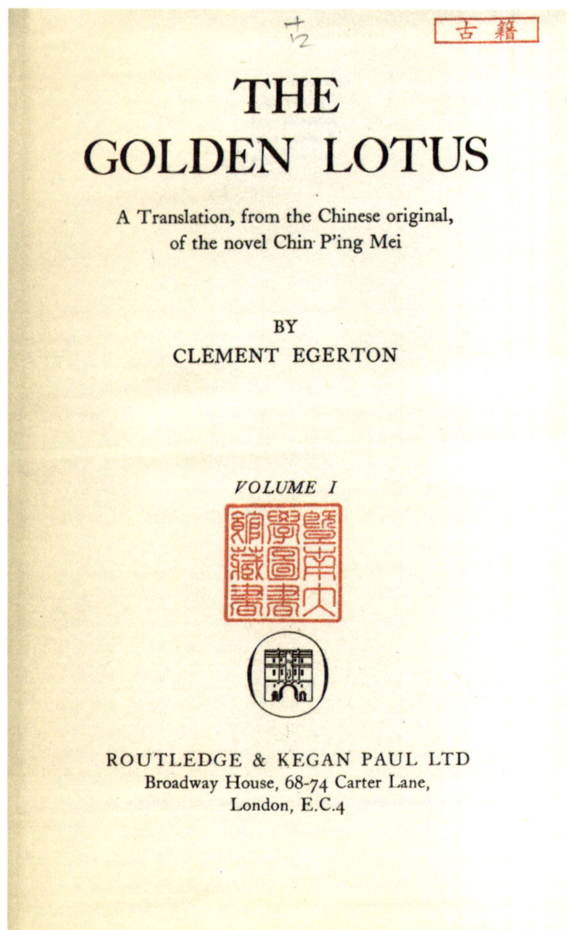
THE GOLDEN LOTUS

A Translation, from the Chinese original, of the novel Chin P'ing Mei

BY
CLEMENT EGERTON

VOLUME I

ROUTLEDGE & KEGAN PAUL LTD
Broadway House, 68-74 Carter Lane,
London, E.C.4

伦敦：G. 劳特莱基出版公司（G.Routledge）1953–1964 年再版重印本 精装全四册[3]

---

[1] 王丽娜：《<金瓶梅>在国外》，《河北大学学报（哲学社会科学版）》，1980 年第 2 期，第 63–70 页。

[2] 吴敢：《<金瓶梅>翻译史略》，《华西语文学刊》，2015 年第 1 期，第 78–86 页，259 页。

[3] 《金瓶梅》39 年英文初版，[2016–07–01]. http://book.kongfz.com/item_pic_19993_211308157/。

纽约：约翰·威立出版社 1972 年、1995 年版 精装全四册[1]

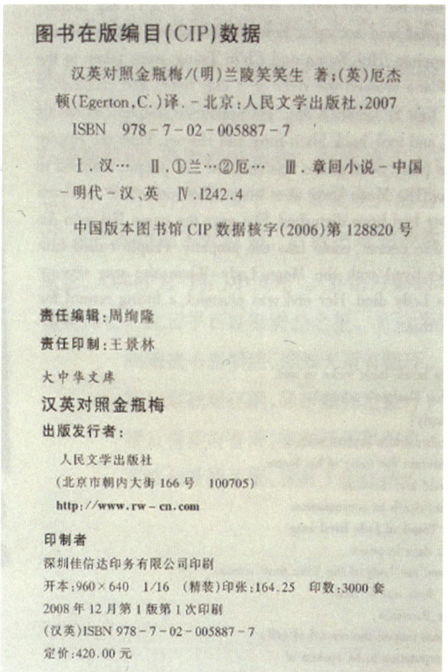
图书在版编目(CIP)数据

汉英对照金瓶梅/(明)兰陵笑笑生 著;(英)厄杰顿(Egerton,C.)译. - 北京:人民文学出版社,2007
ISBN 978-7-02-005887-7

Ⅰ.汉… Ⅱ.①兰…②厄… Ⅲ.章回小说-中国-明代-汉、英 Ⅳ.I242.4

中国版本图书馆 CIP 数据核字(2006)第 128820 号

责任编辑:周绚隆
责任印制:王景林

大中华文库
汉英对照金瓶梅
出版发行者:
人民文学出版社
(北京市朝内大街 166 号 100705)
http://www.rw-cn.com
印制者
深圳佳信达印务有限公司印刷
开本:960×640 1/16 (精装)印张:164.25 印数:3000 套
2008 年 12 月第 1 版第 1 次印刷
(汉英)ISBN 978-7-02-005887-7
定价:420.00 元

北京：人民文学出版社《大中华文库》本 2008 年 12 月第一版 精装全五册

[1] 《金瓶梅》全部版本，[2016-07-01].https://book.douban.com/works/1006477。

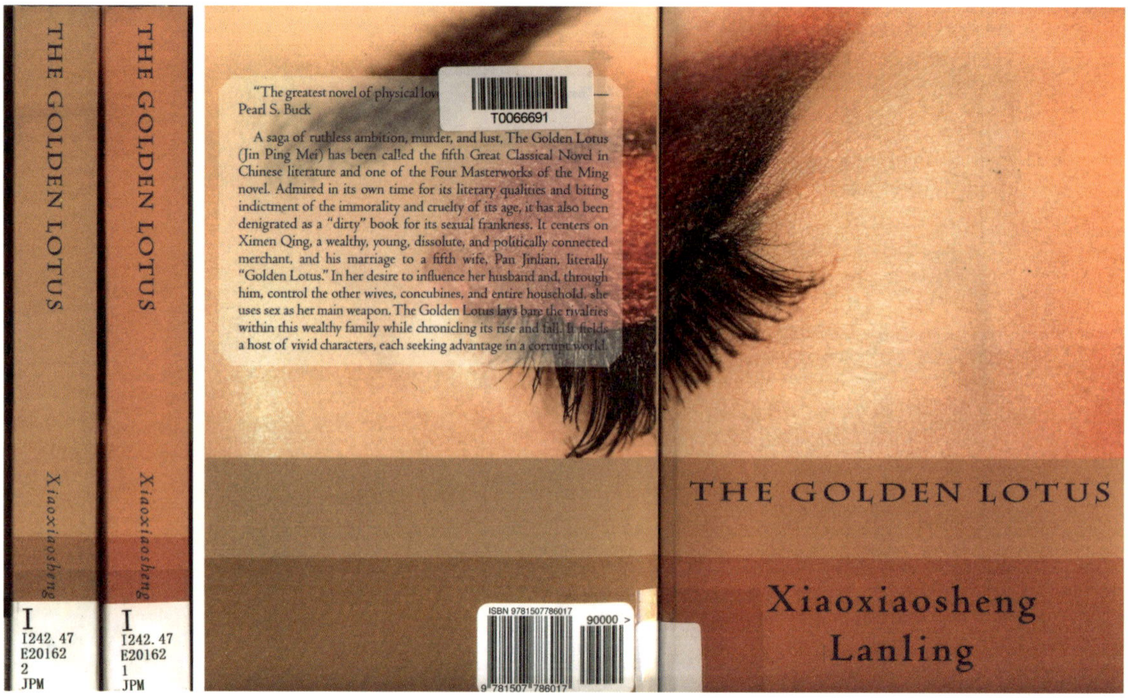

美国：CreateSpace 独立出版平台 2015 年版 平装全四册

2. 芮效卫译本

题名：The Plum in the Golden Vase or，CHIN P’ING MEI. 有新泽西：普林斯顿大学出版社 1993–2013 年本。

距第一个全译本五十四年后，美国普林斯顿大学出版社于 1993 年、2001 年、2006 年、2011 年、2013 年分《会聚》《情敌》《春药》《高潮》《离散》五卷出版了芮效卫（DavidTodRoy）的第二个英语全译本。

以《金瓶梅词话》为底本。翻译方法：（1）保留原作中所有的体裁、艺术形式、言语技巧；（2）对于典故、引文、历史年代、历史事件、历史人物、地名等进行详尽的注释；（3）对人物姓名的翻译，全部采用了音译；（4）章回标题的翻译“得意忘形”，没用中文古典小说章回命名的方式；（5）对谚语、习语、对联、典故和描写性排比散文等进行了印刷体例上的创新——缩排；（6）利用人物表帮助读者了解作品中的人物关系；（7）利用附录对原作序言进行评论，并对原文中只部分引用的诗歌或组曲进行全文翻译；（8）利用参考文献为读者对作品中的诸多典故和引文进行更深入的研究提供线索；（9）利用索引帮助读者检索和追踪他们感兴趣的内容。[1]

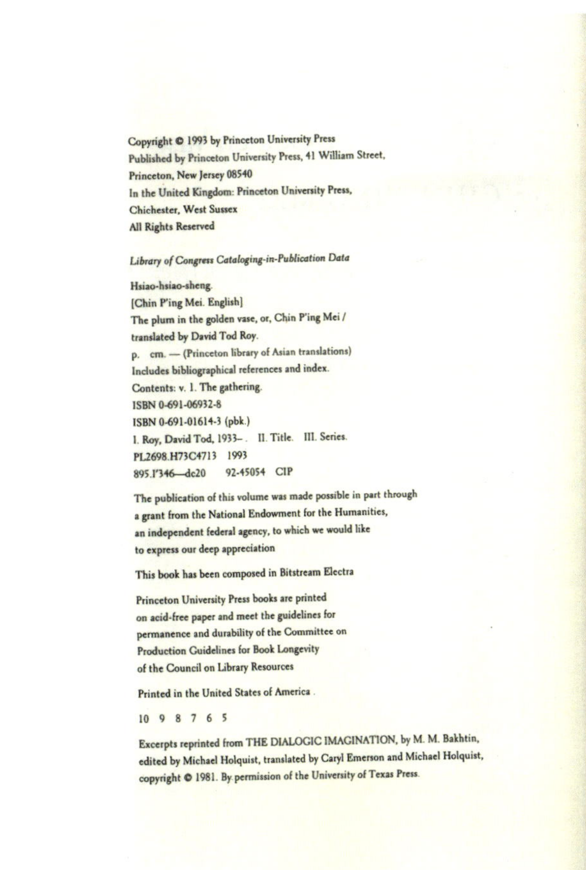
Copyright © 1993 by Princeton University Press
Published by Princeton University Press, 41 William Street,
Princeton, New Jersey 08540
In the United Kingdom: Princeton University Press,
Chichester, West Sussex
All Rights Reserved

Library of Congress Cataloging-in-Publication Data

Hsiao-hsiao-sheng.
[Chin P'ing Mei. English]
The plum in the golden vase, or, Chin P'ing Mei /
translated by David Tod Roy.
p. cm. — (Princeton library of Asian translations)
Includes bibliographical references and index.
Contents: v. 1. The gathering.
ISBN 0-691-06932-8
ISBN 0-691-01614-3 (pbk.)
I. Roy, David Tod, 1933– . II. Title. III. Series.
PL2698.H73C4713 1993
895.1'346—dc20 92-45054 CIP

The publication of this volume was made possible in part through a grant from the National Endowment for the Humanities, an independent federal agency, to which we would like to express our deep appreciation

This book has been composed in Bitstream Electra

Princeton University Press books are printed on acid-free paper and meet the guidelines for permanence and durability of the Committee on Production Guidelines for Book Longevity of the Council on Library Resources

Printed in the United States of America

10 9 8 7 6 5

Excerpts reprinted from THE DIALOGIC IMAGINATION, by M. M. Bakhtin, edited by Michael Holquist, translated by Caryl Emerson and Michael Holquist, copyright © 1981. By permission of the University of Texas Press.

新泽西：普林斯顿大学出版社 1993–2013 年版 平装全五册

[1] 温秀颖，孙建成：《＜金瓶梅＞的两个英译本》，《中国图书评论》，2011 年第 7 期，第 113–116 页。

法文译本

1. 雷威安译本

题名：Jin Ping Mei Fleur en Fiole d' or. 有巴黎：加利玛出版社（Gallimard）1985年刊《七星诗社丛书》（一作《七星文库》）本，2004年再版重印。

法文《金瓶梅》全译本是由法国当代著名汉学家雷威安（AndreLevy1925-）教授翻译，1984年于巴黎出版，全书长达2756页。雷威安的这一译本忠实原作，合乎译文信、达、雅的要求，受到西方研究中国古典文学专家和法语读者的热烈欢迎和极大的敬重，此全译本的问世是巴黎文坛值得纪念的一桩盛事。[1]

> 非常幸运，我的博士论文评委会主席是资深的比较文学教授、著名的亲中国派艾田蒲（Etiemble），他希望读到“真正”的全译本《金瓶梅》。他是加利玛出版社很有影响的顾问，而该出版社当时最富盛名的丛书《七星诗社》正是面向世界文学巨著的。翻译《金瓶梅词话》十分艰巨，我花费了七年的时间。此书的出版受到新闻界和广大读者的热烈欢迎，学院派汉学界的态度则多少有些战战兢兢。[2]

最能使雷威安在《金瓶梅》研究界享有盛誉的，是他于1985年4月作为“七叶丛书”之一据词话本翻译出版的法译本《金瓶梅》[Andr é L é vy，Fleur En Fiole D' or（Paris： Gallimard，1985）]。雷威安翻译时把小说分成10部分，每部分拟出1个标题，每个标题涵盖原书10个回目，依次为金莲、瓶儿、惠莲、王六儿、渎职、少爷之死、枕边的幻想、西门庆暴死、善有善报恶有恶报、土崩瓦解，他并为全书写有导言，着重论述了《金瓶梅》在中国文学史上的地位，并对《金瓶梅》在欧洲翻译出版和各方评论的情况，做了概要的介绍。正文每回附有绣像本插图2幅总200幅，卷末附有注释。雷威安翻译时也有删节，但未删去原著的性描写。[3]

全书以日本影印的《金瓶梅词话》（1617年版）五册本作底本，同时参考了英、德、日、俄、法等文字多种节译本。[4]

---

1 王丽娜：《＜金瓶梅＞在国外》，《河北大学学报（哲学社会科学版）》，1980年第2期，第63-70页。

2 雷威安，钱林森，傅绍梅：《中国古典文学在法国的接受——法国著名汉学家雷威安一席谈》，《中国文化研究》，2001年第4期，第42-47页。

3 吴敢：《＜金瓶梅＞翻译史略》，《华西语文学刊》，2015年第1期，第83页。

4 《＜金瓶梅＞的译介》，中华文化通志编委会编，《中华文化通志》96，上海：上海人民出版社，2010年版，第210页。

法国 LE CLUB FRANCAIS DU LIVRE 1952 年版[1]

❶ 《金瓶梅》1952 年版，[2016-07-01].http://book.kongfz.com/item_pic_125377_454397843/。

巴黎：加利玛出版社（Gallimard）《七星诗社丛书》（一作《七星文库》）本　1985 年版[1]

[1] 《金瓶梅词话》法文译本，雷威安翻译，[2016-07-01]. http://book.kongfz.com/item_pic_175626_452226321/pic_196831_465521141/?ref=baidu。

巴黎：加利玛出版社（Gallimard）2004 年再版[1]

[1] Fleur en fiole d'or : Jing Ping Mei cihua, coffret de 2 volumes.[2016-07-18]. https://book.douban.com/subject/26673884/。

附录：节译本辑目

日文译本

新编金瓶梅（十集） 典亭马琴译 江户和泉屋市兵卫甘泉堂 1831 年 东京武田治 1848 年

原本译解金瓶梅（九回） 松村操译 东京鬼屋诚 1882–1884 年

金瓶梅五集 筱默桂三评 马琴抄本

金瓶梅曾我赐定（四编） 柳水亭种清著 一勇斋国芳画 甘泉・文庆合梓 1860 年

金瓶梅（七十九回） 井上红梅译 上海日本堂书店 1923 年

全译金瓶梅（二十二回） 夏金畏山田秋人合译 东京光林堂书店 1925 年 文正书店 1925 年

绘图第一奇书钟情传（一册） 译者不详 《支那情艳丛书》本 1928 年

西门庆 井上红梅译 东京柳口书店 1947 年

私版金瓶梅 丹羽文雄译 载《小说世界》第一卷 1–3 号 1948 年 6–8 月

金瓶梅词话（十回） 泉修一郎译 东京美珠书店 1948 年

金瓶梅（二十三章） 林房雄译 东京文艺俱乐部社 1949 年

妖异金瓶梅 山田风太郎译 东京讲谈社 1955 年

金瓶梅词话（一册） 富士正晴译 东京创元社 1958 年

秘钞金瓶梅 山田风太郎译 东京讲谈社 1959 年

金瓶梅 世界翻译研究会译 《爱之世界文学》本 浪速书房 1966 年

金瓶梅（三卷） 上田学而译 东京人物往来社 1967 年

金瓶梅 矾村谦译 浪速书房 1968 年

金瓶梅（三卷） 冈本隆三译 东京讲谈社 1971 年

驹田信二之金瓶梅 驹田信二译 东京二见书房 1972 年

德文译本

一个食品商人的风流冒险故事（片断） 格奥尔格・加布伦茨译 载《东方和美洲杂志》1879 年 10–12 月号

金瓶梅（三卷） 奥托尔・基巴特译 哥达：恩格尔哈德—赫尔出版社 1928–1932 年

金瓶：西门与其六妻妾奇情史（四十九章） 弗朗茨・库恩译 莱比锡岛社 1930 年 威斯巴登岛社 1954–1970 年

西门之艳遇（第十三回） H・鲁德斯贝格译载《小说》第 5–31 页

英文译本

金瓶梅 西门庆的故事（一册） 纽约《滑稽故事文库》本 1927 年

金瓶梅（四十九章） 伯纳德・米奥尔译 伦敦约翰・莱恩出版社 1939 年 纽约 G.P. 普特南父子公司 1940 年 纽约卡普利科恩图书公司 1960–1962 年

西门与其六妻妾奇情史（一册） 马里奥·舒伯特译 苏黎世：克拉森出版社 1950 年

《金瓶梅》第一回 蔡珠和蔡·温伯格译《中国文学宝库》本 美国阿普尔顿—世纪出版社 1956 年

法文译本

武松与金莲的故事（第一回） 巴赞译载 《现代中国》 1853 年第二版

《金瓶梅》片断 乔治·加布伦茨译 载《东方和美洲杂志》1879 年 10–12 月号

金莲（一册） 乔治·苏利埃·德·莫朗译 法国巴黎夏庞蒂埃与法斯凯尔出版社 1912 年

《金瓶梅》片段 吴益泰译 载《中国小说概论》 巴黎韦加出版社 1933 年

金瓶梅：西门与其六妻妾奇情史 让·皮埃尔·波雷译 巴黎居伊勒·普拉出版社 1949–1979 年

金瓶梅 约瑟夫·马丹鲍尔 赫尔曼·海斯译 巴黎卡尔曼·莱维出版社 1962 年

匈亚利译本

金瓶梅——十六世纪中国无名作家小说集（二卷四十九回） 托克依·费伦茨译 匈亚利布达佩斯欧罗巴出版社出版 1971–1973 年

俄文译本

金瓶梅（二卷） B.C. 马努辛译 诗词 Г.Б. 雅罗斯拉夫采夫译 莫斯科国家艺术文学出版社 1977–1993 年 伊尔库斯克：Терра-Книжныйклуб1994 年 Терра 出版社 1998 年 Эксмо-Пресс 出版社 2007 年

波兰文译本

金瓶梅（七十九回） 伊莱娜·斯瓦文斯卡（胡佩方） 赫米耶莱夫斯基 霍奇沃夫斯基合译 波兰缪斯出版社 1994 年

下篇　索引

一、研究专著

1949

［日］长泽规矩也 .《金瓶梅》の版本 . 东京：东方书局，1949.

1967

吴晗 .《金瓶梅》与王世贞：其著作时代及其社会背景 . 香港：香港南天书业公司，1967.

1972

［日］鸟居久靖 . 金瓶梅レやれことぱ研究 . 光生馆，1972.

1973

［日］小野忍 .《金瓶梅》的日译、欧译 . 岩波书店，1973.

1981

魏子云 .《金瓶梅》的问世与演变 . 台北：时报文化出版事业有限公司，1981（初版）.

1983

魏子云 .《金瓶梅》的问世与演变 . 台北：时报文化出版事业有限公司，1983（二版）.

魏子云 . 金瓶梅札记 . 台北：巨流图书公司，1983.

1985

魏子云 .《金瓶梅》原貌探索 . 台北：台北学生书局，1985.

1986

刘辉 .《金瓶梅》成书与版本研究 . 沈阳：辽宁人民出版社，1986.

1987

吴敢 . 金瓶梅评点家张竹坡年谱 . 沈阳：辽宁人民出版社，1987.

吴敢 . 张竹坡与《金瓶梅》. 天津：百花文艺出版社，1987.

1988

徐朔方 . 论《金瓶梅》的成书及其它 . 济南：齐鲁书社，1988.

1989

蔡敦勇 .《金瓶梅词话》剧曲品探 . 南京：江苏文艺出版社，1989.

1993
魏子云 .《金瓶梅》研究二十年 . 台北：台湾商务印书馆股份有限公司，1993.

2004
梅节 .《金瓶梅词话》校读记 . 北京：北京图书馆出版社，2004.

2009
吴敢 . 张竹坡与《金瓶梅》研究 . 北京：文物出版社，2009.

2011
杨彬 . 崇祯本《金瓶梅》研究 . 北京：文物出版社，2011.

2014
曾钰婷 . 说图——崇祯本《金瓶梅》绣像研究 . 台北：学生书局有限公司，2014.

2015
吴敢 .《金瓶梅》研究史 . 郑州：中州古籍出版社，2015.
王汝梅 .《金瓶梅》版本史 . 济南：齐鲁书社，2015.

二、资料汇编

1959

［日］泽田瑞穗 .《金瓶梅》书目稿 . 油印本，日本天理社，1959.

1981

［日］泽田瑞穗 .《金瓶梅》研究资料要览 . 寺村政男增修，堀诚增补 . 东京：早稻田大学中国文学会，1981.

1985

朱一玄编 .《金瓶梅》资料汇编 . 天津：南开大学出版社，1985.

侯忠义，王汝梅编 .《金瓶梅》资料汇编 . 北京：北京大学出版社，1985.

1986

胡文彬 .《金瓶梅》书录 . 沈阳：辽宁人民出版社，1986.

陈昌恒 . 张竹坡评点《金瓶梅》辑录 . 武汉：华中师范大学出版社，1986.

候忠义等 .《金瓶梅》资料汇编 增订本 . 北京：北京大学出版社，1986.

1987

黄霖编 .《金瓶梅》资料汇编 . 北京：中华书局，1987.

魏子云编 .《金瓶梅》研究资料汇编（上篇）：序跋、评论、插图·上编 . 天一出版社，1987.

1989

魏子云 .《金瓶梅》研究资料汇编（下篇）. 台北：天一出版社，1989.

1991

周钧韬 .《金瓶梅》资料续编 1919–1949. 北京：北京大学出版社，1991.

1993

侯忠义，王汝梅 .《金瓶梅》资料汇编：北京大学出版社增订本第 1 版 . 北京：北京大学出版社，1993.

1994

张梅秀 .《金瓶梅》研究资料索引 . 1994.

1999

朱一玄，王汝梅主编 .《金瓶梅》古今研究集成 . 延吉：延边大学出版社，1999.

2002

朱一玄编 .《金瓶梅》资料汇编 . 天津：南开大学出版社，2002.

2003

吴敢 . 20 世纪《金瓶梅》研究史长编 . 上海：文汇出版社，2003.

2004

黄霖 .《金瓶梅》资料汇编 . 北京：中华书局，2004.

2010

黄霖 .《金瓶梅》资料补编 . 北京：中华书局，2010.

2012

黄霖 . 古典文学研究资料汇编 .《金瓶梅》资料汇编 . 北京：中华书局，2012.

朱一玄 . 中国古典小说名著资料丛刊《金瓶梅》资料汇编 . 天津：南开大学出版社，2012.

三、图书篇章

1618

游居杮录 //（明）袁中道 . 珂雪斋集外集卷九 . 明万历四十六年（1618）刻本

1625

往在都门，友人关西文吉士以抄本不全《金瓶梅》见示 //（明）薛冈 . 天爵堂笔余卷二 . 明天启五年（1625）序刻本，又明崇祯间刻本

1629

与董思白 //（明）袁宏道 . 袁中郎全集卷二十一 . 明崇祯二年（1629）年武林佩兰居刻本

听石居士 . 幽怪诗谭小引 //（明）碧山卧樵 . 幽怪诗谭卷首 . 明末刻本

1644-1911

万历四十五年（1617）十一月五日 //（明）李日华 . 味水轩日记卷七 . 清抄本

翻书房 //（清）昭梿 .《啸亭杂录》. 啸亭续录卷一 . 清钞本

1715

彭城张竹坡为之先总大纲 //（清）刘廷玑《在园杂志》卷二 . 清康熙五十四年（1715）刻本

1794

不系园 //（清）张岱 . 陶庵梦忆卷四 . 清乾隆五十九年（1794）王文诰刻本

1795

金瓶梅 //（清）李斗 . 扬州画舫录卷五新城北录下 . 清乾隆六十年（1795）自然盦刻本

1827

金瓶梅 //（明）沈德符 . 万历野获编卷二十五 . 清道光七年（1827）姚氏刻同治八年（1869）补修本

1888

习俗信仰迷信戏曲小说 //（清）阮葵生 . 茶余客话卷十八 . 清光绪十四年（1888）本

1899

土馒头 玉娇李 评注稗官 //（清）俞樾 . 茶香室丛钞卷十七 . 清光绪二十五年（1899）刻春在堂全书本

袁中郎觞政 //（清）俞樾 . 茶香室三钞卷二十三 . 清光绪二十五年（1899）刻春在堂全书本

余尝以金瓶梅一书名满天下 //（清）邱炜萲 . 五百石洞天挥麈卷二 . 清光绪二十五年（1899）邱氏粤垣刻本

1912–1949

庚寅八月三十日 //（清）叶昌炽 . 缘督庐日记抄卷六 . 民国上海蟫隐庐石印本

1926

金瓶梅 // 邓之诚辑 . 骨董琐记卷八 . 明斋著书，1926

1940

佚名 .《金瓶梅》版本之异同 // 姚灵犀 . 瓶外卮言 . 天津：天津书局，1940：61.

1948

［日］长泽规矩也 . 金瓶梅の版本 . 小野忍，千田九一合译 //《金瓶梅》附录《金瓶梅》汇编第 1 号 . 东京：东方书局，1948.

［日］石田幹之助 .《金瓶梅》的新译刊行所闻 //《金瓶梅》附录《金瓶梅》汇编第 1 号 . 东京：东方书局，1948.

1948

［日］石田幹之助 . 喜闻《金瓶梅》新译作发行 //《金瓶梅》附录《金瓶梅》汇编第 1 号 . 东京：东方书局，1948.

1955

金瓶梅 // 邓之诚 . 骨董琐记 . 北京：生活・读书・新知三联书店印，1955：268.

1957

金瓶梅词话一百回 // 孙楷第 . 中国通俗小说书目卷四 . 北京：作家出版社，1957.

金瓶梅一百回 // 孙楷第 . 中国通俗小说书目卷四 . 北京：作家出版社，1957.

张竹坡评金瓶梅一百回 // 孙楷第 . 中国通俗小说书目卷四 . 北京：作家出版社，1957.

金瓶梅 // 兰州大学图书馆编 . 文艺资料索引（第一辑）1949–1954. 兰州：甘肃人民出版社，1957：193.

谈《金瓶梅词话》// 郑振铎 . 中国文学研究 下 . 北京：作家出版社，1957：242.

蒋瑞藻编 . 小说考证 10 卷，续编 5 卷 . 上海：古典文学出版社，1957

金瓶梅第三十，57

金瓶梅原第三十，531

1958

［日］奥野信太郎 .《金瓶梅》札记 // 艺文随笔 . 东京：春秋社，1958.

1961

［日］泽田惠穗 .《金瓶梅》研究资料要览 // 天山丛书指南 . 名古屋：采华书林，1961.

1964

金瓶梅 // 河北北京师范学院中文系资料室编 . 中国古典文学研究论文索引 1949–1962. 北京：中华书局，1964：245.

1965

［日］泽田瑞穗．金瓶梅刀研究の资料 // 中国の八大小说．平凡社，1965.

1967

姚灵犀．金瓶梅研究论集．香港：华夏出版社，1967.

［日］小野忍．《金瓶梅》版本考 // 中国文学杂考．东京：大安社，1967.

1976

金瓶梅 //（明）沈德符．万历野获编卷二十五：第 4 册．台北：伟文图书出版社有限公司，1976：1720–1722.

1977

马努辛俄译本《金瓶梅》“序” //［俄］李福清．兰陵笑笑生和他的《金瓶梅》．莫斯科：文学出版社，1977.

1978

［美］芮效卫（戴维· 罗伊 David T.Roy）．张竹坡评注《金瓶梅》（Chang Chu—Po，s Commentary on the Chin P，ing Mei）// 浦安迪编辑．中国叙事体文学评论集．普林斯顿大学出版社，1978.

1979

论《金瓶梅》的版本及其他 // 魏子云．《金瓶梅》探原．台北：巨流图书公司，1979：18.

马幼垣．研究《金瓶梅》的一条新资料 // 中国古典小说研究专集一台北：联经出版事业公司，1979.

［日］小野忍．《金瓶梅》的日译、欧译 // 道标：中国文学与我．东京：小泽书店，1979.

［日］小野忍．《金瓶梅词话》翻译的完成 // 道标：中国文学与我．东京：小泽书店，1979.

1980

朱星．金瓶梅考证．天津：百花文艺出版社，1980.

　　《金瓶梅》的版本问题，3

　　评维利《金瓶梅》英译本序，146

马泰来．谢肇淛的《金瓶梅跋》// 朱东润，李俊民等主编．中华文史论丛 1980 年第 4 辑 总第 16 辑．上海：上海古籍出版社，1980.

马幼垣．论《金瓶梅》谢跋书 // 中国古典小说研究专集二台北：联经出版事业公司，1980.

金瓶梅 // 辽宁大学中文系古代文学研究生编辑．中国古代文学资料目录索引 1949–1979 下．辽宁大学中文系，1980：190.

1981

金瓶梅杂话 // 阿英著．阿英文集．北京：生活 · 读书 · 新知三联书店，1981：205.

金瓶梅 // 高宇蛮编．《文学遗产》索引 1954．3–1966．6. 北京：中华书局，1981：95.

1982

魏子云．金瓶梅审探．台北：台湾商务印书馆，1982.

论金瓶梅的版本，110.

金瓶梅的版本，158.

朱传誉 . 金瓶梅版本书影及专著序目 // 中国古典小说研究资料丛编 . 台北：天一出版社，1982.

朱传誉 . 金瓶梅版本 // 中国古典小说研究资料丛编 . 台北：天一出版社，1982.

第一奇书（金瓶梅）// 柳存仁编著 . 伦敦所见中国小说书目提要 . 北京：书目文献出版社，1982：206.

［美］戴维特 · 罗依著 . 张竹坡对《金瓶梅》的评论 . 王汝梅，张晓洋译 // 古代文学理论研究丛刊：第六辑 . 上海：上海古籍出版社，1982：263.

［美］芮效卫（戴维 · 罗伊 David T.Roy）. 张竹坡评注《金瓶梅》（Chang Chu—Po，s Commentary on the Chin P，ing Mei）. 王汝梅，张晓洋译 // 古代文学理论研究编委会编 . 古代文学理论研究丛刊：第 6 辑 . 上海：上海古籍出版社，1982.

1983

金瓶梅版本说明序 // 大连图书馆参考部 . 明清小说序跋选 . 沈阳：春风文艺出版社，1983.

1984

张竹坡评点《金瓶梅》辑评 // 蔡国梁 . 金瓶梅考证与研究 . 西安：陕西人民出版社，1984.

《金瓶梅》的付印人刘承禧 // 张远芬 . 金瓶梅新证，齐鲁书社，1984.

金瓶梅 // 中山大学中文系资室编 . 1949-1980 中国古典文学研究论文索引 . 南宁：广西人民出版社，1984.

《复旦学报》（社会科学报）编辑部编 .《金瓶梅》研究 . 上海：复旦大学出版社，1984.

章培恒 . 论《金瓶梅词话》，1.

黄霖 .《新刻绣像批评金瓶梅》评点初探，67.

赵景深 . 评朱星同志《金瓶梅》三考，134.

徐朔方 .《金瓶梅》成书补证，164.

张远芬 . 新发现的《金瓶梅》研究资料初探——兼与朱星先生商榷，173.

李锦山 .《金瓶梅》最早付刻人浅探——兼与张远芬同志商榷，209.

王丽娜 .《金瓶梅》在国外，356.

《金瓶梅》研究文章篇目（1930—1984 年），382.

朱东润，李俊民等编 . 中华文史论丛 1984 年第 3 辑 总第 31 辑 . 上海：上海古籍出版社，1984.

徐朔方 .《金瓶梅》成书新探，159.

马泰来 . 诸城丘家与《金瓶梅》，199.

吴晗等著；胡文彬，张庆善选编 . 论金瓶梅 . 北京：文化艺术出版社，1984.

鲁迅 . 谈《金瓶梅》，1.

吴晗 .《金瓶梅》的著作时代及其社会背景，11.

郑振铎 . 谈《金瓶梅词话》，48.

杜维沫 . 谈谈《金瓶梅词话》成书及其他，67.

潘开沛 .《金瓶梅》的产生和作者，76.

张鸿勋．试谈《金瓶梅》的作者、时代、取材，83.

朱星．《金瓶梅》的版本问题，291.

《金瓶梅词话》本的发见和版本，294.

《金瓶梅》版本源流表，298.

蔡国梁．谢肇淛与《金瓶梅》，302.

王汝梅．评张竹坡的《金瓶梅》评论，307.

戴不凡．张竹坡评本《金瓶梅》，327.

张远芬．新发现的《金瓶梅》研究资料初探——兼与朱星先生商榷，331.

王丽娜．附录二《金瓶梅》在国外，449.

述闻．附录三《金瓶梅》研究论著索引，465.

1985

刘辉．从词话本到话散本：《金瓶梅》成书过程及作者问题研究之一 // 人民文学出版社古典文学编辑室编．中国古典文学论丛：第 3 辑．北京：人民文学出版社，1985：108.

《金瓶梅》研究论著篇目索引 // 侯忠义，王汝梅．金瓶梅资料汇编．北京：北京大学出版社，1985：520.

版本编 // 朱一玄．金瓶梅资料汇编．天津：南开大学出版社，1985：167-186

黄霖．张竹坡及其《金瓶梅》评本 // 复旦大学中国语言文学系古典文学教研室，复旦大学中国语言文学研究所文学批评史研究室编．中国古典文学丛考 第 1 辑．上海：复旦大学出版社，1985：263.

1986

刘辉，徐朔方．《金瓶梅》版本考 // 刘辉编．金瓶梅论集．北京：人民文学出版社，1986：224.

朱星．《金瓶梅》的版本问题 // 方铭编．金瓶梅资料汇录．合肥：黄山书社，1986：136.

滋阳．《金瓶梅》的重要版本 // 候忠义等．金瓶梅资料汇编 增订本．北京：北京大学出版社，1986：548.

邓瑞琼等．从来保押送生辰纲”看《金瓶梅词话》的成书 // 春风文艺出版社编辑．明清小说论丛 4 辑．辽宁：春风文艺出版社，1986.

《金瓶梅》的日译、欧译［日］（小野忍著　张宇红译）// 刘柏青等编．日本学者中国文学研究译丛（第一辑）．长春：吉林教育出版社，1986：95.

《金瓶梅》和张竹坡研究 // 江苏省社会科学院文学研究所编．明清小说研究 第 4 辑．北京：中国文联出版公司，1986：147.

石昌渝，尹恭弘．台港《金瓶梅》研究论文选．南京：江苏古籍出版社，1986.

魏子云．《金瓶梅》编年说，114.

魏子云．“词话本”头上的王冠，129.

魏子云．词曰・四贪词・眼儿媚——《金瓶梅》原貌探索之一，164.

魏子云．《金瓶梅词话》的成书年代，188.

魏子云．崇祯本的改写，210.

马幼垣．研究《金瓶梅》的一条新资料，300.

黄霖．《金瓶梅》漫话．上海：学林出版社，1986.

书当成于万历间，168.
何来庚戌初刻本，202.
词话本的发现与版本，206.
另成一统的评改本，210.
张竹坡与《第一奇书》，217.
《古本金瓶梅》与王文濡，225.
石昌渝，尹恭弘 . 台港《金瓶梅》研究论文选 . 南京：江苏古籍出版社，1986.
魏子云 . “词话本”头上的王冠，129.
魏子云 . 崇祯本的改写，210.
徐朔方，刘辉编 .《金瓶梅》论集 . 北京：人民文学出版社，1986.
黄润华 . 略谈满文译本《金瓶梅》，204.
王汝梅 . 谈满文本金瓶梅序，216.
刘 辉 .《金瓶梅》版本考，224.
蔡国梁选编 . 金瓶梅评注 . 桂林：漓江出版社，1986.
蔡国梁 . 明人清人今人评《金瓶梅》，3.
取绀弩 . 谈《金瓶梅》，24.
［美］阿瑟・戴维・韦利 .《金瓶梅》引言，32.
［美］戴维特・罗依 . 张竹坡对《金瓶梅》的评论，42.
［美］安德烈・勒维 . 金瓶梅初刻本年代商榷，50.
冀振武 .《金瓶梅》在日本，66.
龙华 .《金瓶梅》创作时代考索——兼与吴晗同志商榷《金瓶梅》著作时代问题，70.
魏子云 . 金瓶梅非万历中期作品，94.
姚灵犀 . 金瓶梅版本之异同，219.
滋阳 .《金瓶梅》的重要版本，225.
魏子云 .《金瓶梅的问世与演变》弁言，239.
马泰来 . 麻城刘家和《金瓶梅》，247.
马泰来 . 诸城丘家与《金瓶梅》，259.
马泰来 . 有关《金瓶梅》早期传播的一条资料，275.
刘辉 . 现存《金瓶梅词话》是《金瓶梅》的最早刊本吗——与马泰来先生商榷，279.
徐朔方 .《金瓶梅》成书新探，298.
刘辉 . 屠本畯的《金瓶梅》跋语，362.
马泰来 . 谢肇淛的《金瓶梅跋》，380.
黄霖 .《新刻绣像批评金瓶梅》评点初探，386.
刘辉 . 略谈文龙批评《金瓶梅》，398.
朱星 . 金瓶梅考证，685.
张远芬 . 金瓶梅新证，685.
蔡国梁 . 金瓶梅考证与研究，686.

吴敢 .《金瓶梅》与张竹坡，687.

魏子云 . 金瓶梅探原，687.

魏子云 . 金瓶梅的问世与演变，687.

泽田瑞穗 . 增修金瓶梅研究资料要览，689.

1987

徐朔方编选 .《金瓶梅》西方论文集 . 沈亨寿等翻译 . 上海：上海古籍出版社，1987.

［美］韩南 .《金瓶梅》探源，1.

［法］雷威安 .《金瓶梅》法译本导言，267.

［法］艾金布勒 .《金瓶梅》法文全译本前言，281.

［美］浦安迪 . 瑕中之瑜——论崇祯本《金瓶梅》评注，297.

胡文彬编 .《金瓶梅》的世界 . 哈尔滨：北方文艺出版社，1987.

魏子云 .《金瓶梅》的传抄、付梓与流行，89.

［美］韩南 .《金瓶梅》的版本及其他，99.

［法］安德列・雷威安 .《金瓶梅》初刻本年代商榷，161.

［美］戴维特・罗依 . 张竹坡对《金瓶梅》的评论，171.

1988

谈《金瓶梅词话》// 郑振铎 . 郑振铎文集 第 5 卷 . 北京：人民文学出版社，1988：225.

《金瓶梅》的著者时代及其社会背景 // 吴晗著；苏双碧，王宏志编选 . 吴晗选集 . 天津：天津人民出版社，1988：1.

张评本《金瓶梅》琐考——张竹坡与《金瓶梅》研究之五 // 程金造等著 . 学林漫录 十二集 . 北京：中华书局，1988：119.

金瓶梅 // 王丽娜编著 . 中国古典小说戏曲名著在国外 . 上海：学林出版社 .1988：128.

金瓶梅 // 中国社会科学院文学研究所图书资料室编 . 中国古典文学研究论文索引 1982.1–1983.12. 北京：中华书局，1988：425.

杜维沫，刘辉编 . 金瓶梅研究集 . 济南：齐鲁书社，1988.

王利器 .《金瓶梅词话》成书新证，1.

徐朔方 . 论《金瓶梅成书及其他》自序，17.

顾国瑞 .《金瓶梅》中的三个明代人——探讨《金瓶梅》成书年代与作者问题的又一途径，245.

赵兴勤 . 也谈《金瓶梅》的作者及其成书时间，259.

吴敢 . 张竹坡著述交游三考，310.

陈桂声 . 张竹坡《金瓶梅》批评三则浅析，318.

王丽娜 .《金瓶梅》在国外续述，329.

魏子云 . 小说金瓶梅 . 台北：学生书局，1988.

屠本畯的《金瓶梅跋》（请教大陆学人刘辉先生），139.

我的《金瓶梅词话注释》（答大陆张远芬先生），159.

魏子云 . 关于崇祯本的问题，244.

马泰来 . 麻城刘家与《金瓶梅》，315.

马泰来 . 诸城丘家与《金瓶梅》，329.

徐朔方 . 评魏著《金瓶梅的问世与演变》，348.

刘辉 . 北图馆藏《山林经济籍》与《金瓶梅》，381.

魏子云 . 金瓶梅的幽隐探照 . 台北：台湾学生书局，1988.

金瓶梅的抄本，15.

金瓶梅的刻本，25.

叶桂桐等 .《金瓶梅》作者之谜——《金瓶梅》考论：第一辑 . 银川：宁夏人民出版社，1988.

叶桂桐 .《金瓶梅》抄本考，1.

叶桂桐 .《金瓶梅》成书年代新线索，22.

刘中光 .《金瓶梅词话》校点商兑，386.

董绍克 .《金瓶梅词话》校点举误，391.

张鹤泉 .《金瓶梅词话》校点商订——《金》基础方言探赜索隐，405.

1989

刘辉 .《金瓶梅》版本之谜 // 刘辉，杨杨主编 . 金瓶梅之谜 . 北京：书目文献出版社，1989：65.

《金瓶梅》的版本、改写、评点 // 金启华等主编 . 中国文学史 . 南昌：江西教育出版社，1989：1100.

《红楼梦》的创作过程与版本 // 黄钧，黄清泉主编 . 中国文学史元明清时期 . 武汉：华中师范大学出版社，1989：300.

黄霖，王国安编译 . 日本研究《金瓶梅》论文集 . 济南：齐鲁书社，1989.

［日］小野忍 .《金瓶梅》解说，1.

［日］鸟居久晴 .《金瓶梅》版本考，15.

［日］鸟居久晴 .《金瓶梅》版本考订补，55.

［日］鸟居久晴 .《金瓶梅》版本考再补，68.

［日］鸟居久晴 .《金瓶梅词话》版本考补说，80.

［日］长泽规矩也 .《金瓶梅》影印的经过，83.

［日］上村幸次 . 关于毛利本《金瓶梅词话》，89.

［日］饭田吉郎 . 关于大安本《金瓶梅词话》的价值，94.

［日］荒木猛 . 关于《新刻绣像批评金瓶梅》（内阁文库藏本）的出版书肆，130.

［日］泽田瑞穗 . 增修《金瓶梅》研究资料要览，299.

姚灵犀 . 瓶外卮言 . 天津：天津古籍书店，1989.

吴晗 .《金瓶梅》的著者时代及其社会背景，1.

郑源新 . 谈《金瓶梅词话》，43.

佚名 .《金瓶梅》版本之异同，61.

佚名 .《金瓶梅》与《水浒传》《红楼梦》之衍变，68.

佚名 . 金瓶小札，100.

1990

《金瓶梅》版本之谜 // 张林 .《金瓶梅》纵横谈 . 南宁：广西人民出版社，1990：59.

版本系统 // 王汝梅 .《金瓶梅》探索 . 长春：吉林大学出版社，1990：43.

金瓶梅 // 东北师大古籍整理研究所辞书编辑室编著 . 中国古籍整理研究论文索引 清末 -1983 年 . 南京：江苏古籍出版社，1990：106.

金瓶梅 // 朱一玄 . 明清小说资料选编 下 . 济南：齐鲁书社，1990：613

［日］饭田吉郎 . 日本大安本《金瓶梅词话》的价值：关于其第五回及第五十二回 . 孙东临译 .// 日本学者中国文学研究译丛（5）. 吉林教育出版社，1990：279–285.

周双利 . 闲话金瓶梅 . 呼和浩特：内蒙古人民出版社，1990.

关于《金瓶梅》成书的一种传说，35.

古代的“小说 " 最初是能唱的——从《金瓶梅词话》的“词话”，41.

谈起所谓《真本金瓶梅》并非真本，55.

《古本金瓶梅》的由来，61.

《金瓶梅词话》的来龙去脉，66.

张竹坡和一奇书本《金瓶梅》，72.

谈谈《金瓶梅》的满文译本，78.

《金瓶梅》有几种版本？——《金瓶梅》版本介绍之一，84.

《金瓶梅》有几种版本？——《金瓶梅》版本介绍之二，89.

《金瓶梅》在日本，93.

《金瓶梅》在西方，101.

中国金瓶梅学会编 . 金瓶梅研究（第一辑）. 南京：江苏古籍出版社，1990.

黄霖 . 关于《金瓶梅》崇祯本的若干问题，60.

梅节 .《金瓶梅》成书的上限，84.

孙逊 . 从两处更改看《金瓶梅》的成书时间，93.

魏子云 .《金瓶梅》这五回，98.

陈毓罴 . 关于《金瓶梅》抄本的问题——敬复魏子云先生，141.

朱传誉 . 明清传播媒介研究——以《金瓶梅》为例，180.

吴敢 .《金瓶梅》的文学风貌与张竹坡的“市井文字”说，264.

1991

《金瓶梅》的作者、版本与写作背景 // 李时人 . 金瓶梅新论 . 上海：学林出版社，1991：99.

《金瓶梅》的版本及其续书 // 吴志达编著 . 明清文学史明代卷 . 武汉：武汉大学出版社，1991：285.

杨士毅 . 苏联对《金瓶梅》的研究概况 // 中国比较文学学会编 . 中国比较文学 中国与苏联、东欧比较文学专辑 . 上海：上海外语教育出版社，1990：28.

包振南等编选 .《金瓶梅》及其他 . 长春：吉林文史出版社，1991.

［美］帕特里克 · d · 韩南 .《金瓶梅》版本及素材来源研究 . 包振南译，14.

［日］小野忍著 包振南译《金瓶梅》批判研究——《金瓶梅》日译本译后记，142.

吉林大学中国文化研究所编 . 金瓶梅艺术世界 . 长春：吉林大学出版社，1991.

吴晓铃.《金瓶梅词话》最初刊本问题，1.

魏子云.冯梦龙与《金瓶梅》，9.

王蛍.《金瓶梅》本事时代考四题，43.

陈辽.两部《金瓶梅》，两种文学，55.

梅节.《金瓶梅》词话本与说散本关系考校，67.

周钧韬.《金瓶梅》成书问题之我见，99.

刘辉.也谈《金瓶梅》的成书和“隐喻”——与魏子云先生商榷，111.

于凤树.《金瓶梅》版本概说，295.

浦安迪著，沈亨寿译.《金瓶梅》的作者和版本，338.

中国金瓶梅学会编.金瓶梅研究（第二辑）.南京：江苏古籍出版社，1991.

吴晓铃.《金瓶梅词话》引用宋元平话的探索——《金瓶梅词话》研究之一，1.

程毅中.《金瓶梅》与话本，25.

徐扶明.《金瓶梅》原为词话考，49.

邓瑞琼.再论《金瓶梅词话》的成书，91.

魏子云.《金瓶梅》写作年代及其它——致陈诏，103.

王利器主编.国际金瓶梅研究集刊 第1集.成都：成都出版社，1991

［法］雷威安.《金瓶梅词话》五十三回、五十四回的秘密，119.

梅节.《金瓶梅》成书的上限，123.

［日］池本义男.《金瓶梅词话》之文献分析略论，132.

［捷］米列娜.张竹坡的理论体系，208.

杨士毅.《金瓶梅》研究在苏联，293.

国际及各民族《金瓶梅》译本索引，313.

1992

一部神秘的评说不一的大“奇书”——《金瓶梅》的作者、版本、故事梗概及诸家评说 // 张业敏.金瓶梅的艺术美.北京：教育科学出版社，1992：1.

兼言.张竹坡论环境与人物性格 // 古代文学理论研究编委会编.古代文学理论研究丛刊：第十六辑.上海：上海古籍出版社，1992：319.

金瓶梅 // 于曼玲.中国古典戏曲小说研究索引.广州：广东高等教育出版社，1992：193.

中国金瓶梅学会编.金瓶梅研究（第三辑）.南京：江苏古籍出版社，1992.

王进珊.清初文坛巨匠、艺苑畸人——简谈张竹坡与黄仲则，151.

田秉锷.张竹坡对《金瓶梅》的文化审视，157.

孙蓉蓉.文龙的《金瓶梅》典型论，171.

卜键.“词话”辨正——《金瓶梅》成书研究中一个谜团的析解，183.

郑闰.欣欣子屠本畯考释，204.

朱恒夫.新发现的《新刻金瓶梅奇书》本残叶，211.

马征，鲁歌.《金瓶梅》早期史料信息研究，215.

1993

《金瓶梅》最早的刻本并无秽语 // 武冈子主编，邓宁辛等撰 . 大中华文化知识宝库 . 武汉：湖北人民出版社，1993：888.

马兴国 . 中国古典小说与日本文学 . 沈阳：辽宁教育出版社，1993.

《金瓶梅》的东传，235.

《金瓶梅》的翻译与改写，237.

日本的《金瓶梅》研究，246.

中国金瓶梅学会编 . 金瓶梅研究（第四辑）第二届国际《金瓶梅》研讨会专辑 . 南京：江苏古籍出版社，1993.

陆大伟 . 中国传统小说中说唱文学的非写实性引用——《金瓶梅词话》的模型及其影响，222.

陈益源 .《金瓶梅》在越南，254.

丁朗 . 初刻《金瓶梅词话》系廿卷本考，260.

1994

《金瓶梅》的版本系统 // 赵景云，何贤锋 . 百卷本中国全史 第 16 卷 中国明代文学史 . 北京：人民出版社，1994：182.

关于小说的成书年代及版本系统 // 孙逊，詹丹 . 金瓶梅概说 . 上海：上海古籍出版社，1994：130.

散木 .《新刻金瓶梅词话》寻觅记 // 华而实主编；山西省文史研究馆编 . 汾晋遗珠 . 上海：上海书店出版社，1994：250.

《金瓶梅》的版本情况如何？ // 王德宽，等撰稿；《中国文学答问总汇》编委会编 . 中国文学答问总汇 . 北京：北京十月文艺出版社，1994：270.

金瓶梅 // 黄卓越，桑思奋主编 . 中国大书典 . 北京：中国书店，1994：778.

宋柏年主编 . 中国古典文学在国外 . 北京：北京语言学院出版社，1994.

国外学者对《金瓶梅》的研究，449.

国外学者对拟话本的研究，473.

1995

《金瓶梅》的版本系统 // 史仲文，胡晓林主编 . 新编中国文学史 精装合订本 . 北京：人民出版社，1995：182.

王丽娜 .《金瓶梅》在法国 //《国际汉学》编委会编 . 国际汉学 第 1 期 . 北京：商务印书馆，1995：191.

金瓶梅 // 中国社会科学院文学研究所图书资料室编 . 中国古典文学研究论文索引 1984.1–1985.12. 北京：中华书局，1995：414.

金瓶梅 // 中国社会科学院历史研究所编 . 中国史学论文索引 第 3 编 中 . 北京：中华书局，1995：404.

郭锡龙主编 . 图书馆暨有关书刊管理法规汇览 . 北京：中国政法大学出版社，1995

新闻出版署关于齐鲁书社出版《新刻绣像批评金瓶梅》整理校刊足本的批复（1988 年 6 月 10 日．［88］新出图字 597 号），554.

新闻出版署关于整理出版《金瓶梅》及其研究资料的通知（1988 年 6 月 10 日［88］新出图字 602 号），554.

新闻出版署办公室编 . 新闻出版工作文件选编 1993 年 . 北京：中国 ISBN 中心出版社，1995

关于立即停止进口《金瓶梅》的通知，34.

对岳麓书社申请出版《金瓶梅词话》一书的批复，61.

对中华书局申请出版《会评会校金瓶梅》的批复，61.

对人民文学出版社加印《金瓶梅词话》（节本）问题的批复，63.

有关《金瓶梅》和《查泰莱夫人的情人》二书出版问题的通知，90.

关于山西人民出版社擅自出版《绘图金瓶梅词话》的处理决定，115.

1996

瓶说 // 周越然 . 书与回忆 . 沈阳：辽宁教育出版社，1996：111.

金瓶梅词话 // 丁锡根编著 . 中国历代小说序跋集 . 北京：人民文学出版社，1996：1077.

金瓶梅 // 邓之诚著；邓珂点校 . 骨董琐记全编 . 北京：北京出版社，1996：251.

《金瓶梅》在越南 //陈益源 . 从《娇红记》到《红楼梦》. 沈阳：辽宁古籍出版社，1996：245-251.

1997

金瓶梅 //（明）沈德符 . 万历野获编（卷二十五）：中册 . 北京：中华书局，1997：652.

《金瓶梅》的几种版本 // 鲁歌 . 红楼梦金瓶梅新探 . 呼和浩特：远方出版社，1997：321.

《金瓶梅》的版本 // 张炯等主编 . 中华文学通史 第 3 卷 古代文学编 . 北京：华艺出版社，1997：621.

《金瓶梅》在越南 // 陈益源 . 从《娇红记》到《红楼梦》. 沈阳：辽宁古籍出版社，1996：245.

1998

金瓶梅 //（明）沈德符 . 万历野获编卷二十五：下册 . 黎欣，点校 . 北京：文化艺术出版社，1998：697.

耀世隋珠何人主——关于作者的考辨与版本 // 王增斌 . 明清世态人情小说史稿 . 北京：中国文联出版公司，1998：146.

版本情况 //［韩］闵宽东 . 中国古典小说在韩国之传播 . 上海：学林出版社，1998：277.

《金瓶梅》的成书和版本 // 郭预衡主编 . 中国古代文学史 4. 上海：上海古籍出版社，1998：181.

二难解之谜及其他——《金瓶梅》的版本 // 向楷著 . 世情小说史 . 杭州：浙江古籍出版社，1998：153.

［韩］崔溶澈 . 中国禁毁小说在韩国 // 王杰主编 . 东方丛刊 1998 年第 3 辑 总第 25 辑 . 桂林：广西师范大学出版社，1998：44-60.

《金瓶梅》在越南 // 何香久 .《金瓶梅》传播史话—部奇书在全世界的奇遇 . 北京：中国文联出版公司，1998：47.

谈金瓶梅词话 // 郑振铎 . 郑振铎全集 4-5 中国文学研究 . 石家庄：花山文艺出版社，1998：223.

盛源，北婴选编 . 名家解读《金瓶梅》. 济南：山东人民出版社，1998.

吴晗 .《金瓶梅》的著作时代及其社会背景，30.

程毅中 .《金瓶梅》与话本，307.

王利器 .《金瓶梅词话》成书新证，451.

朱星 .《金瓶梅》的版本问题，466.

石昌渝 .《金瓶梅》五十三回至五十七回辨——《金瓶梅》版本系统再认识，477.

王丽娜 .《金瓶梅》在国外，499.

1999

《金瓶梅》误刻误抄之谜 // 张丹，天舒编著 .《金瓶梅》中的历史谜团与悬案 . 北京：大众文艺出版社，1999：433.

关于作者的考辨与版本 // 王增斌，田同旭著 . 中国古代小说通论综解 上 . 北京：中国文联出版公司，1999：562.

《金瓶梅》的成书、版本及作者 // 刘人杰主编 . 中国文学史：第 1 卷 . 北京：中国对外翻译出版公司，1999：2689.

王汝梅 . 关于《金瓶梅》张评本的新发现 // 赵曜主编 . 中国社会主义精神文明建设宝典 下 . 北京：团结出版社，1999：1513.

《金瓶梅》版本探谜 // 朱一玄等主编 .《金瓶梅》探谜集成 . 延吉：延边大学出版社，1999：41.

李申 .《金瓶梅词话》校勘商兑 // 江苏省语言学会主编 . 语言研究集刊 第 6 辑 . 南京：江苏教育出版社，1999：466.

［韩］崔溶澈 . 中国禁毁小说在韩国 // 中国金瓶梅学会编 . 金瓶梅研究 第 6 辑 . 北京：知识出版社，1999.

《皋鹤堂批评第一奇书金瓶梅》// 薛亮 . 明清稀见小说汇考 . 北京：社会科学文献出版社，1999：213.

《金瓶梅》版本论 // 许建平著 . 金学考论 . 石家庄：河北教育出版社，1999：4.

叶桂桐 .《金瓶梅》卷帙与版本之谜 // 金瓶梅研究：第六辑 . 北京：知识出版社，1999，6.

潘承玉 . 金瓶梅新证 . 合肥：黄山书社，1999 年

《金瓶梅》五十三至五十七回真伪论，1.

佛、道教描写：有关《金瓶梅》成书时代的新启示，38.

《金瓶梅》抄本考源，133.

《金瓶梅》文本与徐渭文字相关性比较，166.

王平，李志刚，张廷兴编 . 金瓶梅文化研究 . 北京：中国文联出版社，1999

王汝梅 .《金瓶梅》张评本：新的发现，新的探索，1.

罗福腾 . 从《金瓶梅词话》“VOV”结构看方言特征对版本鉴别的作用，221.

许志强 .《金瓶梅》成书上限新证，368.

王汝梅 . 二十世纪九十年代（1990—1999.4）《金瓶梅》论著书目，418.

2000

《金瓶梅》的抄本与刻本 // 孟昭连 . 漫话金瓶梅 . 石家庄：河北人民出版社，2000：376.

《金瓶梅》有两个不同的版本 // 管曙光编著 . 金瓶梅之谜 . 郑州：中州古籍出版社，2000：5.

“词话本”是《金瓶梅》最早和最流行的版本 // 卜键 . 绛树两歌 中国小说文体与文学精神 . 北京：广播电视出版社，2000：56.

版本、作者和成书过程 // 罗宗强，陈洪主编；张毅副主编 . 中国古代文学史 2. 上海：华东师范大学出版社，2000：297.

《金瓶梅》的版本和作者问题 // 郭预衡主编 . 中国古代文学史长编 先秦卷 . 北京：首都师范大学出版社，2000：565.

叶桂桐 .《金瓶梅》的版本与作者新论 // 金瓶梅文化研究 3 辑，北京：华艺出版社，2000，9.

2001

作者笑笑生及作品版本 // 周思源主编；沈治钧编著 . 中国古代小说简史 . 北京：北京语言文化大学出版社，2001：186.

《金瓶梅》的成书年代和版本研究 // 邓绍基，史铁良卷主编 . 明代文学研究 . 北京：北京出版社，2001：395.

作者生平、成书经过和版本情况 // 李修生，赵义山主编 . 中国分体文学史 小说卷 . 上海：上海古籍出版社，2001：321.

王辉斌 . 四大奇书研究 . 北京：中国文联出版社，2001.

　《金瓶梅》抉微，3.

　袁氏兄弟与《金瓶梅》抄本新考，16.

　《金瓶梅》早期抄本流传梳理，24.

　《金瓶梅》抄本流传年表，33.

　《新刻绣像批评金瓶梅》考论，62.

　《新刻》评注对张竹坡批评《金瓶梅》的影响，69.

　张评本《金瓶梅》成书年代辨说，78.

2002

版本、作者和成书过程 // 严明，田晓春等编 . 中国古代文学史 2 导学 . 北京：北京大学出版社，2002：144.

《金瓶梅》的版本和作者 // 段启明编著 . 中国古代小说戏曲述评辑略 . 北京：华文出版社，2002：365.

《金瓶梅》研究（成书年代、流传过程、版本及评点研究）// 黄霖等著 . 中国小说研究史 . 杭州：浙江古籍出版社，2002：341.

版本编 // 朱一玄 . 金瓶梅资料汇编 中国古典小说名著资料丛刊 4 . 天津：南开大学出版社 .2002：157–177.

《新刻绣像批评金瓶梅》// 薛冰著 . 插图本 插图珍藏本 . 南京：江苏古籍出版社，2002：173.

董绍克 . 读《金瓶梅词话》校点本札记——看方言与古籍整理 // 国务院古籍整理出版规划小组编 . 古籍点校疑误汇录 6. 北京：中华书局，2002，：157.

张竹坡评点《金瓶梅》// 张国星编 . 鲁迅 胡适等解读《金瓶梅》. 沈阳：辽海出版社，2002：83.

蒋宗福著 . 语言文献论集 . 成都：巴蜀书社，2002

　《金瓶梅词话》校补，121.

　《金瓶梅词话校注》拾补，195.

2003

《金瓶梅》产生的时代、背景以及版本、作者 // 周建忠主编 . 中国古代文学史下 . 南京：南京大学出版社，2003：304.

《金瓶梅》的版本、作者和成书过程 // 罗宗强，陈洪主编；宁稼雨，李瑞山撰 . 中国古代文学发展史下 明代文学 清代文学 近代文学 . 天津：南开大学出版社，2003：94.

《金瓶梅》的成书时间、作者及主要版本 // 鲍鹏山主编 . 中国古代文学通论 . 上海：上海古籍出版社，2003：494.

《金瓶梅》的创作时代及其作者 // 袁行霈主编 . 中国文学史 . 北京：高等教育出版社 .2003：183.

秋水堂论金瓶梅 · 前言 // 田晓菲 . 秋水堂论金瓶梅 . 天津：天津人民出版社，2003：1.

王汝梅 . 金瓶梅与艳情小说研究 . 长春：时代文艺出版社，2003.

评张竹坡的《金瓶梅》评论，3.

张竹坡与《金瓶梅》评点考论，21.

《新刻绣像批评金瓶梅》会校本前言，37.

《皋鹤堂批评一奇书金瓶梅》校注本前言，47.

"李渔评改金瓶梅"考辨——兼谈崇祯本系统的某些版本特征，61.

谈满文本金瓶梅序，73.

多伦多访"金"散记，130.

《金瓶梅》在加拿大，133.

附：［日］大肇秀高：关于佐藤文库旧藏《金瓶梅》，136.

王鸿涛抄本《新刻金瓶梅词话》序言，291.

《金瓶梅》三种版本系统，329.

《金瓶梅》重要版本简表，337.

《金瓶梅》版本书影、图录，338.

郑庆山 .《金瓶梅》的一项基础研究工程：崇祯本、张评本的整理、校注，454.

2004

关于《金瓶梅》的版本 // 王平 . 兰陵笑笑生与《金瓶梅》. 济南：山东文艺出版社，2004：20.

《金瓶梅》的成书、版本与作者 // 广西课程教材发展中心组编；张明非主编 . 成人高等教育教材 中国文学史 . 桂林：广西师范大学出版社，2004：211.

2005

《金瓶梅》产生的时代、背景以及版本、作者 // 周建忠主编；张祝平，刘琦，王利民副主编 . 新世纪地方高等院校专业系列教材 中国古代文学史下 . 南京：南京大学出版社，2005：247.

《金瓶梅》的创作时代及其作者 // 袁行霈主编；黄霖，袁世硕，孙静卷主编 . 中国文学史：第 4 卷 . 北京：高等教育出版社 2005：142

散木 .《新刻金瓶梅词话》寻觅记 // 华而实主编；山西省文史研究馆编 . 汾晋遗珠 . 北京：中华书局，2005：247.

秋水堂论金瓶梅 · 前言 // 田晓菲 . 秋水堂论金瓶梅 . 天津：天津人民出版社，2005.

金瓶梅、张竹坡 // 叶农编 . 二十世纪中国古典文艺理论研究论文索引 . 广州：花城出版社，2005：222.

叶桂桐 . 论金瓶梅 . 郑州：中州古籍出版社，2005.

版本与作者之谜，24.

《金瓶梅》卷帙与版本之谜，350.

关于《金瓶梅》的版本与作者问题，428.

《金瓶梅》版本研究商榷——兼致梅节先生，435.

2006

《金瓶梅》的版本问题 // 鲁迅，郑振铎等 . 名家眼中的金瓶梅 . 北京：文化艺术出版社，2006：244.

《金瓶梅》的成书、作者及版本 // 黄卉，刘之杰编著 . 简明中国文学史下 . 兰州：兰州大学出版社，2006：112.

成书年代与版本之争 // 费振刚，韩兆琦主编；陈曦钟，段江丽，白岚玲等著 . 中国古代小说研究论辩 文学卷 . 南昌：百花洲文艺出版社，2006：134.

书名、版本及"兰陵笑笑生"之谜 // 谭邦和 . 明清小说史 . 上海：上海古籍出版社，2006：97.

刘敬林 .《金瓶梅词话》校点再补 // 陶新民编；《古籍研究》编辑部编辑 . 古籍研究 2006·卷下 总第 50 期 . 合肥：安徽大学出版社，2006：138.

《金瓶梅》的传播 // 王平主编 . 明清小说传播研究 . 济南：山东大学出版社，2006：577.

金瓶梅 // 朱一玄编；朱天吉校 . 明清小说资料选编 上 . 天津：南开大学出版社，2006：531.

吴晓铃 . 吴晓铃集 第 1 卷 . 石家庄：河北教育出版社，2006.

《金瓶梅词话》最初刊本问题，97.

关于欣欣子的《金瓶梅词话序》，103.

《金瓶梅》产生的社会背景及其艺术特点，198.

2007

《金瓶梅》的版本与作者 // 杨鸿儒 . 细述金瓶梅 . 北京：东方出版社，2007：18.

关于小说的成书年代及版本系统 // 詹丹，孙逊 . 漫说金瓶梅 . 北京：人民出版社，2007：268.

《金瓶梅》的作者与版本 // 梅朝荣 . 读《金瓶梅》品明朝社会 . 武汉：武汉大学出版社，2007：268.

版本成书研究 // 章培恒等著 . 雪夜煮酒话金瓶 金瓶方家谭 . 北京：团结出版社，2007：100.

《金瓶梅》的作者、成书时间和版本 // 庆振轩主编 . 中国文学史发展纲要下 . 兰州：兰州大学出版社，2007：290.

《金瓶梅》的版本和作者问题 // 郭预衡主编 . 中国古代文学史长 . 上海：上海古籍出版社，2007：344.

王汝梅 . 王汝梅解读《金瓶梅》. 长春：时代文艺出版社，2007.

《金瓶梅》三种版本系统附：《金瓶梅》重要版本简表，103.

《张竹坡批评第一奇书金瓶梅》校点本前言，110.

《新刻绣像批评金瓶梅》会校本前言，117.

《皋鹤堂批评第一奇书金瓶梅》校注本前言，126.

李渔不是《金瓶梅》崇祯本的评改者，138.

《金瓶梅词话》的发现与影印，151.

《张竹坡批评第一奇书金瓶梅》校点札记，173.

2008

四种版本目录对比 // 黄霖，张兵，杨彬编著 . 金瓶梅鉴赏辞典 . 上海：上海辞书出版社，2008：583.

《金瓶梅》的问世与版本 // 黄霖 . 金瓶梅讲演录 . 桂林：广西师范大学出版社，2008：15.

《金瓶梅词话》的版本与文本 // 梅节 . 瓶梅闲笔砚 梅节金学文存 . 北京：北京图书馆出版社，2008：173.

《金瓶梅》的版本与作者 // 张廷兴 . 中国古代艳情小说 . 北京：中央编译出版社，2008：248.

［美］韩南著 .《金瓶梅》的版本及其他 // 王秋桂等译 . 韩南中国小说论集 . 北京：北京大学出版社，2008：161

作者生平、成书经过及版本 // 郭丹，陈节编著 . 中国古代文学史专题下 . 福州：海峡文艺出版社，2008：327.

作者问题及其版本 // 张燕瑾主编 . 中国古代小说专题：第 2 版 . 北京：高等教育出版社，2008：135.

版本和作者 // 贾三强 . 明清小说研究 . 西安：西北大学出版社，2008：69.

秋水堂论金瓶梅・前言 // 田晓菲 . 秋水堂论金瓶梅 . 天津：天津人民出版社，2008：1.

2009

《金瓶梅》的作者之谜及版本 // 俞为民，伏涤修著 . 戏曲小说 . 南京：南京大学出版社，2009：391.

解《金瓶梅》作者、版本之谜 // 陈辽 . 陈辽文存：第 8 卷 . 香港：香港银河出版社，2009：148.

金瓶梅 // 张玉萍 . 近代汉语研究索引 1987–20077. 成都：巴蜀书社，2009：318–354.

《金瓶梅》词话本 // 罗书华，苗怀明等著 . 中国小说戏曲的发现 . 北京：人民文学出版社，2009：142.

中国金瓶梅学会 . 金瓶梅研究（第九辑）. 济南：齐鲁书社，2009

杨绪容 . 从崇祯本评语看《金瓶梅》的心学渊源，76.

杨彬 . 从眉批形态试论崇祯本《金瓶梅》各版本之间的关系，93.。

李士勋 . 关于《金瓶梅》德文译本和“梅”的翻译问题，216.

王雪云 .《金瓶梅》研究资料索引（2000—2008），252.

2010

《金瓶梅》的版本及其续书 // 吴志达 . 明代文学与文化 . 武汉：武汉大学出版社，2010：324.

《金瓶梅》的版本 // 苗运才编著 . 名著大讲台 . 沈阳：辽宁大学出版社，2010：228.

《金瓶梅》的译介 // 中华文化通志编委会编 . 中华文化通志 96. 上海：上海人民出版社，2010：206.

周钧韬著 . 周钧韬金梅瓶研究文集 . 长春：吉林人民出版社，2010.

袁中郎与《金瓶梅》传世的一个信息，5.

袁小修与《金瓶梅》的早期面貌，22.

《金瓶梅》初刻本问世年代“万历末年说”，38.

《金瓶梅》成书年代“隆庆说”，137.

二论吴晗先生《金瓶梅》研究的失误——《金瓶梅》成书年代“万历说”能成立吗？ 281.

金瓶梅》成书方式“过渡说”299.

2011

宁宗一 . 叁问《金瓶梅》有哪些版本 // 宁宗一编 . 金瓶梅百问 . 北京：文化艺术出版社，2011：5.

《金瓶梅》的版本 // 张炯，邓绍基，郎樱主编；王学泰本卷主编 . 中国文学通史 第 5 卷 明代文学 . 南京：江苏文艺出版社，2011：226.

黄霖 . 微澜集 黄霖序跋书评选 . 南京：凤凰出版社，2011.

黄霖等 .《金瓶梅鉴赏辞典》前言，171.

刘辉等 .《金瓶梅之谜》书评，180.

王汝梅 .《金瓶梅解读》序，182.

吴敢 .《张竹坡与〈金瓶梅〉研究》序，185.

杨鸿儒 .《细述金瓶梅》序，187.

张进德 .《〈金瓶梅〉新论》序，189.

黄吉昌 .《〈金瓶梅〉新论》序，192.

黄霖主编 .《金瓶梅研究》九辑卷头语，228.

黄霖等 .《日本研究〈金瓶梅〉论文集》序，234.

黄霖编 .《金瓶梅资料汇编》重印后记，237.

黄霖等 .《新刻绣像批评金瓶梅》点校说明，249.

齐鲁书社排印本 .《金瓶梅续书三种》前言，253.

2012

温秀颖，王颖 . 呈现“他者”：文学翻译者的核心责任——以埃杰顿英译《金瓶梅》为例 // 顾钢主编 . 外国语言与文化研究 2011-2012. 天津：天津大学出版社，2012：10.

《金瓶梅》的版本及作者 // 孙一珍编 . 明代小说史 . 北京：中国社会科学出版社，2012：245.

《金瓶梅》的作者、创作主旨和版本 // 张进德，王利锁主编；李伟昉总主编，中国古代文学史 下 . 郑州：河南大学出版社，2012：223.

金瓶梅词话 // 谭正璧著；谭埙，谭箎编 . 谭正璧学术著作集 10 古本稀见小说汇考 . 上海：上海古籍出版社，2012：334.

张媛 . 论张竹坡、金圣叹小说批评之异同 // 水浒争鸣 第十三辑 . 北京：团结出版社，2012：5.

版本编 // 朱一玄 . 中国古典小说名著资料丛刊 《金瓶梅》资料汇编 . 天津：南开大学出版社，2012：157-175.

王炜，胡睿编 .《金瓶梅》学术档案 . 武汉：武汉大学出版社，2012.

郑振铎谈《金瓶梅词话》，37.

吴晗 .《金瓶梅》的著作时代及其社会背景，63.

梅节 .《金瓶梅词话》的版本与文本，241.

胡睿，王炜，董妙妙 .1980 年后《金瓶梅》研究论著知见录，272.

金瓶梅国际学术研讨会论文集 I. 台南 ： 成功大学人文社会科学中心，2012.

胡令毅 . 批评本金瓶梅初刻时间考，109-138.

王汝梅 . 满文译本金瓶梅叙录， 151-157.

李志宏 . 一样“世情”，两种“演义”： 词话本字说散本金瓶梅题旨比较 ， 191-216.

金瓶梅国际学术研讨会论文集 II. 台南 ： 成功大学人文社会科学中心，2012.

孙秋克 . 张竹坡评点金瓶梅之史稗比较刍议，67-78.

徐志平 . 金瓶梅词话与崇祯本金瓶梅叙事者之比较 ， 111-126.

崔溶澈，禹春姬 . 金瓶梅韩文本的翻译底本及翻译技巧 ， 183-196.

吴敢．金瓶梅评点论略 // 金瓶梅国际学术研讨会论文集 III. 台南 ： 成功大学人文社会科学中心，2012：11–28.

2013

《金瓶梅》的时代、作者和版本 // 侯忠义主编．世情讽喻小说 上．沈阳：辽宁教育出版社，2013：44.

佚名．《金瓶梅》版本之异同 // 姚灵犀著．瓶外卮言．天津：南开大学出版社，2013：63.

《金瓶梅》的版本 // 张炯，邓绍基，郎樱总主编；王学泰本卷主编．中国文学通史 第 5 卷 明代文学．南京：江苏文艺出版社，2013：226.

《金瓶梅》产生的时代、背景以及版本、作者 // 周建忠主编；张祝平，王育红副主编．中国古代文学史：第 2 版 上．南京：南京大学出版社，2013：724.

《金瓶梅》的版本 // 张炯，邓绍基，郎樱总主编；王学泰本卷主编．中国文学通史 第 5 卷 明代文学．南京：江苏文艺出版社，2013：226.

作者及版本问题 // 陈洪，刘跃进主编；孙克强，冯大建副主编．中国古代文学史 下．北京：高等教育出版社，2013：440.

金瓶梅 //［美］孙康宜，［美］宇文所安主编．剑桥中国文学史 下 1375–1949. 北京：生活·读书·新知三联书店，2013：126.

国立成功大学人文社会科学中心主办；陈益源主编．2012 台湾金瓶梅国际学术研讨会论文集．台北：里仁书局，2013

李志宏．一样“世情”，两种“演义”：词话本与说散本金瓶梅题旨比较，227.

徐志平．金瓶梅词话与崇祯本金瓶梅叙事者之比较，259.

孙秋克．张竹坡评点金瓶梅之史稗比较刍议，281.

吴敢．金瓶梅评点论略，297.

杨国玉．明代帝讳与《新刻金瓶梅词话》刊本的讳字问题——从帝讳角度对现存“万历本”刊刻版次及年代的梯次考证，339.

杨绪容．演本还是读本？——从《金瓶梅词话》看《西厢记》在万历时期的传播型态，521.

陈维昭．从张竹坡的“奇酸说”到李斗的《奇酸记》，537.

阮南．鱼龙混杂——文化翻译学与越南流传的《金瓶梅》，555.

郑怡庭．原汁原味还是走味？——论 Clement Egerton 与 David Roy 英译《金瓶梅》中的咸湿描写，593.

王汝梅．满文译本《金瓶梅》叙录，635.

洪涛．《金瓶梅》的文化本位观念与仇外话语的英译，643.

［韩］崔溶澈．《金瓶梅》韩文本的翻译底本及翻译现状，669.

姚灵犀．瓶外卮言．天津：南开大学出版社，2013.

吴晗．金瓶梅的著者时代及其社会背景，1.

郑源新．谈金瓶梅词话，48.

佚名．金瓶梅版本之异同，63.

痴云．金瓶梅与水浒传红楼梦之衍变，69.

姚灵犀．金瓶小札，96.

2014

作者生平、成书经过和版本情况 // 李修生，赵义山主编 . 中国分体文学史 小说卷：第 3 版 . 上海：上海古籍出版社，2014：321.

从《金瓶梅词话》成书、传抄与刊印过程考证其作者真实身份 // 方保营，方鼎 . “兰陵笑笑生”李贽说与《金瓶梅词话》研究 . 郑州：中州古籍出版社，2014：65.

林玉惠 . 崇祯本《金瓶梅》回首诗词功能研究 // 金学丛书：第 1 辑 9. 台北：台湾学生书局，2014.

秋水堂论金瓶梅・前言 // 田晓菲 . 秋水堂论金瓶梅典藏版 . 天津：天津人民出版社，2014.

张竹坡的《金瓶梅》评点 // 祁志祥 . 中国文学美学史 . 太原：山西教育出版社，2014：290.

公元 1639 年 崇祯十二年左右、禁私刻《金瓶梅》等 // 丁淑梅 . 中国古代禁毁戏剧编年史 . 重庆：重庆大学出版社，2014：280.

《金瓶梅》的创作时代及其作者 // 袁行霈 . 中国文学史 第 4 卷 第 3 版 . 北京：高等教育出版社，2014：146

2015

《金瓶梅》抄本的流传与刊刻 // 王齐洲 . 中国通俗小说史 . 武汉：武汉大学出版社，2015：328.

王汝梅 . 王汝梅解读《金瓶梅》. 长春：时代文艺出版社，2015.

《金瓶梅》三种版本系统 附：《金瓶梅》重要版本简表，143.

三种整理校注本的三篇前言，152.

试解《金瓶梅》崇祯本评改者之谜，185.

《金瓶梅词话》的发现与影印，207.

文龙的《金瓶梅》评点，209.

《金瓶梅》评点本的整理与出版，219.

满文译本《金瓶梅》和作者卢榯说，234.

《张竹坡批评一奇书金瓶梅》校点札记，254.

《金瓶梅》崇祯本校点笔记，278.

《金瓶梅》在加拿大，356.

2016

中国《金瓶梅》研究会（筹）编 . 金瓶梅研究 第 12 辑 第十一届（徐州）国际《金瓶梅》学术讨论会专辑 . 郑州：中州古籍出版社，2016

苗怀明，宋楠 . 国外首部《金瓶梅》全译本的发现与探析，1.

陆大伟 . 芮效卫英译《金瓶梅》的策略与经过，13.

王军明 . 清代中后期北京戏曲传播中的《金瓶梅》，23.

崔溶澈 .《金瓶梅》满文本与《红楼梦》韩文本的比较，80.

胡衍南 . 南词《绣像金瓶梅传》的李瓶儿形象，197.

侯忠义 . 崇祯本评语中的艺术观点——“评语”研究之三，216.

史小军，张静 .《金瓶梅》词话本与绣像本中诗歌异同比较论，221.

孟昭连 . 口传与书写的关系——由《金瓶梅》的成书说开去，293.

四、报刊论文

钝宧．小三吾亭随笔·满文金瓶梅．国粹学报，1911，（75）.

1915

废物．小说谈：附王氏金瓶梅考证．香艳杂志，1915，（9）：2-4.

1921

胡惠生．金瓶梅考略．俭德储蓄会月刊.1921，3（2）：110.

1928-1930

弗朗茨·库恩．评《金瓶梅》德译本第一卷．亚洲杂志（Asia Major），1928—1930，（5）：278-280.

1931

萧燕．“金瓶梅”在德國：德國的文壇近訊．文艺新闻，1931，（12）：1.

1928-1930

弗朗茨·库恩．评《金瓶梅》德文译本第一卷．亚洲杂志（Asia Ma—jor）1928-1930，（5）：278-280.

1932-1933

郭源新．谈《金瓶梅词话》．文学（上海 1933），1933，1（1）：165-176.

M．F.评德文译本《金瓶梅》第二卷．中国学（Sinica），1931，（6）：267；1932，（7）：350.

M．F.对米奥尔英译本《金瓶梅》的评介．中国学（Sinica），1932-1933，（7-8）第 122 号．

E．黑尼施（E．Haenisch）．评弗朗茨·库恩译《金瓶梅》．亚洲杂志（Asia Ma—jor）1932-1933，（8）：571-573.

1934

吴晗．金瓶梅的著作时代及其社会背景．文学季刊（北平），1934，1（1）：172-193.

胡適之影印金瓶梅．摄影画报，1934，10（5）：5.

紫薇．胡适之影印古本“金瓶梅”，需费数万元（广州国民日报）．羿弓九日刊，1934，2（7）：27.

王忏摩．小言：重印金瓶梅．循环，1934，4（6）：9-10.

1935

周越然．《金瓶梅》版本考．新文学（创刊号），1935，1（1），146-147.

敦之．胡适主张影印金瓶梅．汉口商业月刊，1934，1（2）：24.

1937

郑振铎．谈《金瓶梅词话》．文学，1937，1（1）．

1938

赵景深．金瓶梅词话随录．红茶：文艺半月刊，1938，（2）：34.

心斋．介绍希世奇珍古本金瓶梅全图．红茶：文艺半月刊，1938，创刊号：14–15.

1939

长泽规矩也．关于金瓶梅在我国的流行．书志学，1939，12（1）．

1940

陈东林．金瓶梅的英译本．西书精华，1940，（2）：193–197.

竹．英译金瓶梅二种．图书季刊，1940，新 2（2）：121–122.

金瓶梅英译本．读书通讯，1940，（6）：16.

1944

周越然．外國“金瓶梅”．语林，1944，1（1）：78–81.

1946

文生．上海杂志公司“遗惠”：金瓶梅删本小册・奇货可居．是非，1946（5）：5.

1948

［日］丹羽文雄．私版金瓶梅．文学界，1948，1.

［日］小野忍．金瓶梅の欧译本．随笔中国，1948，（3）．

［日］奈木道夫．关于《金瓶梅》的流传（亦名《金瓶梅》流行总汇）．中华日报，1948–8–31.

1950

［日］小野忍．金瓶梅の版本について（译名《金瓶梅》版本考）．东京支那学会报，1950，（7）．

1955

［日］乌居久靖．金瓶梅版本考．天理大学学报：创立三十周年纪念特集，1955，（18）：335–366.

［日］乌居久靖．京都大学藏《金瓶梅词话》残本いのいへ．中国语学，1955，（37）：7–9.

1956

［日］乌居久靖．《绣像金瓶梅》について——《金瓶梅》版本考补．天理大学学报，1956，（21）：131–138.

［日］泽田瑞穗．关于《金瓶梅词话》所引的宝卷．中国文学报，1956，（5）．

1959

［日］周光夏．建国后《金瓶梅》的七个版本．人民日报（海外版），1959–12–05.

1961

［日］乌居久靖．《金瓶梅》版本考再补（上、下）．大安，1961，7（2、3）．

［日］鸟居久靖.《金瓶梅词话》年代记.大安：金瓶梅特集，1961，9（5）.

［日］太田展夫.《金瓶梅词话》北京影印本の书きへれについて.大安：金瓶梅特集，1961，9（5）.

［日］小野忍.《金瓶梅词话》の翻译を终えて.大安：金瓶梅特集，1961，9（5）.

［日］长泽规矩也.《金瓶梅词话》影印の经过.大安：金瓶梅特集，1961，9（5）.

［日］饭田吉郎.大安本《金瓶梅词话》の价值について.大安：金瓶梅特集，1961，9（5）.

［日］上村幸次.毛刊本金瓶梅词话について.大安：金瓶梅特集，1961，9（5）.

1962

［美］帕特里克・韩南.《金瓶梅》的版本及其他.亚洲杂志，1962，（9）.

［美］韩南.《金瓶梅》版本考.《大亚细亚》新丛刊，1962，9：1–57.

1963

《金瓶梅》参考图版 12 种.大安：金瓶梅特集，1963，9（5）.

奥野信太郎.《金瓶梅》札记.大安：金瓶梅特集，9（5）.

鸟居久靖《金瓶梅词话》年代记.大安：金瓶梅特集，1963，9（5）.

长泽规矩也.《金瓶梅词话》影印の经过.大安：金瓶梅特集，1963，9（5）.

饭田吉郎.大安本《金瓶梅词话》の价值について.大安：金瓶梅特集，1963，9（5）.

上村幸次.毛利本金瓶梅词话について.大安：金瓶梅特集，1963，9（5）.

［日］小野忍.《金瓶梅词话》翻译的完成.大安：金瓶梅特集，1963，9（5）.

［日］小野忍.《金瓶梅》评论（Chin Ping Mei: A Critical Study）.亚洲档案（ActaAsiatica），1963，（5）：76–89.

［日］太田辰夫.关于《金瓶梅词话》北京影印本.大安：金瓶梅特集，1963，9（5）.

［日］长田夏树，仁井田升，梁梦回等.推荐影印本《金瓶梅词话》.大安：金瓶梅特集，1963，9（6）.

［日］鸟居久靖.《金瓶梅词话》版本考补说.大安：金瓶梅特集，1963，9（7）.

［日］奥野信太郎.关于《金瓶梅词话》.大安：金瓶梅特集，1963，9（12）.

［日］奥野信太郎.关于《金瓶梅词话》.朝日新闻（星期日版），1963–6–23.

［日］鸟居久靖.《金瓶梅词话》编年稿备忘录.天理大学学报（人文・社会科学），1963，第 42 辑.

1975

［美］韩南（HananPatrick）.《金瓶梅》的版本及其他.丁婉贞译."国立"编译馆馆刊，1975，4（2）.

1976

［日］小野忍.《金瓶梅》的日译和欧译.黄得时译.台北：中外文学，1976，4（8）.

1978

［日］寺内政男.《金瓶梅》词话本より改订への改变をぐつて.（译名对比《金瓶梅词话》本析改订本的改变）.中国古典研究，1978，（23）.

1979

朱星.《金瓶梅》的版本问题.社会科学战线，1979，（2）：260–264.

朱星．《金瓶梅》的版本问题．新华月报（文摘版），1979，（9）：188–192.
郑逸梅．补谈《金瓶梅》的上海版本．社会科学战线，1979，（4）：342.

1980
马泰来．谢肇淛的《金瓶梅跋》．中华文史论丛，1980，第4辑．
铮．《金瓶梅》在法国．世界图书，1980，（2）：45–46.
冀振武．《金瓶梅》在日本．社会科学辑刊，1980，（3）：143–144.
王丽娜．《金瓶梅》在国外．河北大学学报（哲学社会科学版），1980，（2）：63–70.
于韦．苏联出版俄译本《金瓶梅》．外国文学研究，1980，（3）：144.
夏闳．《金瓶梅词话》删节本整理工作完成．文献，1980，（1）：176.
明．《金瓶梅词话》删节本将出版．河北大学学报（哲学社会科学版），1980，（2）：16.
安得烈・雷威安．《金瓶梅》初刻本年代商榷．周昭明译．中外文学（台）.1980，8（11）.

1981
王汝梅．评张竹坡的《金瓶梅》评论．文艺理论研究，1981，（2）：89–98.
能捷辑录．《金瓶梅词话》的版本及其它．贵州日报，1981–02–14.
黄霖．《金瓶梅》在法国．解放日报，1981–10–21.
夏闳．杂谈《金瓶梅词话》．文汇月刊，1981，（11）：68.
石公．苏联出版《金瓶梅》．苏联文学，1981，（1）：91.
徐朔方．《金瓶梅》成书补证．杭州大学学报（哲学社会科学版），1981，（1）：80–84，95.
杜维沫．谈谈《金瓶梅词话》成书及其他．文献，1981，（1）：54–61.
阿瑟・戴维・韦利．《金瓶梅》引言．顾希春，译．河北大学学报（哲社版），1981，（1）：133–137.

1983
李锦山．《金瓶梅》最早付刻人浅探——兼与张远芬同志商榷．徐州师范学院学报，1983，（1）：35–39.
陈昌恒．论张竹坡关于文学典型的摹神说．华中师院学报（哲学社会科学版），1983，（1）：118–125.
荒木猛．关于新刻绣像批评金瓶梅（内阁文库藏本）的出版书肆．东方 1983，（1）.
蔡国梁．明人清人今人评《金瓶梅》．社会科学战线，1983，（4）：306–313.
黄霖．《新刻绣像批评金梅》评点初探．成都大学学报（社会科学版），1983，01：67–72.

1984
荒木猛．新刻绣像批评金瓶梅（内阁文原藏本）出版书肆之研讨．任世雍，译．中外文学月刊（台）．1984，13（2）：106–113.
吴敢．张竹坡生平述略——张竹坡与《金瓶梅》研究之一．徐州师范学院学报，1984，（3）：74–79.
郑云波．既是突破又是起点——简介吴敢同志关于张竹坡与《金瓶梅》的研究．徐州师范学院学报，1984，（3）：80–81.
沛信．美国汉学家浦安迪教授来徐考察张竹坡生平．徐州师范学院学 报，1984，（4）：53.
马泰来．有关《金瓶梅》早期传播的一条资料．光明日报 1984 年 8 月 14 日

1985

刘辉．《金瓶梅》张竹坡评本“谢颐序”的作者及其影响．艺谭，1985，（2）：8-11.

刘辉．北图馆藏《山林经济籍》与《金瓶梅》．文献，1985，（2）：10-26.

刘辉．北图藏《金瓶梅》文龙批本回评辑录（上）．文献，1985，（4）：37-53.

刘辉．谈文龙对《金瓶梅》的批评．文献，1985，（4）：54-66.

刘辉．从词话本到话散本:《金瓶梅》成书过程及作者问题研究之一．中国古典文学论丛，1985，第3辑．

刘辉．现存《金瓶梅词话》是《金瓶梅》的最早刊本吗？——与马泰来先生商榷．光明日报，1985-11-05.

王汝梅．张竹坡与《金瓶梅》评点考论．吉林大学社会科学学报，1985，（1）：36-43.

吴敢．张竹坡扬州行谊小考．扬州师院学报（社会科学版），1985，（2）：110-112.

吴敢．张竹坡家世概述——张竹坡与《金瓶梅》研究之一．明清小说研究，1985，第2辑：243-258.

吴敢．张竹坡年谱简编——张竹坡与《金瓶梅》研究之一．徐州师范学院学报，1985，（1）：68-77.

吴敢．张竹坡《十一草》考评——张竹坡与《金瓶梅》研究之四．明清小说研究，1985，第2辑：259-270.

吴敢．张竹坡《十一草》考正．徐州师范学院学报（哲学社会科学版），1985，（3）：64-67.

吴敢．新发现的《金瓶梅》评者张竹坡《族谱》述考．文献，1985，（3）：18-33.

应出版《金瓶梅》的“洁本”．北京晚报，1985-02 -02.

徐州市文联编．《金瓶梅》洁本即将出版．文艺界，1985，（2）．

韦君宜．关于出版《金瓶梅》（洁本）的不同看法．文艺情况，1985，02.

李时人．谈《金瓶梅》的初刻本．文学遗产，1985，（2）：115-118.

李时人．关于《金瓶梅》的创作成书问题——与徐朔方先生商榷．上海师范大学学报（哲学社会科学版），1985，（3）：47-53.

余小源．《金瓶梅》最早的刻本并无秽语．浙江日报，1985-04-07.

常德．《金瓶梅》版本小议．中国古典文学鉴赏，1985，（4）．

滋阳．《金瓶梅》的重要版本．吉林大学社会科学学报，1985，（2）：94-95.

滋阳．《金瓶梅》删节本．吉林大学社会科学学报，1985，（4）：95-96.

滋阳．满文《金瓶梅》．吉林大学社会科学学报，1985，（5）：96.

石昌渝，尹恭弘．六十年《金瓶梅》研究述评（上）．社会科学研究，1985，（4）：83-88.

石昌渝，尹恭弘．六十年《金瓶梅》研究述评（下）．社会科学研究，1985，（5）：84-88.

秦树艺．《金瓶梅》的刻本与作者．重庆日报，1985-06-22.

周钧韬．关于《金瓶梅》初刻本的考证．社会科学评论，1985，（7）．

黄霖．《金瓶梅》成书问题三考．复旦学报（社会科学版），1985，（4）：47-59.

1986

包振南．美国学者韩南的《金瓶梅》版本研究述略．江海学刊（文史哲版），1986，（3）：56-60.

刘辉．《金瓶梅》主要版本所见录．复旦学报（社会科学版），1986，（2）：106-110.

刘辉．北图藏《金瓶梅》文龙批本回评辑录（中）．文献，1986，（1）：38-71.

刘辉．北图藏《金瓶梅》文龙批本回评辑录（下）．文献，1986，（2）：33-66.

陈昌恒.《张竹坡评金瓶梅》理论拾慧.中南民族学院学报（社会科学版），1986，（2）：129-132，55.

吴敢.张翃与张竹坡——张竹坡与《金瓶梅》研究之一.明清小说研究，1986，（2）：188-201.

李时人.《万历野获编》“金瓶梅”条写作时间考.复旦学报，1986，（1）：106-107.

杨士毅，摘译.崇祯本删掉了什么？.复旦学报（社会科学版），1986，（1）：108.

章培恒.再谈《金瓶梅词话》的写作时代.复旦学报（社会科学版），1986，（2）：104-105.

王丽娜.《金瓶梅》国外研究论著辑录.河北大学学报（哲学社会科学版），1986，（3）：80-89.

李时人.《谈〈金瓶梅〉的初刻本》补正.文学遗产，1986，（4）.

周钧韬.《金瓶梅》成书年代“万历说”商兑.江海学刊，1986，（6）.

陈毓罴.《金瓶梅》抄本的流传、付刻与作者问题新探.河北师院学报，1986，（3）.

1987

王汝梅.论张竹坡批评《金瓶梅》康熙本.吉林大学社会科学学报，1987，（1）：68-72.

徐朔方.论张竹坡《金瓶梅》批评——《金瓶梅会评本》前言.文艺理论研究，1987，（6）：64-69.

李茂肃.张竹坡及其对《金瓶梅》的评点.山东师大学报（社会科学版），1987，（5）：79-84.

吴敢.张竹坡《金瓶梅》评点概论.徐州师范学院学报，1987，（3）：14-18.

吴敢.张评本《金瓶梅》琐考.徐州师范专科学校学报，1987，（1）.

李燃青.张竹坡小说美学探略.宁波师院学报（社会科学版），1987，（2）：8-15.

卜键."陈匹箴"辨正——与黄霖先生商榷《金瓶梅》成书时代问题.北京师范大学学报（社科版），1987，（6）：51-53.

［美］韩南.《金瓶梅》探源.顾希春译.温州师范学院学报（社科版），1987，（2）：49-61.

刘辉.论《新刻绣像批评金瓶梅》.文学遗产，1987，（3）：113-119.

刘辉.《如意君传》的刊刻年代及其与《金瓶梅》之关系.徐州师范学院学报，1987，（3）：6-10.

薛亮.谈《新刻绣像批评金瓶梅》.徐州师范学院学报，1987，（3）：40-41.

卜键."陈四箴"辨正——与黄森先生商榷《金瓶梅》成书时代问题.北京师范大学学报，1987，（6）：51-53.

钱林森.《金瓶梅》在法国.文艺报，1987-12-12.

徐彻.《金瓶梅》研究的新成果——《金瓶梅成书与版本研究》出版.理论信息报，1987-6-15.

赵伯英，陈君谋.冯梦龙是《金瓶梅》的最早刊行者.盐城师专学报（社会科学版），1987，（1）：109-114.

1988

朱一玄.对《金瓶梅》研究的新贡献——评《张竹坡批评第一奇书金瓶梅》校点本.吉林大学社会科学学报，1988，（1）：35-36.

王汝梅.《张竹坡批评第一奇书金瓶梅》校点后记.吉林大学社会科学学报，1988，（1）：37-42.

刘辉.《张竹坡与金瓶梅》序.徐州师范学院学报（哲社版），1988，（1）：19-20.

吴晓明.张竹坡批评《金瓶梅》的言意论与欣赏观.汉中师院学报（哲学社会科学版），1988，（4）：89-93，44.

叶桂桐．《金瓶梅》成书年代新线索．北京师范大学学报，1988，（4）：72–77，46.

叶桂桐．《金瓶梅》抄本考．文学遗产，1988，（3）：68–77.

梅节．全校本《金瓶梅词话》前言．吉林大学社会科学学报，1988，（1）：43–45，36.

张庆善．《金瓶梅书录》评介．徐州师范学院学报，1988，（1）：21，18.

周钧韬．《金瓶梅》溯源与考证．明清小说研究，1988，（2）：129–142.

徐朔方．《论〈金瓶梅〉的成书及其它》前言．河北师院学报，1988，（2）.

鲁歌，马征．中日所藏《金瓶梅词话》应是同一刻本．明清小说研究，1988，（3）：114–119.

鲁歌，马征．《金瓶梅》成书问题管见．江汉论坛，1988，（12）：53–57.

刘孔伏，潘良炽．袁氏兄弟知见《金瓶梅》的时间考辨．烟台师范学院学报（哲学社会科学版），1988，（4）：38–42.

［日］池本义男．论《金瓶梅》及其研究——《金瓶梅词话》文献研究丛书十五编之九序言．董玉舫，译；张远芬，校．徐州教育学院学报，1988，（1）.

1989

叶桂桐．从《续金瓶梅》看《金瓶梅》的版本及作者．吉林大学社会科学学报（社科版），1989，（2）：90–96.

杨晓玫．国内《金瓶梅》版本知多少？．中国图书评论，1989，（2）：185–186.

吕永．张竹坡批评《金瓶梅》的贡献和缺陷．长沙水电师院学报（社会科学版），1989，（2）：30–36.

赵伯英．“异旧手而出之”——张竹坡《金瓶梅》美学平议．盐城师专学报（社会科学版），1989，（2）：28–32.

董绍克．读《金瓶梅词话》校点本札记（二）．山东师大学报（社会科学版），1989，（5）：33–40.

王汝梅．《新刻绣像批评金瓶梅》初探（一）．吉林大学社会科学学报，1989，（2）：84–89，96.

白维国．《金瓶梅词话》校点商兑．徐州教育学院学报，1989，（2）.

周光夏．建国后《金瓶梅》的七个版本．人民日报（海外版），1989–12–5.

马兴国．《金瓶梅》在日本的流传及影响．阴山学刊，1989，（3）：18–24.

刘孔伏，潘良炽．现存《新刻金瓶梅词话》为原刻本考．信阳师范学院学报（哲学社会科学版），1989，（3）：58–62.

刘孔伏，潘良炽．《野获编》所记《金瓶梅》事辨误．齐鲁学刊，1989，02：119–122.

陈辽．《金瓶梅》成书三阶段说——兼谈《金瓶梅》的作者问题．东岳论丛，1989，（4）：94–100.

1990

周光夏．建国后《金瓶梅》的七个版本．中国古代、近代文学研究，1990，02.

鲁歌．《金瓶梅》正误举要．许昌师专学报（社科版），1990，（3）：56–63.

王辉斌．《金瓶梅》早期抄本流传梳理．荆门大学学报，1990，（3）.

孙立川．从京都大学所藏《金瓶梅词话》残本谈起．海南师院学报，1990，（4）：107–110.

车锡伦．《金瓶梅词话》中的宣卷——兼谈《金瓶梅词话》的成书过程．明清小说研究，1990，（Z1）：360–374.

邓瑞琼．再论《金瓶梅词话》的成书．明清小说研究，1990，（Z1）：375–387.

徐朔方．评《金瓶梅成书的上限》．明清小说研究，1990，（Z1）：388-392.

1991

吴波．从张竹坡评点《金瓶梅》看读者的主体作用．怀化师专学报，1991，（3）：57-66.

孙蓉蓉．文龙的《金瓶梅》题旨论．明清小说研究，1991，（3）：78-91.

刘孔伏，潘良炽．再论《金瓶梅》付刻问题．西南民族学院学报（哲学社会科学版），1991，（2）：35-38.

黄吉昌．《金瓶梅》成书年代考证（上）．昭通师专学报，1991，（2）：24-35.

黄吉昌．《金瓶梅》成书年代考证（续接第2期）．昭通师专学报，1991，（3）：78-85.

陈辽．孰优孰高——后人评说：谈我国古典小说五大名著的骧本、改本问题．海南大学学报(社科版)，1991，（4）：27-30.

鲁歌，马征．《金瓶梅》当成书于万历中期．云南民族学院学报，1991，（2）：64-69.

1992

王汝梅．"李渔评改《金瓶梅》"考辨——兼谈崇祯本系统的某些版本特征．吉林大学社会科学学报，1992，（5）：83-88.

傅憎享．词话本·崇祯本两个版本两种文化：《金瓶梅》词语俗与文的异向分化．社会科学辑刊，1992，（3）：133-138.

王辉斌．袁氏（袁宏道、袁中道）兄弟与《金瓶梅》抄本新考．西南民族学院学报（哲学社会科学版），1992，（4）：81-84.

周生．《新刻绣像批评金瓶梅评语》试校．甘肃社会科学，1992，（6）：81-88，98.

孟昭连．谈《金瓶梅》中的人名谐音与成书．徐州师范学院学报，1992，（1）：34-35.

刘文．一部"金学"研究的力作——《金瓶梅注评》评介．山东社会科学，1992，（3）：96.

刘绍智．谢肇淛评金瓶梅．固原师专学报，1992，（1）：9-12.

1993

鲁歌，马征．关于《金瓶梅》的几种版本．贵州文史丛刊，1993，（6）：64-65.

于凤树．谈《金瓶梅词话》版本．图书馆学研究，1993，（6）：63-66，69-91.

于天池．影印《张竹坡批评第一奇书金瓶梅》缘起．北京师范大学学报，1993，（2）：71.

陶原珂．《张竹坡评点〈金瓶梅〉》的叙事理论．社会科学家，1993，（4）：31-37.

张涌泉．《金瓶梅》词语校释．杭州师范学院学报（社会科学版），1993，（4）：79-85.

顾青．谈《金瓶梅》崇祯本．文献，1993，（3）：54-60.

刘孔伏，潘良炽．屠本畯所记《金瓶梅》事辨析．许昌学院学报，1993，（1）：85-88.

周生．《新刻绣像批评金瓶梅评语》试校（续）．甘肃社会科学，1993，（1）：111-125.

李忠明．"书帕"含义的演变与《金瓶梅词话》的成书年代．南京师大学报（社会科学版），1993，（2）：61-63.

童天虑，李渔评点、改定《金瓶梅》考．浙江学刊，1993，（2）：85-89.

1994

王汝梅．多伦多大学东亚图书馆藏《金瓶梅》版本考．吉林大学社会科学学报，1994，（4）：92-93.

鲁歌．简说《金瓶梅》的几种版本．枣庄师专学报，1994，（1）：15-20.

蔡一鹏．论张竹坡评点《金瓶梅》的道德理性思维方式．文学遗产，1994，（5）：106-114.

陈金泉．金圣叹与张竹坡：中国古代小说美学之日月合璧——兼与叶朗杜贵晨马成生先生商榷．学术交流，1994，（2）：103-110.

周书文．张竹坡论《金瓶梅》的人物系统刻画．固原师专学报，1994，（3）：6-11.

徐一周．泄愤，从诗文到小说——兼谈张竹坡的小说创作动力论．玉林师专学报，1994，（1）：34-37.

徐全太，王秀云．《金瓶梅》研究论著索引（电子全文）．天中学刊，1994，（1）.

徐朔方．《金瓶梅》·《荀子》·《荒凉山庄》——《金瓶梅词话》英译本"绪论"述评．吉林大学社会科学学报，1994，（4）：72-76.

邵炌．从《金瓶梅》"借用"中的新发现论其作者及成书方式．明清小说研究，1994，（3）：164-172，190.

1995

余野．关于《金瓶梅》的版本．邵阳师专学报，1995，（4）：33.

王辉斌．张评本《金瓶梅》成书年代辨说．徐州师范学院学报，1995，（2）：54-56.

齐鲁青．论张竹坡的《金瓶梅》批评．内蒙古大学学报（哲学社会科学版），1995，（1）：59-69.

罗德荣．张竹坡写实理论的美学贡献．天津社会科学，1995，（6）：92-95.

徐一周．从《读法》看张竹坡的小说鉴赏理论．玉林师专学报，1995，（4）：56-61.

贺松青．张竹坡的《金瓶梅》批评观．阴山学刊，1995，（1）：38-42.

蔡一鹏．张竹坡美学思想散论．漳州师院学报，1995，（1）：73-79.

蒋宗福．《金瓶梅词话》校补．文献，1995，（3）：45-52.

王树村．全凭人力补天工——清绘本《金瓶梅》图册鉴赏与研究引言．装饰，1995，（2）：41-42.

孙建君．生动的历史社会生活画卷——清绘本《金瓶梅》图册的研究价值．装饰，1995，（2）：43-45.

沈新林．李渔评点《新刻绣像批评金瓶梅》考．明清小说研究，1995，（4）：38-50.

1996

陈东有．"金学"研究的新贡献——评陈昌恒《冯梦龙·金瓶梅·张竹坡》．华中师范大学学报（哲学社会科学版），1996，（2）：127-128.

梅鹏程．我自做我之金瓶梅——张竹坡"金瓶梅评点"的审美观照．江汉论坛，1996，（9）：69-71，75.

陈金泉．张竹坡小说美学思想之我见．江西社会科学，1996，（2）：58-63.

崔晓西．张竹坡在《金瓶梅》评点的中"情理"范畴及其在小说批评史上的地位．浙江师范大学学报，1996，（3）：6-10，26.

卢甲文．《金瓶梅词话》订误．语文研究，1996，（1）：34-37.

千八子．《金瓶梅》的几种本子．宁波师范学院学报（社会科学版），1996，（1）：80.

1997

王汝梅．关于《金瓶梅》张评本的新发现．吉林大学社会科学学报，1997，（3）：29–31.

吴敢．张竹坡及其《金瓶梅》评点．百科知识，1997，（4）：44–45.

刘瑞明．《金瓶梅》词语校释．徐州师范大学学报（哲学社会科学版），1997.（1）：98–101.

张玄平．韩国的通俗小说及河瑾灿改写的《金瓶梅》．当代韩国，1997，（2）：74–75.

宁宗一．《金瓶梅词话》校注本前言．佳木斯师专学报，1997，（4）：43–51.

王运堂，王慧．略论馆藏足本《续金瓶梅》．山东图书馆季刊，1997，（3）：53–56.

殷宪．蛛丝马迹费评章——两则清人笔记透露的《金瓶梅》成书信息．大同高等专科学校学报，1997，（4）：7–13.

1998

王汝梅．《张竹坡批评第一奇书金瓶梅》校点本前言．枣庄师专学报，1998，（1）：5–10.

王汝梅．《新刻绣像批评金瓶梅》会校本前言．枣庄师专学报，1998，（1）：10–15.

潘承玉．《金瓶梅》抄本考源——《金瓶梅》作者“徐渭说”新证之一．中国文学研究，1998，（4）：50–56.

黄霖．关于上海图书馆藏两种《新刻绣像批评金瓶梅》．中国古典小说研究动态，1998（2）.

1999

吴波．从张竹坡评点《金瓶梅》看读者的主体作用．铁道师院学报，1999，（6）：72–76.

叶桂桐．论《金瓶梅》“廿公跋”的作者当为鲁重民或其友人．烟台师范学院学报（哲学社会科学版），1999，（4）：35–39.

张正明．《金瓶梅》藏本、《清明上河图》摹本与晋商种种．民主，1999，（11）：37–38.

王辉斌．《新刻绣像批评金瓶梅》考论——中国小说批评研究之六．新疆师范大学学报（哲学社会科学版），1999，（4）：39–46，95.

许志强．《金瓶梅》成书上限新证．枣庄师专学报，1999，（1）：22–27.

2000

陈果安．“东方丑学”：张竹坡审丑理论初探．中国文学研究，2000，（2）：8–14.

陈果安．张竹坡对典型理论的贡献．南华大学学报（社会科学版），2000，（1）：24–28.

许建平．《新刻金瓶梅词话》是初刻抑或三刻．枣庄师专学报，2000，（1）：10–13.

王启忠．《金瓶梅》的版本与艺术创新．文明向导，2000，（6）.

吴敢．20 世纪《金瓶梅》研究的回顾与思考（上）．枣庄师专学报，2000，（1）：1–9.

吴敢．20 世纪《金瓶梅》研究回顾与思考（中）．枣庄师专学报，2000，（6）：1–12.

2001

吴敢.20 世纪《金瓶梅》研究的回顾与思考（下）．枣庄师专学报，2001，（1）：1–15.

吴敢．《金瓶梅》版本拾遗．东南大学学报（哲学社会科学版），2001，（1）：114–118.

吴敢．《综合学术本金瓶梅》序．徐州教育学院学报，2001，（3）：19–27.

吴敢.20 世纪《金瓶梅》研究的回顾与思考．徐州师范大学学报，2001，（2）：14–38.

张杰 .《金瓶梅》版本关系新论 . 人文杂志，2001，（6）：106–111.

赵杰 . 彭城张氏族谱与《金瓶梅》评点者张竹坡 . 档案与建设，2001，（8）：56–57.

张登勤 . 一评允为万世功——张竹坡评点《金瓶梅》的贡献 . 广播电视大学学报：哲学社会科学版，2001，（1）：62–65.

石麟 . 张竹坡批评《金瓶梅》二题 . 湖北师范学院学报（哲学社会科学版），2001，（1）：37–40.

金宰民 . 世情、人情、情理——谈张竹坡《金瓶梅》的世情小说观 . 山西高等学校社会科学学报，2001，（10）：53–55.

黄霖 . 再论《金瓶梅》崇祯本系统各本之间的关系 . 上海师范大学学报（哲学社会科学版），2001，（5）：39–46.

许建平 .《金瓶梅》成书新证 . 河北师范大学学报（哲学社会科学版），2001，（3）：88–92.

2002

李雪菲 . 对《金瓶梅》版本的鉴定 . 徐州教育学院学报，2002，（2）：18–20.

叶桂桐 . 中国文学史上的大骗局、大闹剧、大悲剧——《金瓶梅》版本作者研究质疑 . 烟台师范学院学报（哲学社会科学版），2002，（1）：52–64.

王汝梅 .《金瓶梅》三种版本系统 . 古典文学知识，2002，（5）：83–89.

苗怀明 .20 世纪以词话本为中心的《金瓶梅》研究综述 . 中华文化论坛，2002，（1）：75–81.

苗怀明 .20 世纪以词话本为中心的《金瓶梅》研究综述 . 中国古代、近代文学研究，2002，（6）：119–125.

王平 . 评张竹坡的叙事理论 . 社会科学辑刊，2002，04：131–138.

石麟 . 张竹坡批评《金瓶梅》写作技巧探胜 . 湖北师范学院学报（哲学社会科学版），2002，（1）：7–12.

林刚 . 试论张竹坡的“泄愤”小说批评观 . 乐山师范学院学报，2002，（5）：45–48.

汪芳启 .《金瓶梅》“词话”本与说散本开头艺术比较 . 阜阳师范学院学报（社会科学版），2002，02：29–31.

李雪菲 . 对《金瓶梅》版本的鉴定 . 徐州教育学院学报，2002，17（2）：18–20.

金宰民 .《金瓶梅》在韩国的流播、研究及影响 . 明清小说研究，2002，（4）：130–134.

王丽娜 .《金瓶梅》在国外 . 古典文学知识，2002，（5）：90–95.

李锦山，冯传海 . 从《金瓶梅》干支推论其成书年代 . 枣庄师范专科学校学报，2002，（1）：9–14，73.

2003

钟锡南 . 张竹坡《金瓶梅》批评的心理解析 . 中国文学研究，2003，（2）：10–14.

石海光 . 张竹坡《金瓶梅》评点中的人物形象论 . 广播电视大学学报（哲学社会科学版），2003，（4）：31–34.

勾俊涛 . 从张竹坡批评看吴月娘形象的“多色调” . 南都学坛，2003，（2）：72–75.

谭光辉 .“白描”源流论——从张竹坡对《金瓶梅》评点看“白描”内涵的演变 . 张家口师专学报，2003，（4）：11–14.

杜维沫 .《金瓶梅》的两种成书过程 . 古典文学知识，2003，（2）：61–66.

徐复岭 .《金瓶梅词语》注释、校勘拾误 . 济宁师范专科学校学报，2003，24（1）：97–102，109.

田晓菲．世间两部：《金瓶梅》．读书，2002，（12）：59-68./ 中国古代、近代文学研究，2003，（4）．

梅节．上海图书馆藏崇祯本《金瓶梅》观后琐记．上海师范大学学报（哲学社会科学版），2003，（1）：58-64．

梅节．新刻金瓶梅词话后出考．燕京学报，2003.（15）．

刘世杰．《金瓶梅词话》校读拾零（一）．泉州师范学院学报（社会科学），2003，（5）：8．

2004

刘世杰．《金瓶梅词话》校读拾零（二）．泉州师范学院学报（社会科学），2004，（1）：37．

刘世杰．《金瓶梅词话》校读拾零（三）．泉州师范学院学报：社会科学，2004，（3）：97．

刘世杰．《金瓶梅词话》校读拾零（四）．泉州师范学院学报：社会科学，2004，（5）：62．

梅节．《金瓶梅词话》的版本与文本 《金瓶梅词话校读记》序．明清小说研究，2004，（1）：39-54．

胡习之．张竹坡评点《金瓶梅》修辞探微．古汉语研究，2004，（2）：99-101．

石海光．寓言垂世摭事摹神——论张竹坡《金瓶梅》评点中的艺术虚构论．内蒙古师范大学学报（哲学社会科学版），2004，（3）：62-65．

王平．《金瓶梅》的早期传播及其成书时间与作者问题．东岳论丛，2004，（3）：78-83．

俞波恩．论张竹坡评点《金瓶梅》的贡献．语文学刊，2004，（1）：4-8．

2005

刘世杰．《金瓶梅词话》校读拾零（五）．泉州师范学院学报（社会科学），2005，（3）：123．

刘世杰．《金瓶梅词话》校读拾零（六）．泉州师范学院学报：社会科学，2005，（5）：154．

叶桂桐．关于《金瓶梅》的版本与作者问题——兼致台湾魏子云先生．保定师范专科学校学报，2005，（3）：9-11．

文革红．张竹坡批评《第一奇书金瓶梅》“康熙乙亥本”刊刻地点考．江西财经大学学报，2005，（4）：88-90．

孙洛中．张竹坡之《金瓶梅》“寓言”观评说．潍坊学院学报，2005，（3）：89-91，108．

顾宇．论张竹坡批点《金瓶梅》之“时文手眼”．连云港职业技术学院学报（综合版），2005，（3）：55-57．

刘晓军．二十世纪张竹坡评点《金瓶梅》研究述评．中国文学研究，2005，（4）：23-26，52．

蔡靖芳．张竹坡小说美学理论的一个范例：“宋惠莲之死”．黎明职业大学学报，2005，（4）：63-66．

王书才．略论崇祯本《金瓶梅》的评点特色．青海师专学报（教育科学），2005，（3）：36-38．

王书才．略论崇祯本《金瓶梅》的评点特色及其影响．宝鸡文理学院学报（社会科学版），2005，（4）：51-54，62．

孟昭连．崇祯本《金瓶梅》诗词来源新考．厦门教育学院学报，2005，（2）：24-28，33．

马广志．毛泽东四评《金瓶梅》．党史文苑，2005，（5）：52．

2006

黄霖．《金瓶梅》词话本与崇祯本刊印的几个问题．河南大学学报（社会科学版），2006，（1）：2-9．

黄霖．《金瓶梅》词话本与崇祯本刊印的几个问题．中国古代、近代文学研究，2006，5．

黄霖，大冢秀高，铃木阳一．中国与日本：《金瓶梅》研究三人谈．文艺研究，2006，（6）：86-99．

贺根民．反讽：张竹坡、文龙《金瓶梅》人物评点差异溯因．中北大学学报（社会科学版），2006，（3）：25-28，33.

贺根民．文体自觉：张竹坡、文龙《金瓶梅》人物评点差异溯因．贵州文史丛刊，2006，（3）：30-34.

史小军．论《金瓶梅词话》对《西厢记》的袭用——以第八十二、八十三两回为例．文艺研究，2006，06：153-155.

孙爱玲．张竹坡之市井小说论．济南大学学报（社会科学版），2006，（5）：45-49，92.

洪雁，高日晖．张竹坡的小说接受理论．理论界，2006，（10）：174-175.

程小青．关于文龙的《金瓶梅》批评．闽江学院学报，2006，（3）：6-10.

孙萌．从“情色误人”到“万事皆空”——简论《金瓶梅》说散本对词话本主旨的转换．水浒争鸣，2006，第9辑：351-356.

杨绪容．从素材来源看《金瓶梅》的成书．河南大学学报（社会科学版），2006，01：17-21.

刘敬林．《金瓶梅词话》校点拾补．中国语文，2006，（3）：262-264.

谭兰芳．《金瓶梅词话》词语语用的吴越地方色彩——兼与崇本及校记的若干商榷．修辞学习，2006，（3）：69-71，80.

许建平．《金瓶梅》流通货币质态与成书年代补证．文学遗产，2006，（5）：141-143.

2007

叶桂桐．《金瓶梅》版本研究商榷——兼致梅节先生．明清小说研究，2007，（3）：234-241.

贺根民．实践精神：张竹坡、文龙《金瓶梅》人物评点平行论．中国石油大学学报（社会科学版），2007，（2）：83-87.

贺根民．文龙《金瓶梅》批评的现实指寓．西安石油大学学报（社会科学版），2007，（2）：74-78.

陈竞，赵崇璧．张竹坡评点吴月娘的内在理据探析．郧阳师范高等专科学校学报，2007，（2）：35-39.

吴敢．张竹坡研究综述．河南大学学报（社会科学版），2007，（6）：30-38.

李君．张竹坡人物塑造理论述评．文教资料，2007，（9）：57-59.

贺根民．实践精神：张竹坡、文龙《金瓶梅》人物评点平行论．中国石油大学学报（社会科学版），2007，（2）：83-87.

周文．谈《金瓶梅》“词话本”、“说散本”的入话．临沂师范学院学报，2007，（2）：42-45.

王汝梅．《金瓶梅》绣像评改本：华夏小说美学史上的里程碑．吉林大学社会科学学报，2007，06：131-137.

黄粉保，张建佳．论《金瓶梅》英译本的“得”与“失”．云梦学刊，2007，（5）：145-147.

谭兰芳．《金瓶梅词话》词语语用的吴越地方色彩（二）——兼与崇本及校记的若干商榷．修辞学习，2007，（1）：58-61.

邢永川．崇祯本《金瓶梅》一引诗考．阅读与写作，2007，（8）：33.

［韩］崔溶澈，金芝鲜．中国小说在朝鲜的传播与接受．华中师范大学学报（人文社会科学版），2007，01：48-54.

2008

陈辽．解《金瓶梅》作者和版本之谜——评梅节《瓶梅闲笔砚》．博览群书，2008，（9）：33-36.

史小军.《金瓶梅词话》的叙述风格变异及作者问题——以潘金莲与陈经济的偷情故事为例.文艺研究，2008，07：59-66.

蔡靖芳.张竹坡小说接受论的主体间性.中国矿业大学学报（社会科学版），2008，（4）：124-127.

蔡靖芳.张竹坡小说创作论的主体间性.山东科技大学学报（社会科学版），2008，（4）：90-94.

蔡靖芳.张竹坡小说评点家的角色意识与主体间性.宝鸡文理学院学报（社会科学版），2008，（5）：57-62.

阚文文.张竹坡《金瓶梅》评点的自我意识.山东省青年管理干部学院学报，2008，（1）：127-129.

刘晓军.张竹坡论人物角色的叙事功能.中国文学研究，2008，（4）：24-26.

郭雪峰.张竹坡评点《金瓶梅》略论.文教资料，2008，（3）：14-16.

方紫云.纳博科夫的《文学讲稿》与以金圣叹、张竹坡为代表的明清小说评点之比较及其对小说研究的价值.文教资料，2008，（28）：78-80.

卜键.双舸子《金瓶梅词话》总评选刊（上）.书城，2008，（12）：64-70.

张进德.《金瓶梅》研究的现状与面临的问题.沈阳师范大学学报（社会科学版），2008，（6）：74-77.

邢慧玲，邢琎.崇祯本《金瓶梅》插图中的徽派图形艺术考.徐州教育学院学报，2008，03：43-46，58.

荒木猛.关于崇祯本《金瓶梅》的补笔.徐州师范大学学报（哲学社会科学版），2008，03：13-17.

张同胜，杜贵晨.论《金瓶梅》成书的"集撰"式创作性质.明清小说研究，2008，（1）：82-95.

钱成.明清八股文法理论对张批《金瓶梅》影响试论.扬州职业大学学报，2008，（3）：12-15.

宋真荣.张评本《金瓶梅》版本考.《중국소설논총》，2008，（28）：191-213

2009

谈蓓芳.从《金瓶梅词话》与《水浒》版本的关系看其成书时间.复旦学报（社会科学版），2009，（3）：52-58.

吴敢.《张竹坡与〈金瓶梅〉研究》跋.徐州工程学院学报（社会科学版），2009，01：84.

赵莎莎.张竹坡《金瓶梅》人物评点的数理批评.济宁学院学报，2009，（1）：10-14.

王淼.不合时宜的人生？——《金瓶梅》评点家张竹坡的生命历程.博览群书，2009，（2）：91-95.

孙爱玲.千秋苦心递金针——张竹坡之《金瓶梅》结构章法论.贵阳学院学报（社会科学版），2009，01：83-86.

赵民.论张竹坡小说的美学观.临沂师范学院学报，2009，（2）：109-111.

黄霖.《张竹坡与〈金瓶梅〉研究》序.昆明学院学报，2009，（2）：41-42.

贾海建.张竹坡的小说理论与"王世贞著《金瓶梅》说".南宁师范高等专科学校学报，2009，（2）：46-49.

钱成.论张竹坡小说评点艺术的来源及对后世之影响.郑州航空工业管理学院学报（社会科学版），2009，（5）：32-34.

钱成.论张竹坡小说批评理论的来源、地位与影响.安康学院学报，2009，（5）：65-67.

钱成.论八股文法对张竹坡批点《金瓶梅》的影响.赤峰学院学报（汉文哲学社会科学版），2009，（11）：94-95.

顾宇，钱成．论张批《金瓶梅》对八股文法的借鉴与运用．怀化学院学报，2009，（9）：72-73.

卜键．双舸子《金瓶梅词话》总评选刊（中）．书城，2009，（1）：68-74.

卜键．双舸子《金瓶梅词话》总评选刊（下）．书城，2009，（2）：28-34.

黄粉保．《金瓶梅》英译本误译解析．韩山师范学院学报，2009，（1）：74-78.

刘洪强．崇祯本《金瓶梅》的评改者为汤显祖考论．徐州工程学院学报（社会科学版），2009，（1）：75-80.

王平．论崇祯本《金瓶梅》第一回宗教现象的叙事功能．济宁学院学报，2009，（1）：5-9.

史大丰．由《金瓶梅词话》看运河在明代戏曲南北交融中的作用和昆山腔的中兴．时代文学（双月上半月），2009，（4）：62-64.

杜斌．关于《新刻金瓶梅词话》发现、购藏与影印．河南教育学院学报（哲学社会科学版），2009，（4）：84-86.

张同胜．毛泽东评《金瓶梅》的问题视域．菏泽学院学报，2009，（3）：28-31.

2010

蔡靖芳．解释学视野下张竹坡小说评点的教化因素．江苏工业学院学报（社会科学版），2010，（2）：57-60，64.

董国炎．张竹坡小说评点之疑窦和原因——试论吴月娘孟玉楼公案．苏州教育学院学报，2010，（3）：41-45.

赵薇．张竹坡《金瓶梅》评点的儒家色彩．当代小说（下），2010，（9）：52.

卜键．那个时代的风物世情——《双舸榭重校评批金瓶梅词话》序．书城，2010，（1）：84-89.

宋真荣．论韩国梨花女子大学所藏的《皋鹤堂批评第一奇书金瓶梅》．徐州工程学院学报（社会科学版），2010，（5）：45-52.

温秀颖，李兰．论芮效卫《金瓶梅》英译本的体制与策略．中国外语，2010，（1）：101-105.

李志华，姬生雷，傅之敏．文学翻译与文化缺失——以《金瓶梅》英译本中“哭”的翻译为例．石家庄学院学报，2010，（4）：106-108.

王汝梅．《金瓶梅》评点本的整理与出版．读书，2010，（10）：156-163.

刘铭．《金瓶梅》成书年代小考．阿坝师范高等专科学校学报，2010，（2）：27-28.

贺根民．《金瓶梅》评点的情节技法．邯郸学院学报，2010，（4）：105-109.

2011

王汝梅．《金瓶梅》评点第四家赞——纪念《金瓶梅词话》发现八十周年．明清小说研究，2011，（2）：134-138.

王汝梅．金瓶梅评点第四家赞——纪念金瓶梅词话发现八十周年．华夏文化论坛，2011，（00）：57-61.

吴敢．《金瓶梅奇书》版本考评．明清小说研究，2011，（2）：139-145.

蒋玉雪．张竹坡“寓意说”浅析．天津职业院校联合学报，2011，（4）：59-63.

王进驹．论张竹坡批评《金瓶梅》的孟玉楼为作者“自喻”说．明清小说研究，2011，（2）：146-159.

任怡姗．张竹坡批评《金瓶梅》与脂砚斋批评《红楼梦》的比较分析．考试周刊，2011，（76）：21-23.

孙超．论晚清文龙评批《金瓶梅》的新策略与新识见．聊城大学学报（社会科学版），2011，（1）：102-106.

王伟．对传统校勘学的承继、宏扬和完善——谈梅节的《金瓶梅词话》校勘．鄂州大学学报，2011，（3）：40-44.

黄粉保．《金瓶梅》英译本选译策略考．青海民族大学学报（教育科学版），2011，（1）：127-131.

郑勇．略谈《金瓶梅》中的“鲥鱼”来源——与张惠英教授商榷．黑河学刊，2011，（4）：28，31.

温秀颖，孙建成．《金瓶梅》的两个英译本．中国图书评论，2011，（7）：113-116.

刘洪强．《金瓶梅词话》成书于万历年间新证——兼论《金瓶梅词话》借鉴《西游记》．滨州学院学报，2011，（4）：94-97.

黄卫总．英语世界中《金瓶梅》的研究与翻译．励耘学刊（文学卷），2011，02：167-175.

贺根民．《金瓶梅》评点美学述评．济宁学院学报，2011，（4）：19-23.

贺根民．《金瓶梅》评点题旨论．廊坊师范学院学报（社会科学版），2011，（1）：12-16.

贺根民．《金瓶梅》评点的八股技法．南通大学学报（社会科学版），2011，（2）：57-61.

贺根民．《金瓶梅》评点的空间叙事探赜．宝鸡文理学院学报（社会科学版），2011，（1）：67-71.

贺根民．《金瓶梅》评点的死亡论述．钦州学院学报，2011，（2）：39-42.

2012

苏腾．《金瓶梅》词话本与崇祯本中的辞赋成分比较．辽东学院学报（社会科学版），2012，（4）：54-61.

董定一．绣像本与词话本《金瓶梅》回目名称比较谈．太原师范学院学报（社会科学版），2012，（4）：69-76.

李开．《金瓶梅》绣像本评点研究述评．赤峰学院学报（汉文哲学社会科学版），2012，（4）：90-97.

张进德．十年“金学”的回顾与展望．南京师范大学文学院学报，2012，（4）：61-69.

张义宏．日本《金瓶梅》译介述评．日本研究，2012，（4）：117-121.

温秀颖，张雁．概念隐喻框架下《金瓶梅》两个英译本比较研究．河北旅游职业学院学报，2012，（1）：76-79.

聂影影．《金瓶梅》的服饰文化与翻译——以埃杰顿和芮效卫两个英译本为例．河北工业大学学报（社会科学版），2012，（4）：82-87.

董定一．崇祯本《金瓶梅》笑话的艺术特征与文学意蕴初探．阴山学刊，2012，（1）：47-52.

张炳森．《金瓶梅词话》初刻者、初刻时代与主旨考．河北学刊，2012，（6）：248-250.

周钧韬．重论《金瓶梅》成书方式“过渡说”．内江师范学院学报，2012，（9）：1-6.

李振聚．从古典小说内部寻求中国出版史的轨迹——以《金瓶梅词话》、《儒林外史》为例．明清小说研究，2012，（3）：28-35.

贺根民．《金瓶梅》人物描写技法评点摭谈．河西学院学报，2012，（1）：52-56.

2013

王汝梅．天津图书馆藏《金瓶梅》崇祯本探微．河南教育学院学报（哲学社会科学版），2013，（6）：56-59.

王汝梅．满文译本《金瓶梅》叙录（上篇）．现代语文（学术综合版），2013，（2）：20–21.

黄霖．《金瓶梅》“初刊”辨伪记略——从“大安本”说起．河南理工大学学报（社会科学版），2013，（2）：218–221.

吴敢．《金瓶梅》评点综论．明清小说研究，2013，（3）：4–17.

秋痕．《金瓶梅》续书的几个版本．文学教育（下），2013，（9）：14.

高淮生．考辨张竹坡家世生平 撰述《金瓶梅》研究长编——吴敢金学研究综论．河南理工大学学报（社会科学版），2013，（3）：329–340.

王楠．论张竹坡《金瓶梅》评点中的“情理”．沈阳师范大学学报（社会科学版），2013，（5）：169–172.

农美芬．“一路尸尸闪闪 如草蛇灰线”——论张竹坡对“草蛇灰线”之理论贡献．安徽文学（下半月），2013，（3）：55–56.

邓雷，许勇强．金圣叹与张竹坡评点比较研究——以《水浒传》《金瓶梅》重叠部分为例．乐山师范学院学报，2013，（4）：14–17，25.

邓雷．“同而不同处有辨”——金圣叹与张竹坡评点比较研究．东华理工大学学报：社会科学版，2013，（1）：45–49.

王伟．张竹坡的小说“读者观”．戏剧之家（上半月），2013，（9）：183–184.

王辉斌．文龙《金瓶梅》批评思想研究．四川文理学院学报，2013，（6）：59–64.

美学者 40 年译完《金瓶梅》．中国总会计师，2013，（11）：155.

夏宜名．社会意识形态与文学翻译转换策略——对《金瓶梅》两个英译本的描述性对比研究．海外英语，2013，（4）：134–135，154.

夏宜名．从译者主体性的视角看厄杰顿《金瓶梅》英译本．海外英语，2013，（2）：141–142.

高玉海．《金瓶梅》在俄苏的翻译、传播和研究．俄罗斯文艺，2013，（2）：44–49.

［日］川岛优子．关于高阶正巽《金瓶梅》训注本考——兼论江户时代《金瓶梅》之接受．中国文学研究（辑刊），2013，（2）：148–165.

侯忠义．《金瓶梅》崇祯本评语中的“世情画卷”——“评语”研究之二．河南理工大学学报：社会科学版，2013，（3）：341–345.

杨骥．双红堂文库藏弹词本《金瓶梅》初探．古籍整理研究学刊，2013，（1）：48–52.

龚霞．崇祯本《金瓶梅》回前诗词来源补考．明清小说研究，2013，（1）：66–73.

杨绪容．从《金瓶梅词话》看《西厢记》在万历时期的演本形态．明清小说研究，2013，（2）：129–141.

丹麦汉学家每天仅翻译三页《金瓶梅》．语文教学与研究，2013，（16）：2.

本报记者郑周明．《金瓶梅》英译全本完成翻译．文学报，2013–11–28004.

宁宗一．《金瓶梅》评点的新范式——读卜键《双舸榭重校评批金瓶梅》．书城，2013，（12）：30–36.

宁宗一．《金瓶梅》评点的新范式．中华读书报，2013–09–18015.

贺根民．简论《金瓶梅》评点的美学价值．克拉玛依学刊，2013，（5）：67–69.

刘继兴．毛泽东五评《金瓶梅》．记者观察，2013，（10）：54.

2014

王汝梅.《张竹坡批评第一奇书金瓶梅》（校点本）修订后记.明清小说研究，2014，（4）：66–69.

王森.绣像本《金瓶梅》回目字词特点浅析.语文学刊，2014，（6）：25–26，33.

贺根民.张竹坡《金瓶梅》评点的绘画之思.河南教育学院学报（哲学社会科学版），2014，（2）：110–114.

童圆.新批评与张竹坡小说评点之比较.学理论，2014，（27）：125–126.

刘玄.从张竹坡评点看《金瓶梅》中“炎凉”的审美意蕴.青年文学家，2014，（2）：66–67.

高淮生.考辨《金瓶梅》作者成书纵论《金瓶梅》思想价值——黄霖金学研究综论.河南理工大学学报（社会科学版），2014，（3）：335–346.

王六二.芮译《金瓶梅》.贵阳文史，2014，（2）：88–89.

胡令毅.高山仰止：英译本《金瓶梅词话》卮言.洛阳师范学院学报，2014，（9）：32–45.

王炳毅.明万历刻本《金瓶梅》在南京的下落.东方收藏，2014，（10）：127–128.

任东升，高玉霞.《金瓶梅》对照版分层现象探究——兼评《大中华文库》.山东外语教学，2014，（5）：99–104.

董鼎山.《金瓶梅》英译本出齐.开放，2014，（325）：95.

2015

黄霖.关于《金瓶梅》词话本的几个问题.文学遗产，2015，（3）：15–30.

吴敢.《金瓶梅》翻译史略.华西语文学刊，2015，（1）：78–86，259.

许建平.哈佛燕京图书馆所藏《金瓶梅》版本的几个问题考辨.兰州学刊，2015，（2）：8–14.

宋运娜，王明政.由张竹坡批注解读《金瓶梅》性描写的实质.甘肃高师学报，2015，（6）：4–8.

魏其濛.金圣叹、张竹坡、脂砚斋点评中“犯”概念的探讨.剑南文学（上半月），2015，（1）：46–49.

叶桂桐.《新刻金瓶梅词话》晚于“崇祯本”的铁证.明清小说研究，2015，（1）：4–12.

秀云.满译《金瓶梅》研究述评.赤峰学院学报（汉文哲学社会科学版），2015，（1）：194–196.

苗怀明，宋楠.国外首部《金瓶梅》全译本的发现与探析.上海师范大学学报（哲学社会科学版），2015，（6）：88–96.

温秀颖，聂影影.叙事学视角下人物话语表达方式翻译研究——以《金瓶梅》两个英译本为例.天津外国语大学学报，2015，（5）：23–27.

侯忠义.崇祯本《金瓶梅》评语中的艺术观点——“评语”研究之三.内江师范学院学报，2015，（11）：1–4.

金宰民.《新刻绣像批评金瓶梅》插图研究.中国文学研究（辑刊），2015，（2）：71–88.

郑骁.生态翻译学视角下的典籍英译——基于芮效卫《金瓶梅》译本的分析.青年文学家，2015，（9）：154.

王齐洲.明代出版发行影响通俗小说发展之一例——以《金瓶梅》早期出版发行为中心.武汉科技大学学报（社会科学版），2015，（1）：108–111，2.

付善明.审美接受视域下的《金瓶梅》三家评.河南理工大学学报（社会科学版），2015，（1）：94–100，106.

齐林涛．《金瓶梅》西游记——第一奇书英语世界传播史．明清小说研究，2015，02：233-246.

2016

王汝梅．再论《金瓶梅》崇祯本评改者是谢肇淛——崇祯本第六十四回回首诗补证．吉林大学社会科学学报，2016，（1）：163-169，191-192.

朱妙伶，张祝平．论《金瓶梅》崇祯本插图对人物性格的阐释．现代语文（学术综合版），2016，（1）：23-28.

刘紫云．论《金瓶梅词话》的物象选择与日常叙事形态．人文杂志，2016，（3）：58-67.

张羽．“热闹中不废冷案”——《金瓶梅》崇祯本评点的重情论．吉林大学社会科学学报，2016，（1）：178-186，192.

汪炳泉．《金瓶梅》崇祯本序列评议．河南理工大学学报（社会科学版），2016，02：219-225.

王晓玲．张竹坡《金瓶梅》评点中的《史记》文学性阐释．文艺评论，2016，05：94-97，112.

杨彬．《金瓶梅词话》与《贾云华还魂记》：“多层仿拟”的写作方式及其意义．求是学刊，2016，04：116-123.

孙超．论侨易视域中的《金瓶梅词话》与晚明江南士风．求是学刊，2016，04：124-131.

吴智逵，吕乐．“金瓶梅”俗语英译分析．戏剧之家，2016，08：269-271.

宁宗一．论《金瓶梅词话》的原创性．明清小说研究，2016，02：161-173.

吴永萍．西北师范大学图书馆藏《金瓶梅》及其文献价值考论．宁夏大学学报（人文社会科学版），2016，02：176-179.

黄霖．论《金瓶梅词话》的“镶嵌”．文艺研究，2016，（4）：40-49.

赵兴勤，赵韡．《申报》所载晚清民国《金瓶梅》的流播．社会科学论坛，2016，（3）：169-188.

廖奔，赵建新．清人绘《金瓶梅词话》六十三回插图戏班堂会演出《玉环记·玉箫寄真》场面．戏曲艺术，2016，02：144.

李帆．江户时代《金瓶梅》在日本的传播．北方文学（中旬刊），2016，（5）：108

五、学位论文

1964

詹姆斯·沃恩.《金瓶梅》的版本与校勘[博士论文].纽黑文：耶鲁大学，1964.

詹姆斯·J. 雷恩.校勘办法及其在金瓶梅各种版本中的运用[博士论文].纽黑文：耶鲁大学 1964.

2002

杨彬.崇祯本《金瓶梅》研究[博士论文].上海：复旦大学，2002.

2004

刘晓军.张竹坡叙事理论研究.长沙：湖南师范大学，2004.

2005

孙萌.论《金瓶梅》说散本对词话本的修改.重庆：重庆师范大学，2005.

贺根民.张竹坡、文龙《金瓶梅》人物批评比较研究.桂林：广西师范大学，2005.

2006

菅永梅.《金瓶梅》词话本和绣像本的比较研究.济南：山东师范大学，2006.

蔡靖芳.张竹坡小说评点的主体间性研究.厦门：厦门大学，2006.

2007

熊岩.《金瓶梅》词话本与崇祯本比较研究.武汉：华中师范大学，2007.

廖育莹.金瓶梅序跋资料研究.云林：云林科技大学，2007.

2008

杨杨.张竹坡《金瓶梅》批评研究.兰州：兰州大学，2008.

张馨月 以接受美学视角看张竹坡的《金瓶梅》评点.长春：吉林大学，2008.

2009

冷雪梅.文龙《金瓶梅》人物评点研究.长春：吉林大学，2009.

高莎莎.《金瓶梅》在明清时期的传播与焚毁研究.青岛：中国海洋大学，2009.

2010

吴慧敏.《金瓶梅词话》称数法研究.杭州：浙江财经学院，2010.

曾钰婷.说图——崇祯本《金瓶梅》绣像研究.台北：台湾师范大学，2010.

张明远.《金瓶梅》诠释史论.济南：山东大学，2010.

2011

刘雯 .《金瓶梅》词话本和崇祯本语言比较研究 . 南京：南京大学，2011.

高红娟 . 张竹坡的小说美学观 . 武汉：中南民族大学，2011.

田奇 . 张竹坡《金瓶梅》评点研究 . 西安：陕西师范大学，2011.

2012

胡一帆 . 库恩和他的德译《金瓶梅》. 上海：上海外国语大学，2012.

李开 .《金瓶梅》评点补笔研究——以绣像本评点和张竹坡评点为例 . 厦门：集美大学，2012.

张雁 . 概念隐喻框架下《金瓶梅》两个英译本对比研究 . 天津：天津财经大学，2012.

王颖 .《金瓶梅》英译本中陌生化翻译研究 . 天津：天津财经大学，2012.

张颖 . 基于语料库的《金瓶梅》英译本中明喻研究 . 大连：大连海事大学，2012.

程懂丽 .《新刻绣像批评金瓶梅》人物评点研究 . 开封：河南大学，2012.

洪铃惠 . 张竹坡《皋鹤堂批评第一奇书金瓶梅》评点研究 . 台北：台湾师范大学，2012.

林玉惠 . 崇祯本《金瓶梅》回首诗词功能研究 . 台北： 台湾师范大学，2012.

2013

王丹 . 词话本《金瓶梅》回首诗词功能研究 . 石家庄：河北师范大学，2013.

戴义涛 . 论张竹坡对《金瓶梅》崇祯本评点的继承与发展 . 北京：中央民族大学，2013.

农美芬 . 张竹坡的小说批评范畴研究 . 武汉：中南民族大学，2013.

聂影影 .《金瓶梅》两个英译本人物话语表达方式英译研究 . 天津：天津财经大学，2013.

段志灵 . 熟语中译西翻译分析：以《金瓶梅》为例 . 西安：西安外国语大学，2013.

2014

夏宜名 . 操纵理论视域下《金瓶梅》两个英译本翻译策略的比较研究 . 兰州：西北师范大学，2014.

刘书军 .《双舸榭重校评批金瓶梅》研究 . 保定：河北大学，2014.

2015

叶桉瑗 . 译者的主体性：《金瓶梅》两个英文全译本情色内容的对比研究 . 北京：外交学院，2015.

孙丹萍 . “厚翻译”视角下的《金瓶梅》英译本研究 . 杭州：浙江大学，2015.

陈晨 . 芮效卫英译《金瓶梅》中文化专有项的翻译 . 杭州：浙江大学，2015.

刘宏敏 . 彻斯特曼翻译规范视域下《金瓶梅》英译本研究 . 天津：天津财经大学，2015.

7520658 38232